陈金辉

笔名于光、闻过欣、吴涵、陈闻欣、耕夫。福建省福清华侨中学退休语文高级教师，福清市作协会员、福清市老年学学会研究员、福清市政协文史研究员，福州市读书明星，个人业绩入选《中外名人辞典》（2002版）。

主要编著有《福清陈氏大宗谱》（2012年出版，任副主编）、《中国名寺——霞堂寺志》（2015年出版，任副主编）；个人已创作文学作品200多万字，已出版散文集4本：《山花笑影》（2008年）、《白桦树皮》（2012年）、《犁耙岁月》（2016年）、《远陌渡头》（2018年）。

逵陌渡頭

陈金辉 著

海峡出版发行集团
海峡文艺出版社

图书在版编目(CIP)数据

远陌渡头/陈金辉著. —福州:海峡文艺出版社,2018.1

ISBN 978-7-5550-1413-3

Ⅰ.①远… Ⅱ.①陈… Ⅲ.①散文集—中国—当代 Ⅳ.①I267

中国版本图书馆 CIP 数据核字(2018)第 019696 号

远陌渡头

陈金辉 著

责任编辑 林鼎华

出版发行 海峡出版发行集团
海峡文艺出版社

经　　销 福建新华发行(集团)有限责任公司

社　　址 福州市东水路 76 号 14 层　　**邮编** 350001

发 行 部 0591—87536797

印　　刷 福州力人彩印有限公司　　**邮编** 350012

厂　　址 福州市鼓楼区福飞路义井村池前 10 号鼓东工业小区

开　　本 787 毫米×1092 毫米 1/16

字　　数 300 千字

印　　张 21

版　　次 2018 年 1 月第 1 版

印　　次 2018 年 1 月第 1 次印刷

书　　号 ISBN 978-7-5550-1413-3

定　　价 48.00 元

远陌渡头奈之何

陈金辉

人生七十古来稀，我已站到古稀的生涯边上。回望运载知识之舟历经数十载风雨漂泊，如今已伤痕累累搁浅崖边，不能说毫无感触。免不了一番顾影自怜，也觉得到了该撒手热恋大海、止步天涯的时候了。隐隐约约从远方近处不断传来亲友“见好就收”的友善的提示声，和着脚下长路渡口海浪的呼啸声扑面来袭不绝于耳，让我一时踌躇不前。

海浪不依不饶地朝我欢呼，呼喊我解缆放舟再出发。敢问路在何方？显然我不改初心依然倾情于路在脚下万顷波涛之上。回看崖下受损等待修整的一叶扁舟，目睹舟上一支支护送“轻舟已过万重山”的桨叶，像刀，像剑，像矛，也像戟，是它划开辽阔海面千千遍，写下唱晚渔歌万万首。渔火照大海，闪闪烁烁，夜朦胧，月朦胧，海朦胧，每一次桨声响过，都激起一阵潮声，钩沉出渔夫的沉重心事、唱响了水手不老的情歌……

海天茫茫，要否再次解缆放舟？

徘徊崖边，吹习习海风，听隆隆海潮，观海鸟展翅低飞，我多想摆脱寂寥寻求走向人生晚景的最佳答案！瞧，一群智叟早早上岸垂钓海边不湿衣，漫不经心心骛八极，何尝意在水中鱼？他们不无优哉游哉舒展着筋骨，享受着难得的过往激战后的平静。现成平庸的选项无助我走对求解作答的路径，我的选择不爱沾染偷闲的念头……

我心踌躇，望望脚下海边任劳任怨的无声自横的扁舟和搁在船面不曾老化的有勇可贾的刀剑矛戟，我沉思默想，我还要下海，续写又一版本的《老人与海》的故事。想让日月星辰来评判古稀老人以桨为笔、以海为纸涂鸦出的充满个性特色的鲜艳画作，也好作为黄昏岁月里一份菲薄的礼物，奉献给热爱我支持我创作的读者朋友们。不知苍天意下如何？肯高抬贵手准许成全我再度不辞辛劳壮志航行的一厢宏愿吗？拜托了！

……

2017 年 1 月 24 日

目录

㊀ 景观流连

二 物犹如此

三 往事追忆

四 生活语丝

一 景观流连

雄关老鼠夹

老鼠夹，位于龙王坑东面山顶上，是一道难以逾越的关隘。

老鼠夹，它居高临下，虎视眈眈，挡在北山村村民上山下山出行必经的山路上，老鼠夹的巨岩巍然不动。既然难以撼动巨岩喝令其让路，先民们倒想出法子，就势造路，从其耸立的巨岩缝隙旁铺设石阶，蜿蜒而上，供行人迂回前行。

当路人行达老鼠夹，天突然变小了，路也变窄了，仿佛进入露天的隧道。行人汗不敢出，凝神屏息，缓缓而行。伸开手来，不经意间便可触及路上两边夹击的岩面。那狰狞的怪石就是想专门吓唬欺负那些懦弱的行人，它对于北山村硬汉们则无威可施，因为这些山民身上原本早已染上充足的阳刚之气和大无畏的精神。老鼠夹，对虎虎有生气的山民根本起不了丝毫的威慑作用。

在当年封山育林的日子里，每逢开山季节，居住在山下的男女老少便蜂拥上山砍柴。一天中午，一位顽皮的男孩因懒耍赖，居然借口肚子饿挑不动柴担，干脆躺倒在“老鼠夹”岩面上。这倒给已经下山的孩子的父亲出了一个不小的难题，也带来一场虚惊。尽管他的老爸在山下千呼万唤，他还是不下山。最终，他的老爸只好再度上山，接回孩子，挑回柴担。父爱飞度上老鼠夹，而男孩却花言巧语：“都怪老鼠夹，夹住我的脚，走也走不动。”他居然把“老鼠夹”抬出来当挡箭牌。看来也有点耍小聪明。

“老鼠夹”之路难行妇孺皆知。旅人到此，气喘吁吁，手脚并用；轿夫经此，格外小心，慢了脚步；轿里贵人，心惊胆战，祈求平安；恋人路过，相携相扶，相濡以沫，欢度雄关，演绎浪漫。

但正因漫漫山路和险峻老鼠夹的存在，才会培养出许许多多无所畏惧的山里硬汉。北山村村民把一挑挑的柴草挑到山下卖掉，去换回生产生活的必需品——农肥大米等物资，而这些物资又被他们源源不断地挑到山上老家。他们强健的肩肌腰肌腿肌是在长年累月负重登山的劳动中磨练出来的。一旦他们集体上山下山，那一尊尊缓缓移动的身影无不映衬出大山的雄壮。那一顶顶尖尖的小竹笠和一方方深蓝色的肩巾是他们族群出行时特有的标志。那一双双草鞋磨光了脚下祖祖辈辈山民们踩踏不已的石路。老鼠夹不是不知道。

攀上老鼠夹，不远处山窝里升起袅袅炊烟，那是北山村村姑老妪写在蓝天白云间饱含关爱的象形文字，它在召唤着外出的亲人归来吃饭。山里人家的粗茶淡饭养育了山一样的汉子，也培育了他们大山一样的朴素和坚忍。

许许多多山民明知山上路况很差，给生产生活带来诸多不便，甚至还有安全隐患；遇事都要长途跋涉求助外界。但他们仍能一直坚持，安土重迁。想来多多少少还是出自无奈，一条山路简直就是困扰他们一生一世的紧箍咒，一条山路有时又是他们不可或缺的生命线，特别是有人夜半突发疾病急需求医之时。

早在读小学时，我们就听过愚公移山的故事。后来也有人议论：愚公干脆不要移山了，把自家的房子移出山外不就比移去太行、王屋两座大山来得轻松吗？北山村的村民也是基于这个思路出发，集体搬家下山。在山下建起漂亮的新房，敢于同“老鼠夹”说拜拜。他们也不再单纯依靠打柴种田为生了，多种经营让他们早早走上了致富路。

北山村村民的集体大搬迁，不是畏难的退却，而恰恰体现了村民的远见卓识。既知山路漫漫难行，何必与之死磨硬缠在一块？走为上计！他们毫不犹豫实施搬迁大行动。北山村村民选择了山下一处优越的居住环境，建起美丽的家园。我们对北山村村民举村搬迁下山的举止拍手叫好！

老鼠夹，你当铭记北山村世世代代山民的坚强和勇敢，从你身旁走过的人个个都是英雄好汉。同时还要感谢你同我们一道见证了他们的胆量和远识。在你的阻挡下，他们曾挥动臂膀开山造路，一级级的石阶就敢铺设到你家门前；今天他们又辞别山上村寨住进山下洋房，这不能不说是他们明智的选择啊！说不定不多时他们又会把你乔装打扮整容换面打造成一张旅游名片。

老鼠夹，你曾是勇敢者行进途中的一块路标。山风呼啸野兽出没之时，赤手空拳或肩挑背扛的山民们依然匆匆忙忙上山下山，他们没有景阳冈上手持哨棒口留“透瓶香”酒气的福分，依然从从容容上山下山……

老鼠夹，你真不愧是一块测量人们胆量体能脚力的巨型试金石。你高踞山脊虎视眈眈，但你见识了无数遍的天风山雨，你目击了无数次一批批硬汉上山的背影，你依依不舍送别了北山村最后一名下山定居者……

如今山下旅游业正在起步，老鼠夹，龙王坑景区正敞开怀抱欢迎你的加盟。你被山民冷落一时的尴尬处境也即将成为历史了。不远的将来，你又将掀开绿树芳草遮头蒙面的头盖和云披雾绕的面纱，羞羞怯怯地去向来自四海的游客讲述你坐地称霸的往事和难耐一时的寂寞心事……

2014 年 7 月 30 日

游览福清一拂法制文化公园

冬日里的一天，我独自游览了福清一拂法制文化公园。提起一拂居士（郑侠），福清人无人不知。在融城老街区就有一条贯穿东西的主干道被命名为"一拂街"。说起一拂居士那把拂尘的故事也同样为福清人所熟悉：郑侠身为宋代廉吏，刚正不阿，罢官回乡时，行装中唯有一拂。邑人明朝首辅叶向高为他撰写一副对联："谏草累千言，终信丹青能悟主；归装唯一拂，始知琴鹤也烦人。"一拂居士一生干净，福清老百姓铭记郑侠为官清廉，还在福清街心公园为其塑像一座。

福清一拂法制文化公园就建在福清街心公园内的东边。沿着一拂街东段、福清邮电局对面阶梯口拾级而上，上完40级台阶，即可登临一拂法制文化公园。阶梯西面墙上由下而上罗列7幅墨色大理石板刻画的名人像及他们对其所处时代的法治主张。分别为叶向高、林则徐、郑侠、孔子、孟子、荀子、包拯。

上到公园顶上，游目园中，中间宽阔，可供行人游玩；法制宣传巧妙融合在在周边景点建筑物里。我自南向北、顺时针方向绕园一圈。

首先来到L形长廊，仰望长廊外侧上方，镶嵌7位中国近现代法学名家——史尚宽（民国著名法学家）、梁启超（近代启蒙思想家、著名政治活动家）、钱端升（当代宪法学家、政治学家）、佟柔（著名法学家）、李浩培（当代著名国际法学家）、芮沐（民法大师）、杨兆龙（世界50位杰出法学家之一）的肖像及其在法学界的成就简介。仰望这些近现代法学领域里的璀璨明星，更增添了我对他们在法学方面建树的了解。我又抬头浏览L形长廊内侧上的7张“法治典故”：《廷尉罚金》《曾参杀猪》《只赚一文钱》《因失信而丧身》《陶四翁烧毁假紫草》《一诺千金》《淮安奇案》，每帧画作典故主题鲜明，分别告诫人们执法标准要统一、言而有信、诚实经营、不可失信、诚信不欺、得道多助、不贪财的小故事。这些流传千古耳熟能详的法制故事，引导游人对法律的起码认知和为人所应具备的道德底线。颇具教育意义。

公园里除了“名家简介”“法治典故”外，还有各类引人向善的宣传牌，诸如“尊重科学、关爱生命、拒绝邪教、健康生活”等。

来到西边，建有一座四方形亭子。亭内摆设一张立方体的墨色大理石石桌，桌底每边各摆设一张正方体实心石椅。我坐在一张石椅上，看桌面磨出“福清法制”4字。从亭子、石桌、石椅都设计成方方正正的四方体，让人联想到法制的公平公正。

再往北走，但见棕色的铁制窗棂宣传栏的镂空图案里显露出“依法治国”四个大字。来到由西向东铺设的瓷砖路，路边花坛里摆设着两块雕塑成翻开的书页形状的花岗岩石块，上刻《宪法》。路东建有弧形廊架，下置长椅6条，廊柱上印有我国各个历史时期领袖人物论说法制的语录。在各段廊架上悬有古今中外名家论述法律的至理名言。

公园北墙装点着福清山水名胜画。墙外就是河后巷，外墙布置“法律小常识”和法制宣传牌。

驻足园内回望南端，南北约有40米距离。公园中间还算宽敞，布局相对美观，主题落在“科学立法、严格执法、公正司法、全民守法”上。

观赏园内景物，桂树铁树等花木在寒冬里依然挺拔；游人们有的在自由散步，有的在安安静静汲取法制知识，接受法律的熏陶和洗礼。来到公园参观阅览，仿佛是赶来聆听各路法学家穿越时空给市民热情开设的一堂形象生动的法律知识普及课一样，增强了我们平时不甚留意到的法律观念。

当我正从北往南穿越公园欲结束游览时，我不愿惊扰园中一切，悄然离去。回望园中，儿童们正在尽情释放天真活泼的本性，在公园里你追我赶嬉戏游玩，给公园带来欢声笑语和无限活力；老年人、中年人在静静阅览宣传画片，给大脑“充电”；小伙姑娘并排相拥而坐轻声细语聊着年轻一族热衷的话题。公园里清洁整齐，且充满浓郁的文化气息。我想，大概900多年前的一拂居士的在天之灵依然眷注着故里福清的发展变化，还不时手执尘拂拂拭去城区的尘埃和市民身上的灰尘，让当今融城拥有一个风清气正的美丽境界……

2016年1月16日

探看海坛古城

5月9日我驱车前往平潭县走亲访友，特地探访了正在建设中的中国首座海岛旅游古城——海坛古城。与其说古城，不如曰新城，那里的一草一木一砖一瓦都是新的。古城像刚穿上婚纱的新娘子一样神采奕奕容光焕发，热情迎接到访的四海游客。

自南而北进入古城，南门广场前一艘巨大的约有3层楼高的“海坛号”木帆船横亘在前方，在午后的阳光照耀下，显得格外威武气派，让人产生一种登船扬帆远行的欲望和冲动。

在南门广场抬头仰望城门，正中“海坛古城”4个大字熠熠生辉，旁配“福泽”（幸福与恩惠）“岚台”（平潭台湾），彰显了古城所处的特殊的地缘位置和传达出古城必将造福两岸的喜讯。出出进进此门的海坛游子定将产生一种出征的自信心和凯旋的自豪感。海坛儿女长年航行于海峡，以捕鱼为业，与渔船渔网朝夕相伴，与海风海浪海鸥为伍，栉风沐雨一路前行，这也许就是我所知道的海上渔民们打鱼作业状态的一部分；但我到访古城更想急切知道这座宏伟的古城建筑里究竟暗藏了几多秘密，几多故事？古城又是如何来向四海游客传达海峡两岸同根同祖的中华儿女的生活情状？

极目古城内，成功大道犹如一条笔直的河道自南向北缓缓奔流而去。宽敞大道两旁商铺林立，有的已经在试营业，有的还在抓紧装修店面。我顺大道前行，五彩缤纷的广告把大道两旁街区装扮一新，新鲜的海风裹着大海的气息，轻拂我衬衣的袖口，牵着我同游古城……

我在一家小百货店前停了下来，游客正在购买旅游小礼品，店内挂着油纸伞、纸灯笼，陈列着遮阳帽、布娃娃、化妆品和小玩具，琳琅满目。不一会，我又在一家“台湾湖心亭”小食店前驻足，只见店面广告格外醒目：“台湾电视台推荐——台湾奶茶、雀巢冰淇淋、台湾臭豆腐、爆米花、烧仙草……”我对购物和饮食兴趣不大，还是马不停蹄往前赶路，去收获古城赠给我的别样眼福。

路过之处，处处皆景，只能远观，无暇近览。醉仙楼食府、祥韵轩、老兵根雕等楼店场所，像一组镜头在我的眼前一闪而过。但有一处亭坊我却不敢轻易错过。“开闽坊”虽不甚雄伟，但坊联“分水亭功成八闽人祖，立堂坊名就开闽第一”却饱含慎终追远的缅怀之意。

当我们行进到成功大道中段，走近麒麟演艺广场，前方是挡在大道中间的“望海楼”，底下辟有高高拱门，供行人继续直行北去。巍峨的“望海楼”，5 层 28 米高，飞檐叠起，凌空欲飞。因尚在装修中，不能登楼凭栏眺望近在咫尺的浩茫大海。因北边还在装修施工，我们只好留步。盘点一路蜻蜓点水般邂逅之景点，印象中有南门广场、游客接待中心、怡心院、台湾会馆、望海楼、衙门等。

在府衙接待处，置业顾问小游就着“海坛古城总体规划”沙盘给我做了生动细致的讲解：

“海坛古城位于旅游休闲处核心位置，占地面积 1047 亩，按照国家 5A 级旅游景区标准，打造集‘吃住行游购娱’为一体的旅游综合体，未来将以古城为对台平台，带动旅游商贸休闲区发展。

“古城分 2 期开发，主要建筑以青砖灰瓦的明请建筑为主基调， 1200 米的成功大道直线贯穿古城南北。一期工程为麒麟演艺广场、城隍文化综艺广场、过街楼及南大门等，均已建成。二期待建工程是给一期作配套，有极限运动基地、影视基地、明代风俗体验区、42 亩大型演艺公园、海防博物馆、海思博物馆、城门楼广场、城门楼、96 亩高层海景房等。

"'海坛古城'距离'坛南湾海滨浴场'直线距离才400米，将来会建一条地下通道将这两处景点连通起来……"

走出接待室，再向北瞭望，已建工程已向北推进到过街楼和海坛怪街。在建工程也正在紧锣密鼓地向前推进，一座青砖灰瓦独具明清风格的建筑、设施齐全的海坛古城不日将全面竣工，巍然屹立在平潭海岛上。想想日新月异的变化，心情顿感舒畅。

朝南漫步，顺原路出了古城南大门。古城外绿化带树上的喜鹊叫喳喳，似乎向游客频频说"再见"，更像是在三番五次嘱托游客别忘了把古城建设的好消息带回家乡说与父老乡亲知晓，好让他们也能早日前来海坛古城作客……

2016年5月11日

体验永泰赤壁温泉

近日，趁在永泰赤壁度假村参会之际，我和福清市老年学学会的朋友们就地体验永泰赤壁温泉的魅力。

赤壁温泉位于永泰县葛岭镇景区内，建有80多个由天然原石打造成的特色不一的各种造型的泡池，有趣味南瓜池、碗池、汤匙池、花兰池、造浪池……赤壁温泉依山傍水而建，四周群峰林立、云雾环绕，可谓是一处怡神养心的观景温泉。

泡池由山下往上成梯层状排列，每层自成布局且各有特色，游客可赤脚行走在脚下坚实木条铺成的人行道上，自选道旁心仪的浴池泡泉沐浴。

大家穿好泳衣，鱼贯而行进入泡池。我与武老师动作最慢，尾随着泡泉游客上行，看到不远处有一个顶篷的圆形泡池，同行的白发苍苍的林老，已在池中优哉游哉享受温泉之乐。我俩便上前加盟入池泡浴起来。

路上款款走来两位女人，也想入池泡泉，却被林老幽默俏皮的“男女授受不亲”的“逐客令”吓得不敢入池，她们在林老的指路声中，朝着上层泡池方向走去，我们目送着带着几分腼腆的两位女士，她们移动着洁白的大腿从我们的泡池边的路上渐行渐远……

我们几位男人间的戏谑声随即大声响起，搅得一池清凌凌的温泉水泛起粼粼波纹，让皓首老林乐翻天。

本来露天泡池就是可以允许男女同池洗浴，也像普通游泳池一样。

我们在那个有顶篷的泡池泡过一阵后，又“这山望到那山高”了，似乎更在意温泉景区里的更多风景，我与老武又“更上一层楼”了。这儿风景更好，相对热闹，我们遇上老吴，他要我入池享受浴池低空喷泉，坐在或躺在一群两排喷泉口下的光滑的贴瓷墩上，轻轻按下安装在水池边的按钮，温泉喷涌而出，按摩身上肌肤，令人心爽神怡。在这个中等的池子里，男女同池，大大方方共享冲洗沐浴的乐趣。

游目周遭，座座泡池游客爆满，特别是那些清一色的女宾们“占据”的泡池里，欢声笑语绵绵不绝。她们入水围坐在泡池边上，把腿伸入池里，像在开“圆桌会议”，女宾们边洗边议。她们洗得格外细致，美丽的泳装和优美的曲线勾画出一幅幅“美人鱼”的轮廓，在清澈的温泉中招摇晃动变形，水池仿佛是上天装在深山里的一面面明镜，让它们顾影自怜感念沧桑。她们此时的议题漫无边际，议水质，谈感受，还有聊家常琐事……难得她们今日借得“温泉水滑洗凝脂”，赤壁温泉让她们有机会摆脱今日家务的劳顿，宛若从天界飞临人间的仙女难得一时无拘无束，潇洒走一遭，从从容容洗却她们身心的疲惫和尘世的苦恼，温泉让她们欢聚开颜心花怒放……

再看看大池小池，有热热闹闹男女老少同堂洗浴的，也有寂静落寞的独行侠在小天地里闭目养神修炼静功……今天温泉开足马力，使出浑身解数，动静有度，有求必应，只为远方来客灿烂的笑颜和内心的清净。

冲泡了好一会儿，我也心满意足地上到池边，就近喝喝景区桶装的矿泉水。也为同伴们递上一杯杯热水。

不多时，我和武老师又起身去完成我们今天的“神圣任务”，发奋看尽所有浴池。我们不再下池，加快脚步往山下走去，边走边数边记住浴池数量和形状，无奈浴池数量太多，我们也被弄得糊涂起来。但那些独出机杼的人工设计营造的浴池千姿百态，依然给我们留下过目不忘的好印象。

回到休息厅，景区服务员向我俩盛赞度假村温泉水质优良清澈，设备先进：“水中含有偏硅酸、氡、硫、钾、钙等十多种对人体有益的微量矿物质元素，有很好的保健疗养价值；温泉游乐场全部设备由日本进口，一年四季温泉游乐场随着季节温度变化自 动调节水质和水温。”我俩颔首称是。

永泰赤壁温泉带来的赏心悦目的快感和舒适的肌肤享受令人难忘。朋友，有兴趣不妨约上三五好友，一同亲身去体验吧！

2016 年 5 月 28 日

鳌江宝塔抒怀

早有所闻，鳌江宝塔历经400多个春秋，依然巍然屹立在福清上迳古码头的小山坡鳌峰顶上。这座建于明万历二十八年（1600年）的鳌江宝塔，享有盛誉。相传明末，上迳林氏族人有18家子弟漂洋过海谋生，逾期未归，18位盼夫早归的女子合议捐银在鳌峰顶上建造了石塔，塔成后每晚轮流上塔顶点灯，为海上航船导航，期盼夫君早早归来，年复一年，18位妇女红颜渐凋，终不见夫君归舟，最后相继抱恨死于塔上。后人称之为“望夫塔”“寡妇塔”。

凄美动人的民间传说固然令人为之扼腕叹息，然而我想实地造访宝塔的心愿一年更比一年强烈。2008年初秋时节，承蒙上迳二位好友——林秉峰、黄启泉相邀，让我如愿以偿。陪同我登上宝塔的二位好友也就是我高中时代的同窗好友，古稀之年，大家终于有机会相聚上迳，携手登上这座高28米、象征着不老爱情的宝塔，真可谓是人生之幸运。

置身塔下，抬头仰望塔顶，犹如瞻仰一座拔地而起的巍峨的爱的丰碑让人激动，18位不知名的红颜似乎还在高层塔顶走廊急切瞭望……

“轻轻地靠近她，招招手，请让我们走进她们不曾冷却的情感世界。”我示意两位师兄谨言慎行，我们携手并肩走近塔身。

我们轻声细语小心翼翼进到塔门，但见塔门左右各立一尊“镇塔将军”石雕，神态威严凛然。

进入塔内，我们拾级登顶，只见各层塔身浮雕造型优美、佛龛里幸存的为数不多的佛像，雕工精细，神态端庄；我们一边观赏浮雕和佛像，一边也试图从观赏佛像的过程中了解捕捉古代经济文化发展的蛛丝马迹。

我们奋力登上6层，倘要再上到7层，须攀踩好几个陡峭石壁上状如脚窝模样的石洞才能上去，我们合议，为安全起见不再冒险挑战，于是就止步6层休息。遥望远方，不见片帆进港的迹象，一切都归于寂寥，只见远方茫茫一片江水。塔下，秋来江水绿如蓝，江边，田园鱼塘星罗棋布，上迳古老的地标建筑蹑云桥虽已退隐视线之外，但见现代化铁路桥横跨迳江之上，一列动车正从我们眼皮底下飞驰而过。

尽管沧桑巨变，但我登塔怀古的情怀依然绵延不绝，我不羁的思绪迅疾驰骋到远方寻寻觅觅，试图找寻那些为伟大爱情而献身的古代女性。我想起遥远年代舜帝二妃娥皇、女英寻夫梦断湘水；我想起孟姜女千里寻夫送寒衣哭倒长城；我想起远古年代古希腊女教士希洛点燃的火炬、照亮了每夜泅过海峡来的利安得尔的眼睛……

身旁的启泉老同学难掩乐观浪漫的“老歌星”情怀，忘却自我的“恐高症”，居然一展歌喉，唱起“树上的鸟儿成双对，绿水青山带笑颜……”，我想，今天他在鳌峰宝塔上想扮演一名爱情使者，才亲自把《夫妻双双把家还》这首歌奉献给为爱情而献身的人们吧。随着歌声响起，18位为爱正望穿秋水的陌生的古代女子想必也将侧耳倾听，被缠绵欢快的现代情歌感动伤怀得泪雨纷飞吧！但我很快转念又想，鳌江宝塔不相信眼泪，爱恨交加的18女子不流泪！

不知不觉中，我也被“老歌星”突如其来的爱意浓烈的歌声所打动而浮想联翩、心潮澎湃。悠悠岁月里的一幕幕感人至深的痴迷爱情的故事又接踵浮现在我的脑海：李清照盼夫吟咏词赋，白素贞救夫水漫金山，林黛玉葬花以慰相思……她们为爱或凄婉表白，或奋不顾身，或肝肠寸断。爱，这永恒的人生主题，被一个个多情的文豪才女、护夫侠女、红楼闺秀尽情演绎，如今，18位民间女子把当年她们对爱的渴望和追求写进鳌江宝塔，让爱情的又一版本的故事在我们广袤的玉融大地得以传唱……

脚下的寡妇塔，一言以蔽之，你不就是一座令后人思慕的爱情之塔、信念之塔吗？你犹如一座爱的航标，巍峨屹立在上迳古码头，你无时无刻不在发出爱的光芒、爱的召唤！这里每一块花岗岩的塔石，都浸染着爱情的血泪，都诉说着望夫归来的美好愿望，也都萦绕着阖家团圆的美梦！18位良家女子守身如玉、红颜渐老，没能盼来夫归家圆，虽然令人遗憾，但她们用一生一世的真诚完成了对爱情的永恒的守望，不能不令人动容！

当我们一行小心翼翼缓缓下行，身体触碰到身边块块塔石，我的心情格外复杂，久久难以平静。我想，精美的石头会说话，它向天上人间，永不言弃地传递着发送着爱的讯息和信号，一遍又一遍，深情召唤着18位远航的心上人魂归故里。

脚下的望夫塔，你哪里是用花岗石垒砌而成？你简直就是用坚固的特殊的爱情材料构筑而成。你高高耸立的身躯是对所有朝三暮四爱情观的睥睨和藐视！你雄踞玉融大地的英姿是对忠贞不二爱情的认同和褒扬！数百年来多少贤妻良母瞻仰过你，为你的操守礼拜不已。你把古代民间劳动妇女朴素的思念丈夫热爱丈夫的专注情感和美德，借助巍巍宝塔活生生地率性展示给后人！我们为你骄傲为你自豪，我们也该为你礼赞为你放歌！

我以为，虽然时代变化，但构建社会的最小单位的家庭，夫妻间的“两情久长时”的相悦相知相守依然需要。登临鳌江宝塔，我感受到家庭和睦的重要；我祝愿天下有情人梦想成真，阖家安康，幸福绵长，不再颠沛流离，不再饱受情感的折磨。

2016年8月8日

重游福清南岭草原

国庆节刚过，假期旅游正在升温中，我也禁不住蛰居城市伏案写作的寂寞，顾不上脚痛未愈，竟然乘坐家人自驾车抵达福清南岭草原游览。

热情好客的南岭镇西溪村老人会陈会长引领我游览了南岭草原。记得我也是在7年前的秋天与福清文联的同行们首访南岭草原。对于7年里的变化虽然时有所闻，但今日的草原与昔日的草原及其周边环境究竟发生了哪些变化？总牵挂于心。

带着心事，怀有关切，走进草原。但同7年前一样，登上草原的原路依然原封不动完好保留，周围的植被依然如故，连片的油茶树茁壮生长，上山路边山沟里的泉水依然哗哗流淌。而在山下水库的北边已新辟一条登山路，便利小孩老人登山。但不知怎的，我们却偏偏误走上登山旧道。昨晚如酥的烟雨润滑了山间崎岖不平的泥路，增添了登山的难度。许多旅友一路互助互帮，伸手相援，让老弱病弱者也能比肩前行，不至于掉队。50分钟的上山路，对于大多来自都市的上了年纪游客更显艰难。我边走边歇，气喘吁吁，还得兼看路况、选取稳妥的能踩踏的石块草地行进。好几个外地游客在这条登山老路上摔了好几跤，有的抱怨“早知山路这么难走，就不会来”。我没有丝毫埋怨的情绪，安慰大家：“马上就到。”当我们行走到半途，会长同志已出现在山顶，还给我打来电话，并不断在山顶向着我们频频挥手致意。鼓励我们加油。途中也有想要中途退出下山的游客，但在大家的亲切的劝慰声鼓励声中，依然顽强站立起来继续艰难行进……

终于看到挺进草原的最后一段熟悉的平路了。那些身疲力竭的游客一下子焕发精神，像马拉松运动员在完成最后的冲刺，快步进入草原，拥抱一望无际的山间草地。

山风劲吹，雨雾飘飘，牛儿悠闲，游人欢欣，大家欢聚在美丽的草原上，仰看从头顶掠过的山岚，望着连绵不绝的草地和身边的游客和较远处的悠闲吃草的耕牛。我想起 7 年前，几位年轻的同游者就在这一片草地上泼洒青春浪漫的情怀，青青草原留给我的记忆永不褪色！

登山的艰难和辛劳被眼前凉爽的天风吹到九霄云外，游客们不忘留影，穿着花花绿绿的都市女人浓妆艳抹尽展风姿，把妩媚献给壮丽的草原；年轻学子也忘记作业和考试的压力，席地而坐聊聊登山观景的体会；还有那年轻的父母带着子女在草原上尽情演绎着一场场亲子之秀，让老牛驻足动容！他们为凉爽吹拂的山风、为壮美的高山草场连连点赞不已，并想方设法沾染青色世界里难得的大山气息，裹一身青草香回家。

我特别留意山上牛群的活动，草原本是耕牛之家，它们在这块高山领地上生活生产，养育后代。广袤连天的草原散落着无数耕牛，也见得两三头耕牛信步来到游客放在草地上的水果点心袋前，毫无顾忌开袋舔出水果蛋糕大快朵颐，那位女游客显得特别大方，站在一旁一任耕牛代她享用午间点心而不出声，她还示意大家别惊扰耕牛难得一遇的绝美午餐。人与自然、人与动物的包容相处，让我体会到当今游客的文明素质。要是在过去，那怕是耕牛犁田时因肚饿伸头咽食相邻田边上几株稻谷，免不了要招惹主人的怒气而受到责罚。今日在草原上邂逅的人与动物的和谐相处的一幕，让我对南岭草原多出了一层了解。

7 年里，我对草原的变化耿耿于怀，担心人们会轻举妄动改变草原生态环境。今日眼见为实，景区新路建筑不影响旧路，大草原安然无恙，只是多了游人，略微挤占了原本耕牛习惯性的活动平地，但牛群已适应“人进牛退”的现状，移至远离平地的连绵几个山头和山边吃草休息，总体说来，800 亩茫茫草场对于千余头耕牛的活动空间并不造成太大影响。

我的目光依旧停留在环保上，我借机询问身旁的陈会长：“在草原上拦腰划出的几条山路是人工开凿留下的痕迹吗？”陈会长回答：“是牛踩出来的，牛群长年累月往返各地吃草，一头牛在前方走，后面的牛就在后头跟，久而久之，就出现了山腰小径。”我会意地点点头。心想鲁迅先生在《故乡》所言“地上本没有路，走的人多了，也便成了路”，原来造路者不单是人，还包括牛呢！至少南岭草原上步调一致行进中的耕牛是名副其实当之无愧的一行造路者。

陈会长和我顺着耕牛造出的其中一条水平光滑泥路，来到草原的西边，他指点我看东海海面、长乐机场，还告诉我要是天晴，可登顶鸟瞰平潭长乐福清的更多地方。我想，这平均海拔345米高山地形，加上800亩辽阔草地的优势才成就了南岭高山大草原的美名，令各地游客慕名纷至沓来，竭尽全力，不辞攀登劳苦，只为实现心中那份与自然的亲密接触的愿望。

在下山途中，一位上了年纪的福州女游客，慑于下山惊险而惴惴不安举步维艰，陈会长给了她极大扶持帮忙，让她顺利下山。她无限感激，称赞福清南岭人真会助人。我听着她不绝于耳的赞美词，从中也深刻体会到南岭镇村民对游客所展示出应有的好客热情和当地古村落淳朴的民风。

今日再度游览福清南岭，山顶草原依然翠草连天，成群结队的耕牛依然在自由自在享用天然牧草。山下梨洞水库和诸多水塘依然蓄满清水，接受来自草原的无私馈赠。有所变化的是在山脚下新建两处合计50亩的停车场和另辟一条登山道，路上铺有350多级条石台阶，以方便不想走捷径而脚力不支的游客上山。但南岭景区最大的变化是游客猛增、人气大盛，一拨拨满载游人的旅游车落落大方开进山里，那天单是大巴旅游车就有近10辆，自驾车数以百计，将两个停车场停得满满当当。景区两家农家乐饭店和民间临时为游客搭建的小食摊点也随着当地旅游业的蓬勃发展应运而生，南岭地方特色的绿色小食正在热卖中，餐饮业悄然兴起，牛肉铺、蛎饼摊、蒸薯棚吸引了大量游客围拢惠顾。这在7年前是绝对看不到的。

南岭草原，别来无恙！今日重游，感受你的变化，体验你的进步。我为再度回到你的绿色环保洁净温馨怀抱，一览你为我们福清带来的独特的休闲旅游的风景和别样的风姿风情而深感欣慰和荣耀……

2016年10月2日

澳门3D美术馆掠影

在澳门参观完“大三巴”景点时，我和女儿来到“金澳门3D美术馆”，一起去领略3D美术的艺术魅力，尽情体验一把3D美术带给我们旅游的别样乐趣。

3D美术于我可算是新事物。我对3D打印虽略有所闻，但如何将3D技术运用到美术创作方面却一无所知。

一进馆，只见来馆参观游客寥若晨星，也许大家有感于3D美术之陌生而远离它；也许3D美术并非人人喜爱之“大众产品”，才致多数游人望而却步，宁愿在观赏完“大三巴”后把多余的时间花在去山上参观炮台。但我还是珍惜这个难得的稍纵即逝的融知识性、趣味性、互动性于一体的观赏项目，坚定地挤出时间耐心参观。

敬业的女解说员不厌其烦向我们解说各个3D画作之意，并教我们如何迎合画面的构图，充分发挥自我想象力，把自己合理的动作造型对接上画面空出的部分，来塑造一幅完整的富有创意和个性的作品。

举两个简单的例子来说吧：譬如与名人握手，画面里站着一个名人，他正伸出一只手。而游客与之互动就要求迎向他很礼貌地也伸出一边手，接触画面上他那个正伸开的手掌上，人与画组成的一幅3D美术画幅《握手》就此生成。再如，要拍摄一张上楼照片，就奔着画板上画好的楼梯层作上楼踩踏姿势，即可获得仿真上楼的效果。

我在现场几件作品前浏览观赏好一会后，略知3D美术创作的基本原理就浅尝辄止心满意足，改由走马观花形式在后续作品前匆匆走过。大凡3D美术作品多被设计在转弯抹角墙体上，因为那样更具立体感，也更容易让人产生幻觉信以为真。我的女儿童心未泯，在每一个作品前流连不已，她在讲解员给出的示范后，也勇于大胆发挥自身想象力，频频与各个作品互动，成为乐此不疲的3D美术作品的爱好者和实践者。

我来到馆内一处“玻璃迷宫”，独自一人尝试闯过四壁皆玻璃的迷宫通道，屡屡受骗碰壁，又屡屡寻得出路过关，终于走出曲径通幽的令人炫目的玻璃迷宫。迷宫里的寻寻觅觅，判断的对与错，都让我体验到当局者的迷惘、焦躁，和最终走向光明的喜悦。

金澳门3D美术馆现有作品70多件。经典作品有：澳门观音、天台与大三巴合影、同心锁、浪漫爱之屋、牵手看世界、巨型万花筒、纸飞机大三巴、威尼斯船、崔特首握手、浪漫星空纸船、玻璃迷宫、钞票推土机……

与3D美术馆相连的蜡像馆也位于澳门大三巴牌坊广场，主要展出古今中外名人的蜡像，跟随讲解员的脚步进入馆内，在那里我们见到乾隆皇帝、爱因斯坦、梅西等名人，我还与科学巨匠爱因斯坦亲密合影留念，我还用英语问候他，彬彬有礼地与之进行简单友好的“对话”。

很高兴来到澳门，很高兴领略3D美术魅力，希望乡亲们有空也能到澳门游览观光，在业已回归祖国的澳门土地上，多多留下我们内地朋友的殷勤的脚步声和开心的笑声，给澳门同胞带去祖国亲人的美好祝愿……

2016年11月10日

大屿山览胜

初冬季节，我和女儿到香港旅游，次日清晨乘坐外甥小车前往大屿山游览。车抵东涌，只见排队乘坐缆车的游客挤满上山栈桥过道，为了游览，我们一行静下心来排在“长龙”之后亦步亦趋，一直排到上层平台，在登车入口处前继续排队，终于抵近缆车口。管理员在精准控制人数分组放行。轮上我们了，漫长的两个小时的排队苦熬终告结束。

缆车车厢转弯过来，在登车区速度相当慢，游客登车速度也不太快，每人大可从从容容步入车厢，安安稳稳坐下。我们在工作人员的指挥安排下，迅疾进入运行的车厢。我们一行 7 人几乎包揽一厢，因为上山游客太多，每厢必须坐满 8 人，又凑足一位外来客，就关上车门，缆车匀速升腾而去。一种飘飘欲仙的快感油然而生。

这次乘坐昂坪缆车不同于以往乘坐缆车只感觉缆车是在群山上空划过而所见皆山一样索然无味。今天坐在天然通风的舒适的昂坪缆车车厢中可饱览 360 度大屿山全景，还可观赏东涌湾等地景色，海陆空之景一样也不落下。缆车连接东涌市中心与大屿山昂坪。旅程 5.7 千米，一趟花时约 20—30 分钟，所以我们尽可优哉游哉地享受空中滑翔的美妙情调。

缆车自东涌缆车站启程，沿途经 8 座缆塔和 2 个转向站，直抵昂坪缆车站。一趟 2 次转向 2 次飞跃东涌湾上空，第一次先短距离过东涌湾后在机场岛转向站来个急转弯，再长距离通过东涌湾腹部上空。因为缆车地板透明，脚下碧蓝的海水和青翠的群山尽收眼底。同行的5位女士无不发出惊奇的叫声，原先自称有恐高症的2位女士也深深被眼前的美景迷住了征服了，所谓的恐高症早就消失得无影无踪，还各自拿着手机兴致勃勃拍照。再往远处看，香港国际机场已有班机在起降，必须指出，其中3位女士为了大屿山之旅竟把已买好的今天下午的机票改签在晚上。正因“风景这边独好”，我想，景点游客爆满之一大原因也与此不无相关吧。

当缆车飞越东涌湾上空后，缆车沿着弥勒山北坡继续爬高，目之所及有东涌市区和香港国际机场，缆车向西南方缓缓运行而去，山坡上可看到登山小径。我们在缆车里俯瞰过北大屿山郊野公园和大屿山一带青葱翠峦。

当缆车行经第二个转向站——弥勒山转向站时，可以眺望天坛大佛了。远处大佛坐在山上，不怕风吹日晒，绿色的世界为他铺设了四季常青的地毯和坐垫。缆车就要到达昂坪站，大佛的身影越发明朗，集市的风貌又翩翩迎了上来。十里缆车路，一路皆锦绣。山清水秀，水中沉鱼，山上栖鸟，美不胜收。缆车在迎来送往的路上永不止步不停奔跑，给香港红红火火的旅游业持续给力。

下了缆车，走出站来，已是中午，大家在昂坪市集小憩，喝喝水，逛逛街，购购物。我一心想见佛，即便体弱且脚有毛病，也要克服困难去朝见香港天坛大佛。于是我便“笨鸟先飞”，独自先行，随同人流到了大佛端坐的那座木鱼峰下，仰望铺设在上山路上那数也数不清的登山石阶，我虽有些犹豫，再仰望木鱼峰顶端坐着的天坛大佛，在中午明亮阳光的照射下熠熠生辉。最后我还是选择上去。我拖着病腿，忍痛登山，终于登完268级石阶，到达海拔482米的木鱼峰上，上至大佛基座下，大汗淋漓地去面见大佛。

香港大屿山的天坛大佛，据称是世界上最大的户外青铜坐佛，高26.4米，加上莲花座和基座，总高约34米，重达250吨。据说，因基座仿照北京天坛设计，故名天坛大佛。天坛大佛坐南朝北，大佛乃佛祖释迦牟尼造像，庄严、慈祥，仰望倍感沉稳。在底层祭坛上，面向大佛，有6尊舞姿铜像，双手举捧供品，名为“六天母献供”，造型精美。基座内设展厅。我环绕大佛数圈，还进到基座内参观。

此时，我的女儿也闻讯赶到，为我擦汗，给我饮料和面包补充能量。我揉着清晨还鼓胀疼痛的小腿，露出久违的会心的笑容。旅游带给我的快感不言而喻，我为自己年近古稀依然壮心不已而自感欣慰。我为还能不辞辛劳频频见识品味祖国大好河山和人文景观而深感荣幸！

下了山，只见同伴还在昂坪市集的路边座椅上谈天，见我们来了，也便一起下山，依然乘坐缆车。在返程缆车里，大家显得更活跃，谈笑风生，休闲旅游让大伙收获了爽然的性情，同行的陆女士居然还像一名小童趴在缆车地板上用手触摸水晶地板，透过透明隔板往下鸟瞰东涌湾，还朝着底下波光粼粼比比划划，请大家也来体验观赏！

大屿山，今日走近你温馨的怀抱，感受你的独特的美景，丰富多彩的传统文化心经简林和红树林招潮蟹等自然生态以及地道美食，让大屿山独特景点声名远播。我们因行程紧张，而不能一一眷顾，但我还是心满意足、知足常乐，单是昂坪缆车和天坛大佛两项就令我记忆终生、回味无穷！

2016 年 11 月 13 日

观赏维港夜景

刚到香港的第一天晚上，我的外甥和他的几位朋友约我一起前往维多利亚港湾观赏夜景。当我们乘坐的小车经过熙熙攘攘的街道时，已是华灯初上时分，一条条街道在灯光的装点下分外妖娆。

为了寻找停车位，外甥叫我们下车步行一段，他独自把车开到附近有车位的停车场。我们 3 人下车后朝着尖沙咀维多利亚港方向走去。来到港边，只见一艘艘小艇依然不知疲倦地在港湾里调皮跳跃，把倒影在维港里的两岸五颜六色的灯光楼影晃动不已。初来乍到，不乏新鲜感，我们纷纷掏出手机和数码相机，朝着两岸绵延数里的灯海拍照，试图把无限风光带回家。港湾里还停泊着巨型游轮，给大都市的夜生活营造浪漫的气氛。

维港今夜无风无雨，游人云集，大多集中在环绕港湾的大道边上，或分布在尖沙咀看台上，市民和游客摩肩接踵蜂拥而至，只为一睹今夜即将开演的烟花汇演。据说，在维港举行烟花汇演始自 1982 年，每年农历年初二、以及 1997 年起回归纪念日及国庆日才有举行，每年都吸引不少市民在维港两岸观赏。除此之外，在部分日子的幻彩咏香江表演中，为使汇演更添吸引力，也会在维港海上加插烟花表演。今夜也算碰上运气，来港首日就逢上维港烟花汇演。我们往看台方向走去，看台不高，台顶设高低两层，靠海港处较为狭窄，上层略为宽敞，看台可容成千上百人往来观赏，但那夜人流量很大，看台也被挤得水泄不通。

外甥打来电活，他已停好车，也正来到看台与我等“会师”。此时，烟花汇演在音乐声中开始，伴随着国歌和优雅的乐曲，烟花在维多利亚港的上空绽放，火树银花不夜天，辉映着世界第三大海港，让“东方之珠”更为璀璨夺目！当从对岸高楼大厦射出的最后一缕彩色激光消失时，当最后一朵烟花徐徐绽放又缓缓熄灭在维港上空时，维多利亚港又恢复了先前的宁静。闪闪烁烁的灯光让我很自然联想起郭沫若先生《天上的街市》：

远远的街灯明了，
好像闪着无数的明星。
天上的明星现了，
好像点着无数的街灯。

我想那缥缈的空中，
定然有美丽的街市。
……

维多利亚港，两岸的灯光楼房见证了你的历史。外甥指点我看对岸临港插着国旗和区旗的一处建筑，告诉我那就是举行香港回归祖国仪式的场所。我郑重其事，看了一遍又一遍。

来到维港，历史的风浪拍击着我的心胸，难掩心中拳拳爱国情。维港，我唱不出郭老激情澎湃的夜歌，但我今夜听到维港奏响《义勇军进行曲》，看到维港上空飘扬的五星红旗，今夜我沉醉在你流光溢彩的美轮美奂中，尽情驰骋美好的梦想。我多想向你真情表白：历史的污泥浊水必须荡涤，自然生态的保护依然刻不容缓。为了你永不凋谢的美丽、为了东方之珠的永恒魅力！

2016 年 11 月 13 日

太平山顶

2016年农历立冬，我到香港，欣赏了维港夜景，心里还一直惦念着太平山顶，生怕在来港的短促行程里，与这个闻名世界的风景点失之交臂。

记得2006年，我向长期旅居海外回国的大哥了解他心目中最美的城市时，他毫不犹豫回复我“应该是加拿大温哥华维多利亚岛和中国香港”。他还说他6次到过香港，第一次去，他就上太平山玩；以后每次去，香港一次比一次美丽。兄长的话促成了我这趟香港之行。我在游览了香港大屿山后，当天可供利用旅游的时间所剩无几，但我依然固执要求外甥再把车开到太平山顶览物观景。

小车风驰电掣载着我们飞越一马平川的马路，到达太平山后，又开始一段艰难的爬坡，马路坡度大转弯多。但外甥一边开车，一边还指着山边豪宅给我介绍起来：“这地方历来都是富人区……”我把目光投向山路两旁，一幢幢气势不凡的别墅依山而建，记录着豪华也写下历史的兴衰。外甥还说：“太平山顶过去是英国人聚居地，平民百姓是上不去的，不是不想去，而是不让去。”

伫立山顶，游客们趁着落日时分都在贪婪观景，我的目光也投射到山下景物，只见薄暮冥蒙中，幢幢高楼见缝插针，像雨后春笋挤挤挨挨争相竞上。暗淡的夕阳给山川楼座涂上一层淡淡的金黄色，突显香港大都市的神秘和气派。

我们一行急匆匆跑去乘坐电梯。室内电梯不断攀升，站在梯里可以近距离看到各家店铺正在火热营业中。不知经过多少次峰回路转，也不知用了多少时间，总感觉我们目之所及，上上下下各架电梯都在运送游客。

当我们登上观景台，居高临下鸟瞰山下风光时，已是万家灯火时刻。太平山顶，人头攒动，大家举着数码相机、手机、录像机不停拍照。观景台边，站满游客，可以 360 度俯瞰全港夜景。

过了七八分钟，灰蒙蒙的天空突然下起细雨，大家并不予以理会，不为细雨所动，依然扎根观景台站立观景拍照。飘飞的毛毛雨润湿了我的脸颊，冷飕飕的。看看身边的女儿依然穿着短袖，面对夜幕笼罩下宛若“星星点灯”半明半昧的山下迷人景致，大有君临天下的气势。

外甥也曾跟我讲过“到太平山顶观景，最好选在黄昏时候，既可看到白天之景；在夜幕低垂时，又可看到夜晚之景”这句话，只可惜我们来晚一步，更兼自做多情的毛毛雨又翩然从天而降，来到观景台缠缠绵绵陪伴我们，难免让人略显牵扯。今天，我们有了亲人自驾车的迎来送往，给我们的旅程提供了不少的便利，也节约了不少时间。但正因我们乘坐自驾车，也错过了搭乘最古老久负盛名的太平山顶缆车（1888 年启用至今）的机会。但我又想，我第一次来香港，承蒙亲友照顾帮忙，就能顺利游览多处山水名胜，也应知足常乐。心中便觉释然。

今天我能步父亲兄长之后尘，来到香港，游览太平山顶，感受回归祖国后的新香港的美景，也算今生有幸。兄长 6 游香港，暮年时还一如既往念念不忘香港美景。可见美景对一个人的成长所起到的影响和作用应该说是终生的。我想，当我走不动时，也许还会记起在太平山顶观景台那场绵绵细雨中痴情鸟瞰香港夜景的情景吧……

2016 年 11 月 14 日

大三巴牌坊

2016年11月9日上午，我乘坐香港到澳门的客轮前去澳门旅游，船到澳门，就有福清老乡驾车来接我们。我的首选参观景点便是大三巴牌坊，老乡的车子在市区绕了一段路，便来到大三巴。

临行前，我从网上曾查得有关大三巴的前世今生——

大三巴牌坊，其正式名称为圣保禄大教堂遗址，一般称为大三巴或牌坊，是澳门天主之母教堂（圣保禄教堂，于1580年竣工）正面前壁的遗址。大三巴牌坊是澳门的标志性建筑物之一，同时也为“澳门八景”之一。2005年与澳门历史城区的其他文物成为联合国世界文化遗产。

经实地游览，这里不愧为远东著名的石雕宗教建筑。大三巴牌坊高约27米，宽23.5米，分五层，底下两层为同等的长方矩形，由三至五层构成三角金字塔形。顶端竖有十字架，其下嵌有象征圣灵的铜鸽，铜鸽像的旁边围着太阳、月亮及星辰的石刻；铜鸽之下为一圣婴雕像，其左上是“永恒之火”的雕像，右侧则是“生命之树”的石刻。第三层的正中刻着一个童贞圣母像，旁边以牡丹和菊花环绕；雕像左方还刻有“永恒之众”，一艘“葡式帆船”及一个“面目狰狞的魔鬼”；第四层分别供奉耶稣四名圣徒的雕像；第三层与第四层的左右两侧，雕刻有中华民族传统文化艺术的象征动物——狮子；底层为三面门户，正门的楣额上用葡文刻着“MATERDEL”意即“天主圣母”，两侧的门上刻有耶稣的记号“HIS”。大三巴牌坊上各种雕像栩栩如生，既保留传统，更有创新；既展现了欧陆建筑风格，又继承了东方文化传统，体现着中西文化结合的特色，堪称“立体的圣经”。

我和女儿趁着游客还没有大批涌来之际抓紧拍照。大三巴每时每刻都成为来澳门旅游的游客追捧的对象，一任游客拍照的闪光灯照耀，给游客们留下永久的纪念。但我想游客们手中的照片只能记录下那天观景览物的实况，却无法再现在大三巴牌坊下发生的骇人听闻的历史悲剧。

试问，现场游客中谁人能知：鸦片最早就是从大三巴下的港口，由葡萄牙人输入中国的，平均每年多达 2 万箱。鸦片战争后，葡萄牙人追随列强，以武力超过以大三巴为界的葡人居民区，向北扩展，占领整个澳门半岛，开始对澳门实行殖民统治……1922 年 5 月 29 日，葡军在大三巴下公然枪杀 70 多名中国人，伤 100 多人。大三巴当然清楚，它见证了近代史上中华民族的血泪屈辱。

来到澳门，驻足大三巴前，惨痛的历史悲剧已失去它赖以发生的条件，扬眉吐气的中国人已自立于世界民族之林。来到澳门，我自然而然想起在风雨如磐的岁月，爱国诗人闻一多先生咏出的《七子之歌·澳门》：

你可知“妈港”（ma—cau）不是我真名姓？
我离开你的襁褓太久了，母亲！
但是他们掳走的是我的肉体，
你依然保管着我内心的灵魂。
三百年来梦寐不忘的生母啊！
请叫儿的乳名，叫我一声——澳门！
母亲！我要回来，母亲！

先生饱醮爱国热情写下情意绵绵的诗歌，唤起中华民族的自尊心，抒发了诗人盼望祖国统一和人民团结的情感，诗歌唱出了全体中国人的心声，诗歌为我澳门旅行营造了温馨的氛围，激起我心中澎湃的爱国情！

如今，大三巴又已见证澳门回归祖国母亲怀抱的历史！更让中华民族大家庭的成员欢欣鼓舞，也给我的澳门旅游增光添彩。在熙熙攘攘的人流中，不同国度、不同民族、不同肤色的游客慕名前来，前来观赏大三巴。他们操着不同的口音，使用不同的语言，表达各自不同的理解。

大三巴，面对历经400多年沧桑的一堵墙，大家对你众说纷纭，有人把你比成一幅巨大的舞台布景，我却认为你更像一面古朴的铜镜。我在你面前，一次又一次不停地打量着你，仿佛走进中国历史，聆听古人言："夫以铜为镜，可以正衣冠；以史为镜，可以知兴替；以人为镜，可以明得失。"（《旧唐书·魏徵列传》）我以为，大三巴，你带给众人的思考和启示远远要比你自身拥有的观赏价值更为宝贵！

2016年11月15日

澳门夜景印象

白天的澳门给我的感觉，倒显得有几分宁静。除了游人填塞的大景点外，各条街道相对平静，特别是上午时段。但夜幕降临，就难掩大都市的富丽和繁华，显露出峥嵘的面目，尽情释放旅游城市特有的魅力。

我采纳客居澳门老乡的建议，借宿澳门刚开业的金碧辉煌的永利皇宫酒店。我们先去坐了一趟酒店观光缆车，到了永利皇宫表演湖，音乐喷泉就在此时冲天而起，活泼灵动的水柱配合七彩耀眼的灯光，交织成赏心悦目的梦幻芭蕾。表演湖以永利皇宫金灿灿的外墙为背景，让室外表演更显大气磅礴壮丽辉煌。

走进永利皇宫酒店，扩建不久的酒店焕然一新，中庭大堂摆设的花卉艺术，是由成千上万的花朵配以郁郁葱葱的植物，再连同绡织亚麻、玻璃、钢、树脂、水晶等数以万计的物件装饰而成，创造出和谐完美、华贵典雅的客堂氛围。在酒店大堂，我们还看到一套超凡卓绝的清嘉庆年瓷器——“巴克勒公爵花瓶”等名贵陈列品。酒店四通八达，红毯金墙，如梦如幻，催生人们神话般的童年幻想。通道两旁商铺鳞次栉比，出售各种各样的名牌物品。

我们就在酒店的一处宽敞整洁的餐厅简易吃了一点东西后，便乘车前往“威尼斯人”参观。刚下车，只见澳门巴黎铁塔正上演着精彩灯光秀，引得附近许多人驻足观赏。澳门巴黎铁塔按原建筑物埃菲尔铁塔二分之一的比例仿制建成，每个细节皆贴近原建筑。听老游客说，在铁塔的观景台及餐厅，还能瞭望澳门金光大道等风景。

我们也兴致勃勃加入观赏巴黎铁塔的行列，不停拍照留念，澳门新地标铁塔巍然耸立在夜空中，在光色作用下不断换装，尽显她雍容华贵神神秘秘的风姿，也促使外地游客感知澳门这座城市的荣光和魅力。

澳门威尼斯人度假村酒店在坊间俗称澳门威尼斯人度假村、威尼斯人、威记等。度假村酒店由威尼斯人澳门所持有及营运，其建筑特式依照美国拉斯维加斯的威尼斯人度假村酒店。酒店占地 1050 万平方呎，是亚洲最大的单幢式酒店及全球第二大的建筑物。

顺着四通八达的电梯，我们爬升到顶楼，顿觉豁然开朗，仿佛来到世外桃园，蓝蓝的天空蓝蓝的水，充满威尼斯特色拱桥、小运河及石板路出现在楼层上，本已疲惫不堪的我也为眼前的“柳暗花明又一村”而兴奋不已。湛蓝透明的“苍穹”飘着朵朵白云，“小运河”里的水也被天空的蓝色所感染而湛蓝，我为充满威尼斯人浪漫狂想的建筑艺术所感动，我为路途中能邂逅人工创设的巧夺天工的异国风情而震撼不已！除了建筑特色外，威尼斯人度假村还拥有世界一流的博彩、会展、购物、体育、综艺及休闲设施等。

当地居民告诉我，澳门人的夜生活现在刚刚开始呢……

2016 年 11 月 17 日

状元府邸　故国残梦

福清一都有处状元厝，是黄定状元及第后回乡兴建的府第。是怎样的灵山秀水才能孕育福清有史以来唯一的状元？在一个晴朗的冬日，笔者与友人专程寻访这座藏在深山中的状元府邸。

小车在青山翠树点缀下的一处瓦房前停下。黄定状元府遗址已不再是当年五进构造的尽显富丽堂皇与恢宏气势的豪华建筑，如今仅存八字墙、铺地方角石砖和莲花池遗址。只有大门两边的两截古残墙、石台阶、石板铺的天井、莲花池，似乎还在讲述着当初的辉煌和劫后的余生。然而荒凉破落的景象并不影响我来访的兴致和虔诚，我依然饶有兴致四处观看。

自莲花池前的铺地石板路笔直朝里行走，状元府从外到里地势逐渐抬升直抵后山。府前遗址正前方的莲花池，冬日里虽无荷花出水，但碧波依旧荡漾，水光潋滟晴方好，催发游人的怀古幽思。

走过正对荷塘的一块菜地中间石板路，行程路线大致如下：先上完数级石梯，到达约 1 亩地大小的天井遗址；穿越天井中轴线后，再上 6 级石阶，到达面积约八分地大小的天井遗址；再穿越天井后再上 6 级石阶，来到最顶层的面积约有三分的天井遗址。

一路走来，苔痕上阶绿，草色入帘青。跨上最后 7 级石阶，便到达瓦屋顶遮盖的大厅和厅房。

廊上厅堂和厅房便是清初在旧址简单重建的大厅。厅里一位老翁迎了出来，他自言姓黄，80高寿，身体硬朗。黄老先生热情好客，自小就居住于此，重土安居的传统观念让他不愿离开状元府，而他的儿孙都纷纷外出谋生去了。引领我们参观屋前屋后，他给我介绍起大厅楹联“青山御史第，乔木状元家”，说这副对联是几年前办喜事时新贴上去的，内容与当年黄定高中状元后回乡兴建状元府悬挂于门前的帛布联一样，此联世代相传，延续至今。原先大厅上还镶挂“状元及第”匾额。可惜在1966年被破坏掉。

他又领着我们观看黄定的神位牌，牌身文字直读为“宋乾道永福始祖状元直显谟阁大学士讳定公神位”，并告知我们这个神位牌是福州黄氏宗亲拿来供奉于此的。几年前，闽侯县青口镇傅筑村虎丘黄氏宗祠内还发现一面黄定的神位牌，制作于明代，用楠木雕刻……

讲完神位牌来龙去脉，他还郑重其事地要我看大厅柱联“立修齐志，读圣贤书”和屏风门上一副对联“维玉妆于成有容德乃大，以修身为本能谦道自光”，而后又领我转看一块“状元府重建纪念碑”，上书：“黄定（1130—1198年）状元府始建于1172年。因毁于火患，约于清初在旧址简单重建……”

虽然对状元府始建和重建时间略有所知，然而对于黄定状元的身世籍贯，老人语焉不详，又引发我去进行一番刨根究底，查对资料后，笔者得知，黄定（1130－1198年），字泰之，出生于永福县（永泰县）一都龙屿村。据《黄氏家谱》记载和传说，黄定祖籍河南固始，随康王南渡，辗转定居于闽清六都（现闽清县坂东镇）。黄定曾祖父生6男，第四子迁永福龙仕乡（今福清一都乡一都村）定居下来。黄定小时候家境贫寒，读书勤奋，且工于诗词。在家时也从事田间劳作。南宋乾道八年（1172）殿试第一，经孝宗皇帝钦定为状元及第，官拜国子监祭酒。当时，金兵南侵，烽火四起，黄定提出内修朝政、外抗金兵、保境安民的正确措施，得到孝宗皇帝的赏识。任广东潮州知州后，革除弊政，抑制豪强，为百姓解除困境，很有政绩。后升任广东提举，直至逝世。黄定为官清廉，关心民间疾苦，有为官一任，造福一方的抱负，深受潮州百姓的赞颂。离任时，百姓给他送万民伞，今祀于潮州贤守祠。

站在曾经名声显赫的状元府遗址上，令人不由心生感慨。状元府几经兵灾匪患，现仅存八字墙、铺地方角石砖和莲花池遗址。但就是如此荒废的去处，依然有络绎不绝的造访者。常言道“富在深山有远亲”，谁能说身为状元，他不富有？腹有诗书气自华！满腹经纶的黄定若在天有知，定然明白我心心念念要造访他故居的缘由吧！

望着摇摇欲坠的状元府，笔者心里默念，中国源远流长的文化传统可不能像这座状元厝一样隐没于人世间，它应该重现自身的辉煌和历史价值，笑迎天下游客。不仅要成为我们福清，更要成为整个中国乃至全世界家喻户晓的文化载体。期待着状元厝万众瞩目的一天早日到来！

2017 年 1 月 9 日

追踪先祖遗迹香炉庙

先祖漈阳陈氏21世祖陈伯谅（1482—1526年），明代历任富阳县知县、崇德县知县、河南道监察御史、两京（南京、北京）学政、四川提学副使等职，在他45年短暂清廉勤政的人生历程中书写下威震朝野、饮誉天下的美名。为表彰他赫赫功名，请旨建于明嘉靖六年（1527）的“两京文衡”牌坊，如今依然巍然屹立在北西亭街头供后人瞻仰。

先祖的政绩深深影响后辈，为铭记先祖荣耀，感受不曾逝去的绵绵书香，我曾多次到访先祖攻读经史旧地东漈寺九鲤仙楼，我曾专程拜访先祖北西亭故居，我曾特意驱车寻访先祖当年进京途经的长乐坑田渡，我曾多方搜寻先祖轶事并予以考证。

近年来，我总不间断萌发踏寻石湖岭先祖陈伯谅所建的一处庙宇——香炉庙的念想。

石湖岭是福清和长乐交界处的一条山岭，上山5里，下山5里。古代在这条交通要道上行走着络绎不绝的客商学子，悠悠通过一顶顶达官贵人的轿子，回响过数以万计苦力挑夫上山下山的脚步声……如今这条铺设杂石的山路已被山间郁郁葱葱的草木合抱遮蔽，古道不通，今人只能舍旧路就新途，直接由古道西边的福长公路跨越石湖岭。

但我所要寻访的香炉庙是听了阳下村一位余氏老翁所言而知晓的：原来先祖建庙遗址就位于石湖岭旧道最高处。余老少年负笈求学福州曾路过此庙。其中促使先祖在此建庙原因，余老作如是说——当年陈伯谅功成名就衣锦还乡时，从京城带回一个香炉，行经石湖岭，正自长乐地界攀登山岭回福清，刚上得岭顶，因山路崎岖不平，轿夫不慎，致香炉倾倒此地，先祖疑是天意，遂决定就地建庙，安放香炉。于是一座堂皇的岭顶香炉庙便建成了，供路人参拜许愿、歇脚休息。

香炉庙的故事在我的脑海中挥之不去，2017 年 2 月我又采访了溪头村一位年逾八旬的詹氏老人，詹老说他曾到过香炉庙，年轻时他在石湖岭驮树时常歇息其中。庙宇呈四方形，瓦屋顶，宽度和纵深及高度均为 2 米，可容 1 人站立。庙宇面朝东南，敞开，不设门。

听完溪头村詹老叙述，我探访香炉庙的情绪更是难以自抑，寻访香炉庙总算又有了新的转机，显露出新端倪。老人人老心不老，当场自告奋勇表示愿意陪我前去一看，但他说，要等他自己先去探访一下，再回我的话。两天后，他告知我"上不去"！但我还是相信他的话，"庙宇面朝东南"，与阳下村余老所言正好吻合——因为香炉倾倒方向当为香炉庙建庙方向，正好指向先祖陈伯谅故乡北西亭村。

我不能亲临现场考证，颇有些许遗憾。但我还是坚持来到石湖岭古道下，痴痴遥望山顶，也算了却一番宿愿。只见山上渺渺茫茫一片，林间云雾腾挪，疑似香炉袅袅升起的烟雾，朦朦胧胧中我仿佛闻到阵阵芬香，那是先祖荣归故里散发出的满山遍野的清香吗？呼吸着飘散在近旁的香气令人心旷神怡，先祖为后人成就的一座高不可攀的精神高峰此时在我心中愈发庄严。500 年间，书香永恒！

再度回味思考溪头村詹老一席话"当年（50 年前）驮树时，庙里已是空空如也，也没看到有什么香炉，只见庙里地上摆着几块矮石墩供路人落座"，追溯到 500 年前先祖衣锦还乡时，纵使文物保护措施再精到，想必一座明代庙宇也难经风雨屡屡侵袭，免不了要圮塌湮没在荒山野岭间。所幸当年堂而皇之的香炉庙遗址经历朝历代民间热心人反反复复的修缮，还能留存当代，即便坍塌荒废，但它给人传递的文化信息依然鲜明……

追寻香炉庙，只能就此作罢无果而终，但它从另一个侧面诠释了一种爱屋及乌的崇拜缅怀先祖的家国情怀！

2017 年 2 月 18 日

梨庄水库绿如蓝

今天，我乘坐陈库长小车沿着盘山公路直抵梨庄水库。车到水库前，只见一湖“春来库水绿如蓝”，倒映在水中的青山分外明亮，清明剔透的库区美景一下子熨平了我曾被纷繁的世事和案牍之劳侵袭的心境。多少次想亲近梨庄水库，都因各种原因，难以穿行山间陡峭崎岖的羊肠小道而推迟。今日欣然到访，深感荣幸。

来到这座用福清父老乡亲血汗修筑起来的水库，望着碧蓝如洗的水面，记忆又回到20世纪50年代和几年前撰写文史资料的采访中。

1957年，当时我还不满10岁，水库建设的序幕正式拉开了。村上社员分期分批轮流参加建库劳动。我少年曾因事两度到过工地，记得一次是奉母亲之命送信送点心到工地给父亲。但见工地上人山人海，掘土装土拉土，一片忙忙碌碌景象。山上北风呼呼，民工们克服严寒，在忘我劳动……

2013年，为写出《梨庄水库建设纪实》这篇文史文章，我曾采访多位当年建设水库的干部和民工。当年建设水库的积极分子、86岁的陈训栋老人回忆往事告知笔者“当初为御寒，把麻袋穿在身上。结霜下雪刮风，许多民工的手脚都冻裂冻伤了，但仍坚持劳动”。当年指挥部办公室干部林修銮曾向笔者讲述：“梨庄水库属小型水库，工程量352600立方，其中石方112700立方。总花劳动力727300工日（含搭棚），其中技工237600工日。总投资449000元，其中国家补贴375300元。”“建库耗材如下：水泥120吨，钢材 16 吨，木材 24 方，白灰 4730 担，方整条石 374 立方，沙 886 立方，毛竹 2780 条，黄竹 7300 条，稻草 3780 担，粮食 4200 担。”（参看《福清文史资料》第 31 期第 7 页）

耳濡目染，让我对修建梨庄水库有了更深的了解，也对劳动人民兴修水利自力更生的奋斗精神充满敬意。我对陈库长说：“不容易啊，听林老说当时连一架掘土机和一台滚压机都没有，居然能建出一座这么像样的水库，真不简单！”陈库长听我此言，也在为当年建设者们的吃苦耐劳和奉献精神点赞，他还说了一句意味深长的话：“北西亭村的家家户户的自来水都是来自梨庄水库清洁水源，饮水不忘建库人呗。”

陈库长很快又引入轻松话题，意在活跃我们今天的行程。他指着环绕水库周边的山峰道路村庄津津乐道介绍起来：王母山、狮头山、尼姑寺、36 环古道、99 落厝遗址……

我们手抚坝顶高 1.4 米的防浪墙沿墙边六角石铺设的平路走向溢洪道，观察并询问了解泄洪情况，得知泄洪量为59秒立方米。然后到水库管理处稍息。一路走来，一路近距离亲近先辈和前辈们筚路蓝缕的创业奇迹，心中总是难以平静……站在管理处门口，透过山林草木，依稀可见山腰蜿蜒而上的盘山水泥路。我想年代不同了，当今建设速度今非昔比，社会的进步和生产工具的改进早已摒弃落后的“人海战术”；但我想愚公移山的精神还是要代代传承。没有信心决心，万事皆休。

返程时，回走坝顶石路，还觉意兴未尽。我便开口询问库长：“水库放水装置位于何处？”他引领我来到防浪墙中间一个缺口处，下到机房门口，开锁进机房，亲自为我现场比划解说操作启闭机程序和停电状况下的手工操作办法。当年采访林老遗留在我心中一个悬念着的不解的疑团，至此已轻而易举被陈库长手中的一把钥匙打开了。

早听林老说过，梨庄水库建设历经 3 个重要时期：挖基础、筑坝——继续筑坝、建涵洞、挖渠道——继续完成坝顶土方、安装水库转动门盖等设备、安装渠道启闭机和放水闸，连同以后几次较大修补工程。如今的梨庄水库建筑质量和安全更有保证，功能也更加完善。

60年前目睹劳动工地上热火朝天的建设场景，60年后再次实地造访建成后的雄伟秀丽的梨庄水库。我静静伫立巍巍坝顶，面对“春来库水绿如蓝”，在痴痴欣赏蓝天白云青山秀水的美景时，我格外怀念当年水库的建设者们。此时，我脑海里更多思考的是“人民的力量”“精神的力量”“创造的力量”“科技的力量”等一系列与劳动息息相关的问题……

2017年3月18日

北山，别来无恙

孩提时代仰望高高北山上，山顶参天的油杉成了我们儿童心中的向往。那挥之不去的记忆常令居于平洋的我久久驻足观望，一直持续到我离开家乡……

60 多年过去了，北山油杉，别来无恙，我常怀念你于心间。我常在梦中与你邂逅，梦见自己变成了一只小鸟，在你的高枝间飞翔啁啾。高山之巅的油杉！

北山公路落成了，村主任明白我的心，自告奋勇驾车领我上北山，村主任说："北山村于 1998 年全村搬家山下平洋，搬走的是村民，搬不走的是百年老树和古民居以及留存在那里的乡愁。"

车进北山老村庄，村主任领我先去看树，沿途经过湿滑的泥路，在我的印象中，56 年前，泥路下梯田里的菜地栽满山东大白菜，1961 年春我作客北山村齐隆齐云两位好友家，就享用过主人家的山东白，"北山村特有的土壤种植出来的山东白特甜"，对于我的赞美，村主任也毫不谦虚地"王婆卖瓜，自卖自夸"附和起来："一方水土一方特产，我村的山东白特甜！"

如今梯田成了养鸭场，菜地也变成水塘，5000 多只的水鸭子朝着我们起劲高歌，嘎嘎的叫声响遍山窝窝，放眼俯视，鸭子似乎在一遍遍演练着团体操，或东或西，或上或下，或一会水中或一会陆地，不断变换着队形，令人眼花缭乱。村长要我看的是一棵老榕树，它就在鸭棚旁，老榕垂垂老兮，半立半偃，倾斜着年迈的身躯，似乎帮着养殖户在俯首代看鸭群。

作别老榕，离开鸭场，我们要去观赏油杉，村主任说：“不急，先到有代表性的几座古民居看看。”环视泥路边上建于20世纪70年代的房子，随着主人搬迁离去，屋顶大多坍塌，唯有青石垒砌的四围墙体依然坚强屹立，彰显山村人不屈的品格，远远望去，犹如一个个卸去货物的集装箱摆放在山野间任凭风吹雨打。

我跟随村主任走上一条通往当年密集聚居地的石路，行进一小段，见到一口古井，“当年全村都是饮用这口井里清冽的井水。”村主任深有感慨地说。路上几只公鸡在悠闲觅食，深红光洁鲜艳的毛羽，让我很快就联想到我们少年时自制的鸡毛毽子和学友们一起在课间踢毽子的欢乐情景。眼前所见公鸡的亮相的细节，也让我明白搬迁后的北山村依然留下生产活动的痕迹。我随即想到“遥控”“藕断丝连”等词，我惊诧于他们“人不到而生产活动依然照样进行”的高效的放手模式，但我又不好意思处处刨根究底盘问人家。

到了一座建于清代时的古屋，屋内瓦片洒落满地，椽檩岌岌可危，凌乱不堪东倒西歪，横七竖八交叉于半空中。我们小心翼翼步入其中察看一番，看到镶刻于大厅后壁“陈氏祖宗”和边墙“重修陈氏祖厅捐献名单”的牌匾，字迹斑驳，牌匾刻录下村民敬重祖宗和爱护祖厝祖厅的情怀。

我在这座古老破损的屋里徘徊良久，脑子里依然在努力搜索56年前正月里来此作客的情景，时逢雨天，少男少女齐聚古屋与护堂廊沿通道打扑克牌……比照现场，证实当今两位学友家的住房均已倒塌，唯余大厅通往护堂的一扇拱门还没完全倒掉。今天它却成了我定位与学友欢谑时的路标。陈主任当然不解我因何久久不出古屋的原因，在大门外大声招呼我快点出来。

走出破旧不堪的陈氏古民居，陈主任告知我：“原先有人想要将整个北山村买下发展畜牧业。我们就是不肯，因为我们虽然有了楼房别墅，但我们中许多人还要回来修缮老窝子的，留下乡愁呗。”也许这句话是我最爱听的，尤其能出自一村之长之口，更是难能可贵。陈主任还说：“当年雨天，家家户户油炸蛎饼，因为村小，总要送来送去，也不好受，为免邻居相送，干脆自家也炸。”听着这样温馨的话语，我更是心花怒放，山里人多情多礼远离冷漠实在令人推崇仰慕。想当年作客北山村之日，整个村子飘荡着浓浓的油炸蛎饼的香味，雨天竟成美食节，特殊的机遇也曾带给我在困难时期非同寻常的口福和领略到“下雨天留客天”的山村的温馨。

终于到了去观赏油杉的时候了，陈主任把小车停在山上一处油杉密集处的水泥路上，他向我讲述油杉的生长历史和现状：“油杉是国家二级保护树种，生长很慢，村里现有油杉近百棵，树龄都在20年到200多年不等……”为了更直观地展现油杉的粗壮，陈主任还深情抱住公路边一棵油杉，我见状迅疾按下相机快门，留下一幅人与树的亲密合影。至此，我也深刻体会到在山民心目中“一草一木总关情”和陈主任所说的留住乡愁的那段话的意味。陈主任还反复向我提及“夏日，山上环境好，空气新鲜……何况现在在政府的帮助下和村民的努力下公路也通了，不比当年山区交通闭塞小路难行，现在山顶老家和山下新家充其量也不过4千米……”看来怀旧念故的情感依然萦绕村主任心间难以割舍。

再回首看看油杉，它落地生根，咬住青山不放松，重土安居不挪步，依然从容坚守大山不离位，宁愿朝夕与山间雾岚白云飞鸟、村里牛羊鸡鸭狗儿为伍，无忧无虑茁壮生长在高高的北山上，令山下成千上百的孩子望树生情浮想联翩。我为油杉们就地安居而深表赞叹！临别时我想对它们说“我会常回来看看，也欢迎你们多多走进我的梦境，让我重温并永远留住童年和少年时你带给我纯真美好的记忆……”

2017年3月19日

寻访云水夫妻树

暮春时节，我们慕名走进漳州千年古镇——云水谣，瞻仰屹立河畔隔水相望不能牵手的一对千年古榕树。

这两棵千年古榕相传是由当地一对夫妻种下的。

那时，这对夫妻生下一群儿女，为养家糊口，于是丈夫便萌生“下南洋”的念头。在为生计所迫不得不离别之时，妻子提议他们各自种下一棵小叶榕，纪念夫妻间的爱情和相思。

丈夫离开后迟迟未归，妻子日夜思念夫君早日归来：“太阳下山日阴阴，蚊帐放下思念君……”，一年又一年，小叶榕越长越高，相思之苦萦绕心头，最终还是没有盼来夫君回家，只留下坚贞爱情的象征——当初夫妻俩手植的两棵大榕树。

来到雄树底下，雄树绿荫匝地，简直是一座绿色的小山，遮蔽了河边的道路和占据了河道的“半壁江山”。据导游介绍：“雄性古榕树冠覆盖面积1933 平方米，树丫长达 30 多米，树干底端要 10 多个人才能合抱……”我在树下举头观望良久，惊诧于它无比旺盛的生命力，我想只有宁静质朴的古镇的小桥流水人家才有如此长盛不衰的古榕巨树。坐在树下石椅上，平视树旁同侧不远处，一架水车不知转过了多少年头，大抵它已身心疲惫，暂停吱吱呀呀的歌唱。然而这并不影响少男少女的游客们在榕树下尽情泼洒青涩的诗意、演绎浪漫甜蜜的爱情……

河道对面雌树赫然入目，她清秀雅致，俊逸挺拔，别有一番风韵。我们过了溪中小桥，拉着矮桥边上保护绳缓缓过河，去拜访那棵为客死他乡的夫君而默默守望的古榕。坐在雌树圆形的高不盈尺的墙头上，遥想当年青山绿水送走了出外闯荡的男子汉，留下了望眼欲穿的村嫂。如今小叶榕郁郁葱葱，不见当年“举手长劳劳，二情同依依”的离情别绪场景了，更不见他们相会于古树下。眼前尽是接踵摩肩的游客不绝于耳的欢声笑语。不知此时历经沧桑、饱尝离别之苦的夫妻树为主人的缺席作何感想？

再度回望两岸古榕夫妻树，隔河相望，雄树雄姿勃勃气势不凡，雌树温文尔雅仙气飘逸。但他们为今人谱写的惊天动地的质朴的爱情之歌将永远回荡在云水谣河畔……

夫妻树——爱情的常青树！

2017 年 4 月 25 日

沼泽地上的土楼——和贵楼

沐着朝阳，行走在长汀府通往漳州府的千年古道上，目之所及，土楼比比皆是目不暇给。来到南靖，不能不为多姿多彩风格迥异的土楼所吸引；走进别具一格的和贵楼，不能不为这座建造于沼泽地上的方形土楼而震撼不已。无怪乎它被誉为“天下第一奇楼”。

在这座方形土楼里原住300户人家，现住8户，他们和睦相处，完全履行“和为贵”的处世原则。

远望土楼，厝包大楼；走进土楼，又见楼包小厝。“厝包楼、楼包厝”乃和贵楼区别于其他土楼的一个显著特点。

和贵楼是福建土楼里个头最高的方楼。墙体高度和厚度比为13:1，如此薄的夯土墙能承受这么高的土楼的重量，在建筑史上，具有突出的建筑成就和极高的技术研究价值。不能不说是一大奇迹啊。

楼内院子掘有两口“阴阳水井”，阳井口径1米，深约3米，井水清澈，水质甜美，可饮用；阴井与阳井区别在于阴井井水浑浊，井水属地表水，可以养鱼。探身井口俯视，井中游鱼历历可见。同地二井，相距不过10多米，一清一浊，堪称和贵楼又一奇观。

整座楼房是建在烂稀泥上，我们好奇地在楼内铺有溪石的院子地面上起跳，带动起脚下溪石下沉运动，起跳结束，受冲击的溪石地面又恢复原状。导游告诉我们：“土楼底下铺设有220根口径60厘米的松木，采用桩基、筏基综合运用技术，利用悬浮原理建造。在3000平方米的沼泽地上建起最高方形土楼，使整座土楼像陆地上的一艘大船随着松木上升与下降同步运动，具有很好的防震功能。和贵楼历经200余年仍坚固稳定巍然屹立。”这是和贵楼的一大建筑特色，让所有的参观者无不为我国古代劳动人民高超的建筑智慧拍案称奇。

我似乎还不满足于已知的建筑奇迹，还缠着小刘导游刨根究底。出了楼门，小刘告知我：“此大门是用防火的咬冬木制成，厚度10厘米，刀枪不入，200多年过去，大门依然坚固如初。”两扇对开的木门上贴着一副暖心对联“万里江山岁月新，百世岁月当代好”，道出土楼人家的心声。

出了楼门，导游又领我观察土楼大型河卵石垒砌成的地基，圆滑滚动的河卵石居然也能被古代的能工巧匠信手拈来服服帖帖建成5层楼高的安稳坚固地基，我要不是亲眼目睹，真的还不敢相信呢。

走出了包裹在和贵楼最外层的厝门，行走在古道上，我还沉浸在激动和喜悦中，心中还在盘点默念着和贵楼“四奇”——最高个头、沼泽地上建楼、阴阳井、楼包厝厝包楼。

18世纪30年代的建筑智慧，依然在21世纪世界建筑舞台上大放异彩，2008年福建土楼列入世界文化遗产名录，来到作为福建土楼世界遗产景点之一的和贵楼参观，倍感荣幸。当国人回首祖先的智慧，总难掩心中一份骄傲，登临这艘宛若陆上的“诺亚方舟”，中华儿女的自豪感油然而生。

2017年4月25日

漫步云水古道

参观完位于璞山村建在沼泽地上的神奇的方形土楼和贵楼，我们一行重返云水古道，导游告诉我们："今早要一起沿着古道步行3千米，一边漫步，一边沿路观景。途经三个村庄——璞山村、云水谣（长教村）、坎下村。"

3千米古道一马平川顺流而下，但走起来，并不见得轻松，特别是我们中的古稀老人。处处可见溪边古榕树，这些不长胡须的红叶榕，被当地人称为"母"榕。她拥有发达的气根，牢牢咬住溪边的土地不放松，充分吸收水分养分，独木成林，各自为家，成就了一个个生机勃勃郁郁葱葱的独立王国，她们彼此遥望。古榕又像一把把巨大无比的遮阳伞庇护着往来的游客，一往深情不知疲倦地接力护送着游人去往远方游览。

溪水淙淙流淌，架设在溪流上空的木桥和铺设在溪床里露出水面的丁步石，便利溪流两岸游人的往来，浅浅的溪水让游兴十足的少男少女涉足溪流，领略溪里濯足的快感。一串串银铃般的笑声回响在溪谷，伴随着溪水的响声传送到远方……

溪畔，聚集着三五成群的"小画家"，他们用手中的稚嫩的画笔在画布上画纸上勾勒描绘云水古道的迷人风景，安安静静地写生，吸纳山川大地的灵气，融入自然优美的景色和自我丰富的想象。

不远处，古道旁搭有璞山村戏台，不甘寂寞的游客陆续登台表演，一曲歌，一段舞，传达着与游客同乐的情怀。台下三五排的长条木板凳上坐着临时看客，他们对自愿上台的群众演员的即兴表演报以掌声和欢呼声。

沿着古道边摆设的摊点正在热销旅游产品和当地小食，也引得游客们驻足选购。但见我们队里的一位可爱的“老小孩”大叔也跻身购物行列，他正为他家里的老伴选购钱包；光头大伯也不甘落后正在试戴摊点待售的草帽，俨然一位老练的杂技演员在慢动作表演换帽节目：戴上又摘下，摘下又戴上，一顶又一顶；跟着家长出游的儿童像出笼的小鸟蹦蹦跳跳把玩手中玩具，小帅哥小美女们出游之意根本不在山水间；年轻情侣牵手比肩漫步古道，洒下一路绵绵情话……

云水谣古道成了一条活力四射游动着的长龙，游人的悠闲脚步让这条游龙不停变换着形状和色彩，沿着官洋溪畔千年古道缓缓流动，或动或静，动静结合，断断续续，直指下游，蜿蜒而去。

导游小刘此时也按捺不住眼前如画风景的诱惑，想在众人面前露一手，她做了一次深呼吸，又酝酿一下感情，孤芳自赏开口吟道：“小桥流水人家，榕树底下乘凉，感受微风徐徐，看着小鸭戏水，意境非常惬意……”说诗不诗，说顺口溜又不溜，说文也文不起来的干巴巴说辞戛然而止，引得同队诗人旅友暗中戏谑掩口大笑。真没想到，歪打正着的言语出丑激发了大伙七嘴八舌的评头论足，反而极大烘托起大家游玩的情趣！一路行来，青山绿水，景色宜人，特别是沿溪的古榕树为古道增色不少。因榕树具有避邪防风防水土流失之功能，因此榕树也被称为“树神”，从而备受村民尊崇。

走走停停，来到一处茶摊前，我们坐下来品当地特色茶——“土楼红美人”茶。女摊主热情迎客，导游小刘也越殂代疱，亲自动手协助泡茶，大大加快了我们饮茶速度。我们一行 13 人在茶摊前分享导游小刘和她的邻居泡出的好茶。应该说小刘的茶艺大大超越她的文学水准，大家有目共睹一致赞同。小刘也为这次成功地“露一手”而兴高采烈。

接着，在前方迎接我们的是夫妻树，来到雄树下，这棵 10 多人才能合抱的榕树高大雄伟遮天蔽日，对岸的雌树俊逸秀美。相传这是 600 年前一对夫妻在丈夫“下南洋”时亲自种下的。丈夫走后，生死两茫茫，徒留下见证爱情的夫妻树。凄美的爱情故事引人伤感、发人深思。

古道旁，有一排老商铺，大多保留着木板代墙的特点，依稀可见长达数百年历史的古街的旧貌缩影。如今当地还保留着赶集的习俗，云水谣古街成了农贸商品市场的买卖交易场所。今日古道旁水车静默无言，想必它在沉重的历史负荷下，早已身心疲惫，难以转动了，更难以向过境游人诉说人间沧桑吧！

最后一个景点便是参观位于坎下村的怀远楼，它是利用大型河卵石和夯土墙营造的鼓形土楼。楼内楹联诗对、雕梁画栋诠释了“忠孝为本、耕读传家”的思想，是闽南建筑风格与中国儒家文化完美结合的杰出典范，是中国近代重要历史事件的实物见证。

出了怀远楼，因没看到何应钦为该楼题写的“助我义师”赠匾，我又折回补看。恰好又听另一位导游在解说怀远楼铁门门栓用的是竖栓，我认真看了看门楣和门底条石上凿出6眼两两对应的凹槽，3根竖直门栓就是依托凹槽而拴牢的。我于是确信导游“竖栓难攻”之说。来到门外，但见楼门土墙上画有八极图；而门前的埕子中央，还隐约可辨青色河卵石拼出的又一个八极图案。

参观至此，我深悟南靖真不愧是个“土楼王国”，各类大小土楼1.5万座，建造各有千秋，真是一时难以穷尽。但在今早行进在云水古道途中就能见到如此壮观的一方一圆两名楼，颇感心满意足。古道沿途神奇的土楼景观、美丽的山水田园风光和纯朴的民风民俗，让我们初来乍到的游客对孕育千年的古闽南（客家）文化有了一点点了解。

2017年4月26日

阅读土楼

近来到南靖调研，近距离观赏了各式各样的土楼，对习见习闻的土楼更增添了一层了解，催生出某些先前不曾有过的看法和感想。

20年前，我校教师曾组团到永定旅游，去一睹永定土楼风采，去前我曾请教龙岩市一位同事“永定土楼有哪些看点”，她对我说：“土楼有什么好看，不就是土围子，不如改换别处旅游。”去过之后，对土楼的印象也与那位同学的见解大体相似。

20年后的今天，我们福清市老年学学会研究员到南靖调研，我又认认真真看过那里形态各异的土楼，从而加深了我对土楼的印象。土楼不是没有看点，而是极富观赏价值，值得好好看一看。

当我涉足永定、南靖两处具有代表性的福建土楼后，对土楼的概貌较前有了进一步的了解，饱览土楼后的观感也随之发生了变化。

平心而论，永定南靖两处土楼大同小异，方的圆的，门类齐全。土楼人家聚族而居，旧时凭借土楼抵御土匪，土楼起到一样功能。但从建楼地点、名气和年代而言，依然有别：论地点，永定土楼建在相对平坦的山里；南靖土楼建在山坡上、梯田上。论名气，永定土楼名气稍大，很多领导人考察过。论建造年代，永定土楼距今已有300多年历史，而南靖土楼田螺坑土楼群，全部建成，也只有100多年历史。论建筑技艺虽然各有千秋，两处经典的建筑也都有，但南靖土楼建造工艺更拔尖，首创在沼泽地上建高楼（和贵楼）

之先例，就此项在土楼圈内堪称绝无仅有的吧。

在与土楼相匹配的自然人文景色，南靖单是一个“云水谣”就了不得，更兼古道古街古榕小桥流水的点缀，让土楼周边环境锦上添花熠熠生辉。

虽曰看土楼，其实也是在看土楼周边的风景人物和游人的反应。

归根结底，看土楼，就是看古人的高超的智慧，不能不为古人智慧而折服震撼。看土楼，就是为回归优美田园风光而心生景仰感叹。看土楼，就是看当年当地先民独特的宜居环境，为往昔山区农家生活的流年记忆寻找印迹。看土楼，就是看一张张回乡游子的悲喜交加的生动表情，为寻觅年久弥深的乡愁而情不自抑自然流露。看土楼，就是在惦记阅读闽南客家文化，为守护这份珍贵的世界遗产而不辞跋山涉水殷殷朝拜。

土楼依旧，人生易老，年届古稀，远足南靖观楼，向朴素的土生土长的土楼致意，向创造世界奇迹的古代大国工匠致敬！你们化平凡为神奇，赋予普普通通的泥巴以生命，让泥土的芬香代代延续，让八方的游客慕名来到南国热土，亲眼目睹土楼风采。

方圆世界，你将悠悠往事诉说，你将祖宗血脉渊源申明，你将宗亲情谊重温，你将天下一家的家国情怀和四海兄弟的故园情结紧紧维系在一块……

泥巴造楼，匠心独运；泥巴造楼，造出浓浓的乡愁，每一座土楼无不隐藏着祖宗的遗训——血浓于水，中华一家亲！每一座土楼都走不出四海为家的游子的心间……

2017年5月1日

品味南靖土楼“四菜一汤”

车到山顶，南靖田螺坑土楼群“四菜一汤”便真真切切地呈现在我们眼前，俯瞰建在山坡下的土楼群端端正正组合成一桌引人注目的“四菜一汤”，这桌经年不散的盛宴，依然留香山野，引得四方游客争相进山品味。

观景台就设在半山腰上，分上下两层，游客可凭栏鸟瞰依山而建的山腰下4座圆楼和1座方楼，4座圆楼正拱卫簇拥着中间一座方楼，层层梯田与土楼遥相呼应，润物细无声的绵绵飘飞的雨丝擦洗出山间奇异秀丽的景色。

午后雨歇，山上的残余的雾岚无力阻挡兴致勃勃的游客观景览物的情趣，游客们纷纷举着相机手机录像机，给“四菜一汤”拍照录像。他们自上而下，先是围着观景台目不转睛鸟瞰“四菜一汤”，目击这一彪炳人类建筑史册的奇观：4座圆形的土楼，摆在“桌面”上，面朝天宇，像是先民亲自烹调好的美味佳肴刚刚端上桌面，“桌中”还特意安放上一座方形的土楼，算是给四道菜谱添加上一汤。想想先民为跋山涉水来此朝见土楼的游客们真是颇费心思。4碟佳肴和1盆羹汤的大餐也足够进山游客大快朵颐尽情享用吧。4碟佳肴许是采自天地精华，1盆羹汤想必装满玉露琼浆。正当我们深陷奇思妙想之时，导游的催促声在耳边响起，我们遵命沿着湿滑的山间大大小小河卵石铺成的小道小心翼翼地随大流亦步亦趋下到山谷土楼群，就近参观其中一“菜”。这座圆形土楼人家正忙着向游客销售当地特色小食和旅游手工艺品。入楼逛游一阵，算是沾染过土楼人家特有客家风味，出了楼门，其他“3菜”和“1汤”

均受限于参观时间只能忍痛割爱。

近观土楼的感觉远远称不上怦然心动，倒是随着我们一行脚步渐行渐远，再回望楼群组合，顿觉得景致更佳。

当导游把我们带到对面山脚路边远眺“四菜一汤”，它对我们的视觉造成的冲击力尤为强烈，抬头仰望远在数百米之外的楼群在迷蒙的山间雨雾中不停地诡奇变幻，令人称奇。日近黄昏，暗香浮动，总给人一种飘飘欲仙的幻觉，有人惊呼：“对面山上楼群酷似西藏布达拉宫……”，“应该是山寨版的布达拉宫！”有人做出更精确的表述。这表述与先前有的游客居高俯瞰“四菜一汤”时之众说纷纭的评说“像是飞碟从天而降”“飞碟般的东方城堡”迥然有别。

鸟瞰、仰视、近观、远眺，同一处土楼竟变化无穷，那天我真有了苏学士《题西林壁》“横看成岭侧成峰，远近高低各不同”的移步换景的无比美妙的感觉。

品味“四菜一汤”土楼美景，观赏田园风光、山间古道、层层梯田、秀美茶园，大有远距离观景比起零距离接触土楼更能让人产生特殊的美感，大抵是主体景物土楼在周边景物的映衬作用下更能博采吸纳众长，为己之容增光添彩，从而营造出一种非同寻常的美吧。

旅游归来，梦境重现“四菜一汤”，它竟更像一朵绽放在山野里永不凋谢的娇艳多情的梅花——位于梅花花心位置的方形楼为步云楼；梅花四朵圆形花瓣分别为和昌楼、振昌楼、瑞云楼、文昌楼。它们情真意切邀我再度进山赏花咏梅，对比回味初始邂逅土楼美景——“四菜一汤”的感觉，不能不说是美上加美，真是不可思议。此乃距离带给我的又一份刻骨铭心的忆念之美罢了？

“四菜一汤”，你不远千里，回访我的梦乡，牵动起我永无止境的绵绵情思！如果说世上还有不散的筵席，——“四菜一汤”，非君莫属！

2017 年 5 月 14 日

前王村印象

立秋时节，我们民间文艺家协会一行前往福清高山镇采风，让我有机会再次目睹前王村这座遐迩闻名的福州市文明乡村美丽整洁的村容，和领略其深沉的文化侨村的优雅风韵。

一踏上前王村这块王者宝地，我不禁想起汉字简化字“国”字的造字法。原本“国”中间有个“王”字，外加“大口框”，寓意 “王”居于城中，为典型的会意字。而最终审核该字时，编审一致采纳了郭沫若先生的建议，改“王”为“玉”，郭老说“国”所缺的不是“王”，而是“玉”。由此也说明中国人更看重国人所拥有的高尚品德。

固然知道前王村先祖早已去国离乡，然而尤其想知道在他亲手缔造的这个“国度”里，后人又是如何体现和延续前王留给后代那份宝贵的精神财富。随着实地参观采访，无形中也为前王村精神文明建设找到眼见为实的迹象。

车到村里，随处可见一面面几十米的宣传树新风的瓷砖标语墙，组成了一道道亮丽的风景线，装点闾里巷道。先哲先贤的名言语录赫然入目。让我们渐入文化佳境。其中不乏“子曰诗云”圣贤语录，也有与现代文明邂逅的警句良言。

前王村位于高山镇东南面，面积 1.3 平方千米，是福清颇具名气侨乡之一，旅外侨胞 1390 人，其中印尼华侨就有 1000 多人。前王村依托侨乡优势，先后建成 2880 平方米配备先进的网络、多媒体设备齐全的教学楼和 600 平方米的教师宿舍楼；修成15条总长达7.8千米的村内水泥路。建起占地20多亩的侨园运动场和一座美轮美奂的文体活动中心。前王村曾获评“福建省卫生村”“福州市文明乡村”等荣誉称号。

当天陪同我们一行参观的是高山镇干部老薛，他谦虚谨慎不苟言笑，只是让我们多看多思，自个体会。在前王村参观，他先后引领我们参观王氏宗祠和一座古民居院落，还有村道场馆等基础设施。

在王氏宗祠，我们看到宗祠内悬挂在大厅屏风顶上一块“福建省王审知研究会”赠送的匾额，上书 “开闽第一家”和一副楹联“忠懿王甫定南疆勤政劝农物阜民康铮铮礼义邑；广宗公始迁峒山蕃内衍外德高才俊彬彬文明村”。由此可知前王村王氏宗族源远流长之渊源人脉。又见一条写有“旅印侨亲王莉莉女士英国剑桥大学毕业返乡拜祖典礼”的横幅，从中也让人体会到王氏后辈学有所成衣锦还乡光宗耀祖的爱乡情怀以及家乡父老对后起之秀的礼遇。

接着我们去参观村上一座古民居院落，走进古色古香的古院落，少了沧桑之感，多了清新气息。门联柱联，油漆一新。足见村上人家对古建筑和特色民居等历史文化遗产保护的力度。在大厅神主龛顶上悬有一匾，题有 “有斐君子”熠熠生辉的4个金字。再环视堂上门联柱联，意蕴深长，各领风骚。

出了大门，门框订有“前王93”门牌，门牌上还印有二维码，多时髦多文明的门牌！站在大门口，沐浴着徐徐拂面清风，厅里一副门联 “万里长空开眼界，一川春水润心田”浮上我的脑海，正好印证了我等游客当时心旷神怡的心情。心想只有积德存仁的“有斐君子”人家才有如斯眼界和胸襟。大门前是一块偌大的埕地，中间正晾晒着一张席子大小的花生，宛若沧海中漂浮着的一叶方舟，连同古民居里的副副对联一并向到访的游人传达着前王村“物阜民康”“德高才俊”的讯息。

环视周遭埕墙，砌工精细，大门前外墙垒砌的石板条令人驻足观赏，石板条平面光洁如砥，上下石板条相衔接形成一道平行直线连刀片也难以插入。在没有机器切割打磨的年代，石匠能有如此匠工技艺，不能不令人啧啧称赞，同时也彰显出古民居主人的显贵地位和殷实家底。

接下来再去参观文体活动中心。悠悠漫步在整洁的村道上，一路上我除了感受“胜似闲庭信步”的脚下舒适，还享有极目广阔的运动场和欣赏四处美丽乡村景色的惬意。绿草茵茵，花木葱茏。不知怎的，我还念念不忘“有斐君子”人家厅上的一副对联：“天地间诗书最贵，家庭内孝悌为先。”再三咀嚼又咀嚼……心想古往今来前王村村民重视宣扬“以礼为先”“以德为先”“以和为贵”，真是到了无微不至的境地，还把它细化为17条村规民约，让这个“铮铮礼义邑”“彬彬文明村”的村民口口相传。

至此，我似乎已经明白前王村为传承中华美德所作的一切努力。我再次回望村子一处瓷砖墙面上烙印着的《荀子·乐论》语录：“乐者，圣人之所乐也，而可以善民心……故先王导之以礼乐而民和睦。”更让我怦然心动深有感触！

再次到访前王村，我不觉突发奇想：前王应无恙，当惊故国殊！

2017年8月19日

芦苇荡前的遐想

又到了一年芦花纷飞的季节，我不忘前往福清南门桥与利桥下的江滩，看望8年前引进福清龙江江滩荡田种植的芦苇。芦苇新客落户我市，不但为江滩沼泽地平添上一道靓丽风景，也为福清市区生态环境的改善和龙江河道的防护起到巨大作用。

怀着对自然界中一草一木的热爱和对城市美化的关心。秋日里的一天清晨，我早早前去探看观赏那片曾让我心旌摇动的芦苇群。来到江滩，我的思绪犹如眼前东去的龙江水奔流不息……回想8年前，滩涂一片光秃，河床一任洪水肆虐毁坏刨空，自从请来了芦苇群体扎根此地，气象大为改观，芦苇群筑起滩涂绿色屏障，江水再不敢放任自流。鸟儿呼朋引伴在茂密的芦苇丛里啁啾筑巢，白鹭在河道低空飞翔捕食。早起晨练漫步江滨的市民在观赏芦苇染绿滩涂的景色时，神情更显从容淡定。

似曾相识的芦苇们见我到来，仿佛有了情感灵性，微微晃动。我此时不由想起宋代名相寇准的侍妾蒨桃，因其写下家喻户晓的《呈寇公二首》诗歌而声名鹊起，让她在灿若星河的文学天空里有了一席位置，诗歌成全了她成为那个年代一株“会思想的芦苇”的美名。那具有思想穿透力度和温度的脱俗犀利诗歌多多少少影响到当年德高权重的名相寇准并赢得这位三朝元老的格外器重，成了唯一一位死后如愿葬于西子湖畔的侍妾。这样一个出身贫寒却充满灵气的女子，在芦花似雪漫天飞扬的时候依然有人怀念她的才情……

在芦苇荡前我陷入茫茫遐思，我似乎觉得在我们这一片的滩涂里，也该隐藏着一株“会思想的芦苇”。无奈任凭我千呼万唤，左盼右顾，苦苦寻觅，依然难觅芳踪。苇群悄无声息毫无动静，株株芦苇依然坚定耸立，如同极地里依靠集体站立抱团取暖战胜极度严寒的企鹅们纹丝不动，我为一时无法找到一株心仪的充满灵气的“会思想的芦苇”而懊丧。

但我的思绪依然顽强向外延伸，直奔潇湘。遥想当年，在游览岳阳楼过洞庭湖时，蔚为壮观的芦苇群曾让我在通往君山过渡游轮上岸时，落在游客队伍最后，只为多一刻时光观赏苇草连天的奇妙景观。芦苇曾对我产生过如此巨大的匪夷所思的吸引力，让我情有独钟心驰神往。在我心目中，芦苇对人要求甚少，而它产出诸如草席一类的生活用品产值不菲，福清龙江里蓬勃生长的芦苇对生态环境的保护也让市民有目共睹。

更让我感佩的是芦苇坚持不懈的韧性，它站立滩涂沼泽地里不离不弃，孜孜不倦汲取水分养料不断壮大族群。它勇于抵御洪水来袭，千磨万击还坚劲，百折而不挠，倒下又站起，何等坚不可摧！更让我感佩的是芦苇具有谦卑低调的品格，不与奇花异草争艳，不与青松古柏比高。但每时每刻都在尽心尽责做好自己，以己坚韧挺拔的身躯和柔韧有余的绵薄之力，毫无保留奉献出力所能及的一切，实现了造福一方的心愿和梦想，这又是多么难能可贵的……

伫立江滩，看挤挤挨挨万千蓬勃的苇叶，我不禁感激率先引进芦苇的我市决策者和建设者们的智慧，你们也是一株株“会思想的芦苇”啊！而我只是一株普普通通乐享其成的芦苇；但我还是会追捧力挺古往今来天地万物众生里乐于各尽所能、有所担当、有所建树的富有才思的株株芦苇！正因有了大家的参与，才使得大地生机勃勃趣味盎然，才使得我们生活的城市绚丽多彩锦上添花！

2017 年 9 月 25 日

漫步城乡结合区

中秋过后，应女儿之请，到她的新居虎溪社区中恒首府套房养病。从高高的24楼卧室鸟瞰东边城乡结合区，不远处的高楼和田畴尽收眼底。我总按捺不住楼下不远处迷人秋景的诱惑，在一个秋日的下午，独自下楼，走出社区，饱览城乡结合区的醉人秋色，感受劳动创造美的奇观。

渐离楼群，信步向东，沿着东张水库流经奎岭地段的渠道堤岸向西北挺进，极目横亘远处高架桥上车水马龙，近看水渠堤岸下蓬勃生长的五谷果蔬，总给人一种城乡韵味参半的感觉。

渠道堤岸边自生自长的熏蚊草、粘身草、狗尾草、美人蕉，它们都是我童年记忆中难分难舍的伙伴、似曾相识一路全程陪伴。堤岸下的杂交水稻，颗粒饱满，突显新品种的优势。想当年，40年前躬耕陇亩于故乡，亲手插过杂交水稻卷秧，第一次听到水稻专家袁隆平先生如雷贯耳的大名，初始感受杂交水稻带给我们农户的丰收喜悦。半个世纪以来，水稻新品种不断涌现，亩产也一增再增，农业科研的脚步从未停歇。水稻插秧也由最原始的水秧发展到卷秧，卷秧也由手插秧改进为抛秧。请教堤岸上荷锄下地的农妇，方知她家今年种植的水稻品种为“杂交646”。我下到地头，手捋一束稻穗，难掩心中涌动的欣喜之情。

现代农业已大大超越传统的农耕种植观念，现代种植模式已走进千千万万个体种植户。毗邻田地是一处种植蔬菜的大棚，在眼前一望无际的稻浪起伏的近邻的几口新挖的池塘里就养着鳗鱼。养殖业在我们福清农业占有一定分量。

再往前走，田里的番薯、芋头、秋大豆、茭白也星罗棋布于渠道堤岸北面田里。道遇一位青年农民正骑着一辆崭新的摩托车巡田，见我问路，热情指点，并告知我："不久将有一条大路穿过这里，那时这里就不是东一块西一块的农田了。"在他的目光里，充分流露出对土地的深情眷恋和热爱。但在势不可挡的城市化脚步提速的时代，农民们依然不遗余力耕耘着不曾消失的寸土寸金。

当我沿着渠道堤岸行进到虎溪时，临近虎溪10来米，只见堤岸南边地里一对夫妇正在给菜畦里的青菜培土浇水，让我立马想及一段秀恩爱的唱段"你挑水来我浇园……"，脚下的细土细如粉末，菜畦边上摆放着塑料水桶、水瓢、花喷和一捧青菜。在另一角落，一位老妇人正手把锄头，独自一人在挖掘番薯修整土地。随后还掏出手机不忘与家人耳语一阵。农村劳动人民的勤劳质朴、和睦恩爱让我再一次感受到劳动之美：劳动之美不单表现在创造物质财富，还表现在劳动能陶冶人的精神品格，培育人的优良品德，塑造人的美好心灵。同时劳动还兼具强身健体的功能。从中也让我体会到尽管现在百姓生活已经富裕起来，但依然不改劳动人民的初衷本色，"晨兴理荒秽，带月荷锄归"，用只争朝夕的精神劳动生活……

当我悠悠通过架设在虎溪上的东张水库渡槽时，西天嫣红的霞光渐渐暗淡下去，回望不远处中恒首府楼群也依稀亮起星星点点的灯火，我想起了来路上那位骑摩托车青年农友的叮嘱"……过了水槽就要回头由原路返回，可别误入马山村多走冤枉路"，我立马回头。回走渡槽，三三两两傍晚散步溪边衣冠楚楚的市民也迷恋起虎溪清新的空气和淙淙奔流不息的溪水奏响的和谐进行曲来此休闲散步。一只只白鹭看到游人驻足观赏它们精湛高超的飞行特技表演更加来劲，似乎要向来人传达它们心中某种难以意会的情愫，一味猛力扇动着白色的翅膀，千回百转翩翩然于虎溪河道上空。

当我折回原路没多远，掘番薯的老妇人也收工了，她很快赶上我并与我同行，畅谈她劳动与健身的心得。行不远处，一辆摩托车沿堤岸迎面驶来，车手是一位年过六旬的老汉，他是接到他的老婆电话前往田里帮老伴运回田里已掘好的番薯，一对老夫老妻的心有灵犀的劳动接力又在我的眼皮底下淋漓尽致上演了……

漫步城乡结合区，耳闻目濡城市化大潮涌动时，我市劳动人民所表现出的对寸土寸金的珍惜和他们时时刻刻为建设美丽家园而辛勤劳动的精神风貌。

2017 年 10 月 20 日

秋田晒秋图

秋高气爽，每每登楼凭栏远眺秋天的原野，一派斑斓，且天天在变换着色彩，金黄色的稻田大有独占风骚的势头。为了更好领略秋色之美，我走进田间地头近距离细细品赏秋色。驻足田间，稻香袭人，连片黄澄澄的水稻当仁不让夺人眼球，而跻身稻田边上的秋景也不甘示弱，依然执着地以其独有的魅力坚守并宣誓着自我的存在和固有价值。

与大片稻田接壤的几口鱼塘，以其绿莹莹的露天塘水与湛蓝的天空遥相呼应默默传情，颇有“秋水共长天一色”的非凡气魄。水塘里的增氧机扬眉吐气，不停喷洒着细末雨雾，像是巨蟹在“煮饭”，扬起白色泡沫无限，给塘里鱼儿供氧不息。远望周遭养鳗场里水池的拱形顶棚，以黑色帷幔遮头蒙面，在秋田里晒出的颜色如墨似漆，浓烈的漆黑占据田园一方水土，底气十足，似乎在提示人们：“别小觑我并不漂亮的黑衣外表，但我的兜里深藏宝贝。”绿水蓝天、白沫黑幔为秋田坦荡不羁的晒秋添光增色。

路旁圳沟边上土生土长的蕨草和盘门莲入秋不换装，依然绿袍一件，萧瑟秋风也无奈它们的犟脾气，剥不下它们固有的本色服装；只能一任它们我行我素、矢志不移。而田边的美人蕉在秋风劲吹下，不堪一击，不再“芳心犹卷”，摊开的芭蕉叶被瑟瑟的秋风撕扯出道道裂痕，深绿的蕉片也略显出疲惫憔悴的模样，呈现出浅绿色以至夹杂着焦黄。最不堪一击的是芋头，芋叶芋干经秋枯萎，把全身的营养都完整交付给埋在土里的芋头，露出地面的只有奄奄一息的黄褐色的枝干。野草也大胆鸠占鹊巢喧宾夺主抢占芋垄地盘，绵绵野草在枯萎的褐色枝干边缘密布生长，大大改写芋田原本天然的色彩。

钟爱绿色的植物因过分迷恋春夏时装，尽量拖延步入秋天的脚步，但季节的轮换不可抗拒，秋田里的色彩由深绿、浅绿、焦黄乃至褐色，秋天毕竟是秋天，它大气凛然，不以物种的嗜好而屈从，以其秋老虎的强势和威猛喝令地里的作物尽快统一换装。

在收获过的番薯田里，一位村姑头戴花布帽、身穿红衣黑裤，正挥舞着手中耙子在平整空地，她的红衣是秋天里最鲜艳的色彩，她近旁已卷好的一捆捆晒干的番薯藤那么匀称，宛如一个个黑不溜秋的碾子静止于空田里，宣告它们已圆满完成自身的使命而无愧主人一季的辛劳即将寂寥离场，而把下一季度的栽种接班交与蚕豆。同样是番薯，早薯晚薯生长期并不同步，这边收成已结束，晒出的是卷卷番薯藤，而那边一块番薯地里，薯叶青青欣欣向荣，绿油油的薯藤爬满垄沟，标志着它们正处在旺盛的生长结果阶段，它们的接踵现身给秋天的原野带来持续不断的勃勃生机和活力，也为晒秋奉现上截然不同的礼品。

还有你唱罢我登场的各色蔬菜，在农民的菜园里表演着“时装秀”，山东大白菜、芥蓝菜、蒜菜、芹菜、韭菜、空心菜，名目繁多的蔬菜，不一而足，都给秋田里的晒秋增色增味不少。

而在另一块闲田里，一只公鸡踱步田里专心觅食，五彩缤纷的羽毛与在稻田里数只翩翩飞翔的白鹭的一袭白衣，还有在秋大豆地里觅食的小鸟自身装扮，组成了一幅动态的晒秋图“出镜”来。它们寻寻觅觅优哉游哉，不慌不忙不饥不饿。小麻雀们在稻香遍野的秋天，个个越发显得懒洋洋，反正不愁饿肚子，遍地是粮仓，农民们也因丰年在即而大度，忽略了监管。他们并不计较麻雀吃谷，都认为麻雀吃虫之功远远大于吃谷之过，消耗一点粮食并不可惜，也是应该。麻雀们已习惯于不再长途跋涉千里飞翔，大可高枕无忧就地用餐，甚至忘记振翅飞翔以足走动。

在晒秋图里，还晒出农民辛勤劳作的业绩，从地里栽培龙眼树下再套种上番薯、大豆、萝卜、生姜等作物。那东一块西一块的拼盘种植模式让秋天的色彩更显斑斓多彩，秋天的收获更见丰饶。田间土路上驶过着四轮车正装载着番薯芋头等农产品回家……

在秋天的原野上，晚稻渐渐成熟，金黄取代绿色席卷大地势不可挡，金黄色也顺理成章地成为秋田晒秋的主宰色调。如果说我所目击的这片大地是一张硕大无比的晒席（晒簟），那么散落其中的五谷果蔬和活动其间的所有行迹也就构成了一幅晒秋图，这幅秋味浓烈的晒秋图，随着节气的变化而“变脸换装”，直至晚稻开镰、秋收冬藏而后已。

好一幅秋田晒秋图！总让我久久凝视相看两不厌……

2017 年 11 月 1 日

二 物犹如此

梦里依稀小布袋

今晚梦中，我又重返建新水库劳动工地，我刚把乡亲托我捎给工友的物品分发完毕，想走出草棚先到工地看看。当我掀开草棚帘子时，一只小布袋便交到我的手中，耳边响起老王工友低沉而焦急的告急声："快走，危急！"

当我刚出草棚，棚里传出一帮人的谈话声，七嘴八舌的。

"他又走了，没想到刚来就走。"

"我想和尚逃不了庙，躲躲藏藏又有什么用？"

"真是来去匆匆，莫非有人走漏了风声？"

"老王，你给他小布袋是啥意思？"四人同伙几乎是异口同声剑指老王给个说法。

"不就是把昨天工地会餐舍不得吃的两个馒头让他捎回带给我的老母亲？"

"你怎知他一来便回？就那么心急寄东西。分明是你在撵他走。"

"我哪知，只猜测他不会久留，因为有人要请他做事，他曾在我面前讲过。我是怕馒头霉变，说不定他还真的要赖在工地打工不走呢；但也无关紧要，反正几个馒头也值不了多少钱。我怎么会去约束人家的人身自由？"

"不走就好，那才有好戏看呢！"棚内传出一个同伙恶狠狠的言语。

我并不感到意外，我深知这伙仇人视我为眼中钉，总是不择手段变本加厉地加害于我，我到哪里，他们的踪迹也就跟到那里。

我咬咬牙，不走来时的大路，选择一条偏僻幽静的小径快步下山。我要尽量远离这帮恶人，我可不想成为那伙歹徒为我量身打造的那场大戏中的悲剧人物，而连回首遗憾的机会都没有留给我，那才冤呢！三十六计，走为上计。我可不想再成为5年前“文革”中任凭造反派宰割的一只羔羊。

“茫茫大地，路在何方？”这不只是我在动乱岁月里发出的第一次无奈感叹。我想再度投奔学友家，先去乡下陈家，再上城里魏家，我每次作客友人家，他们依然待我如宾，不离不弃。人间毕竟还有温情在。此时，1967年的一场家难又触目惊心挥之不去，顷刻间，天昏地暗，遥远的悲愁苦痛又历历在目，袭上心头。

5年前6月里的一天，也是眼下追踪到工棚里的四人帮家族策划导演了一场骇人听闻的洗劫我家行动。夜里，村上造反派包围了我家老屋，狗吠声不停，一场灾难在天亮就开场上演了。

老屋的大门刚刚开启，一群造反派就闯入我家，他们二话不说便动手搬的搬，扛的扛，拎的拎，在光天化日之下肆无忌惮实施集体抢劫。铁箱被肩扛出去，大衣被手抱而去，为二哥婚事临近而购买的装在麻袋里的粉干也被造反派们驮在背上悠然掠走，大米从米缸里倾倒而出、薯粉连同容器都被拿走……

当一位造反派将伸手去抱走床下满是灰尘的油坛子时，我母亲给他使了一个眼色，他毕竟还能良心发现，手下留情，舍弃油坛子扬长而去……

抢完东西又抓人。我父亲被五花大绑押走，不一会，来了四兄弟中一员，手持麻绳，把一时还没缓过神来怔怔而立的我实施强制行动，先用绳圈套住我的脖子，再用余绳反捆双手，我被他押解经过早晨习惯站立用餐的村民集聚的大路旁，直至祠堂戏台。我空腹跪在台上，一群打手摩拳擦掌，声嘶力竭想当然胡说八道，一大堆莫须有的罪名临时现编出来，强迫我招认，面对台下乡亲，我拒绝承认这些不实之词。巴掌拳头脚跟便纷然落在我的头上脸上肩上背上腰上腿上，我一次次倒下，又一次次被强行生拉硬拽起来，继续批斗。斗争会让群众惨不忍睹，许多人掩面而泣。我和父亲都被打伤，打手中就有四兄弟及其恶棍父亲。

当晚我绝望地躺在床上，奄奄一息。夜，令人难熬，陪伴我的是6月潇潇的雨声和母亲悲伤的泪水，我第一次读懂什么叫做“残酷迫害”，什么叫做“倚强凌弱”，我甚至怀疑这世上究竟有没有公理。

我们老屋邻居待我亲如一家，那天夜里老屋的大门早早关上，在族叔的带领下，同一落厝邻里涌入我家看望我们蒙难的父子。他们愤愤不平，同情心溢于言表。芳邻无不谴责四兄弟精心谋划的害人伎俩，说他们是丧尽天良，恶有恶报；不停抚慰我们要及时疗伤好好养伤。

第二天清晨，老王拎着一只小米袋上门来。他路遇吴家族兄，族兄诚心提醒老王：“千万不能让‘老鹰伯’看见，看见就麻烦了。‘老鹰伯’昨天刚刚分到吴家的一口铁箱，也在昨天刚刚吃下从吴家抢夺的粉干，平时又常爱偷鸡摸狗，专干无德无行害人勾当，唯恐天下不乱没有空子可钻。要多加小心为好。”

吴家族兄仅仅是为劝说老王当下风声正紧恶势力猖獗，行动需多加小心，并非劝阻老王不要送米给吴家。老王心想：这年头，好人都在相互提醒，而恶人都在乘机行恶。

“我会提防他的！”老王怀揣小布袋径自步入吴家大院。

老王到访真可谓雪中送炭，弥补吴家无米之炊。

那年月，村民自保意识都很强，都有一种“好人不与恶棍斗”“多一事不如少一事”的明哲保身的处世态度。而敢于在风声正紧的紧要关头来吴家送米探看而不怕株连的人真是凤毛麟角。那天老王用装满温暖的米袋子证明了他的善良和友爱。今天，老王交到我手上的小布袋，并不盛米，也不是装着馒头，而是装着一张珍贵的纸条，上头分明写着：

老弟，速远走高飞，仇人欲置你于死地！

天啊，我被驱遣至此，原以为只是一场苦力“发配”而已，竟没料到的是，还要面临一场阴险的死亡威胁。

凝视手中小小布袋，我想它不单能装米、还装信息，更装着老王兄的救命之恩啊！我的思绪不绝如缕，追思一只只不起眼的朴朴实实的但却盛满友情堪比锦囊的小布袋，争取“生存权”这一起码权利的欲念愈发明晰也愈发强烈。我不由加快了下山的脚步，犹如一只惊弓之鸟高飞远翔而去……

2013 年 3 月 24 日

老油坊

说起与百姓日常生活息息相关的油盐酱醋，很容易让人想到各种各样的植物油——油菜籽油、花生油、山茶籽油……但很少有人会想到这些生活用油的提炼榨取在20世纪中期的农村，其中一部分依然源自农村作坊——油坊。

油坊是榨植物油的土作坊，其生产工具简陋原始，其榨油动力为人力畜力。它是我国古代留传给后人的一种民间工艺，也是中国漫长的自给自足的农村经济留下的老旧生产模式的一个形象缩影。

让我们一起追忆消逝已久的油坊，一起去追寻它昔日曾经的繁忙景象。

油坊大忙时期是在农历四月、七月、十一月3个月份，因为这3个月依次逢上油菜、花生、山茶籽收成的季节，农人为获取油料，纷纷挤到油坊榨油。

在油坊榨油大致要经历烘烤（鼎炒）、碾压、草包、装杭、打槌、收油6道工艺流程。

烘烤：榨油前，要对来料进行处理。花生采用烘烤处理，即将花生置于烤灶上烘烤。所谓烤灶，是指用于烘烤花生等坚果的炉灶。灶口大开，便于大块木头进出，灶上放置一张长方形的竹箅（也有用铁箅），把要烤的带壳的颗粒铺放在竹箅上烘烤，灶下火力可控，火候保持在果壳不被烧焦为宜。油菜籽采用鼎炒，即将油菜籽置于炒鼎中爆炒。脱去外壳的茶籽在榨油前无需做任何处理，可直接进入碾压工序。

碾压：将已处理过的或无需进行处理的来料加以碾压。以花生为例，先将烘烤好的花生放在碾槽中，碾槽呈圆形，圆心处有一木桩，牵连到刚好有碾槽半径那么长的竖起的一个石头碾饼（碾饼直径约 2 米），碾压就是让竖立的石制碾饼在碾槽中不停做圆周运动来完成的。碾压的动力则借助畜力，由一个工人驱赶一头牛围着圆圈不停运动，带动石制碾饼反复碾压铺在圆形碾槽中的烤过的花生，直至成为花生碎末。

草包：取出碾槽中已碾压过的花生碎末，放入炊床炊熟后用稻草包装，装在铁环模型里，取 3 个铁环（1 个铁环高度相当一个指头那么粗）重叠在一起，平置于地，往里铺上稻草后，倒入花生碎末压实，而后将底环脱掉，剩下 2 个铁环高度的“板梏”（笔者注：“板梏”，福清方言，即一板一板的梏，这里的“梏”只取其音谐，而不表其意。梏，是榨油所余之渣，因其形圆，学名称其为花生饼、茶籽饼等。这时所称“板梏”尚未榨去油质），这样，一面板梏就制作好了。直到花生碎末都草包过成为待榨的板梏为止，整个流程里的草包工序才算完成。

装杭：将草包过的板梏装入“杭腹”，“杭腹”是由 3 米长的重阳木制成，腹空中大，在“杭腹”这根圆柱形的大木柱的表面开有长长的窗口，便于装卸板梏和零部件。先把待榨板梏装入“杭腹”肚内，由工人用凿子把相互竖排在一起已包裹了板梏的各个铁环弄正，使每两个铁环间的缝隙都一样大。并使板梏匀称横向排列在 “杭腹”里，让其朝着装有“绞子” （类似轮船起锚原理，但由手工为之）那边靠拢摆正。由 4 人操纵装在“杭腹”边上的“绞子”， 绞紧连通“杭腹”里的“压顶”绳索，将板梏初步压紧。

在放好板梏后，特意预留出一小截空位，是用于并列摆放 “压顶”“牛头”“塞”等零部件：“压顶”紧贴着板梏，板梏旁留一点空隙，中间放“牛头”，“牛头”旁再留一点空隙，然后在“杭腹”里面一头贴放上“塞”。这时“杭腹”里只剩下 2 个空隙。然后在已放好的“压顶”和“牛头”“牛头”和“塞”的两个空隙间隔处分别装上一个“油杭尖”（顾名思义，此为坚木所制，一头尖，只有头尖才能强行嵌入），两个“油杭尖”（雌雄尖）横插“杭腹”内部，就是靠着这两个“油杭尖”不断的推进，压迫板梏间的间距不断勒紧收缩，才会榨出油来。

打锤：把重磅石锤悬于架上，由 2 人同时操作，让重锤击打到“油杭尖”上，直到“油杭尖”不能再进为止。打锤纯属苦力活，类似船工拉纤。

收油：收油用莲盆，把莲盆放在“杭腹”底下，因“杭腹”是平放着的，且两头用石头垫高，所以可以放盆 。“杭腹”中下部位有一个预先凿好的出油口用于接油。由“装杭”起就要把莲盆放好，因为“装杭”时就会有少量油流出，随着打锤进行中，出油量更大。

老式油坊的出油率与机榨的出油率相近，100 斤花生可榨 30 斤油。一座油坊一般需要 5 名工人同时劳作，一天能榨 1000 斤花生， 1 杭能装 140 斤生花生。油坊主人的榨油工钱也采用客户鲜榨油来兑付，榨 100 斤花生称回 2 斤 12 两（旧秤，十两制为 2 斤 7 两半）花生油。

油坊生产的产品纯属绿色产品，油质清亮，醇香天然，原汁原味。深受城里居民和乡下百姓欢迎。只惜如今人们已难见昔日老式油坊的榨油景象了。

2014 年 8 月 14 日

追忆蓑衣

蓑衣，是用棕叶纤维编织成的像衣服一样能穿在身上用以遮雨的雨具，农民管他叫“棕衣”。其制作材料为蓑草或棕毛，所选材料具备不容易腐烂、耐得住风吹雨打之特点。蓑衣是由民间手艺人编织成的像衣服一样的雨具，它是由“上衣”和“下裙”两部分组成一体，便于劳动者从事站立蹲坐、弯腰曲背的劳动时披挂。它能有效保护野外作业的劳动者上身和下身大腿以上部分不被雨淋；而且披上蓑衣，手脚依然还能自如活动，适合劳动者雨中劳作。

蓑衣在我国农村广为流传，其历史可追溯到唐代甚至更为久远的农耕时代。唐代柳宗元贬官永州，曾写下“千山鸟飞绝，万径人踪灭；孤舟蓑笠翁，独钓寒江雪”的诗句，其中披蓑戴笠的渔翁向今人传递着幽静寒冷的感觉。唐代诗人张志和在《渔歌子》中写道：“西塞山前白鹭飞，桃花流水鳜鱼肥。青箬笠，绿蓑衣，斜风细雨不须归。”又向我们展示另一类身着蓑衣乐而忘返的渔翁形象，从而表现出一种悠闲自在的生活情调。

例举二诗，证明蓑衣由来已久，也说明蓑衣早为诗人所钟情，既可入诗写景写情，且能自由现身出入诗人刻意创设的哀景乐景的意境中。蓑衣是农耕时代的产物，然而随着时代的进步，20 世纪 70 年代化纤产品出现，古老的蓑衣结束了它的历史使命，广而代之的是轻便的塑料雨衣和化纤雨具。

但我依然对 20 世纪 60 年代和 70 年代初曾使用过的蓑衣印象深刻。田间劳动，遇上雨天干活，诸如开荒、插秧、砍柴、放牛都要用上蓑衣。蓑衣既可遮雨又可防寒，一件蓑衣会用上十来年。雨天犁田耙田，很容易弄脏蓑衣，我也经常用心擦洗沾染泥巴的蓑衣，并在晴天晾晒，尽可能让它在平时保持干燥清洁。我在农村劳动10年，一件蓑衣都还没用坏，这件祖传蓑衣父亲用了后半世，我以后考取大学，这件蓑衣依然留在家中给弟弟继续使用。其使用价值真不小，惠及两代人。特别令我难忘的是在我家1962年腊月遭遇火灾，父亲曾以其为席铺设地上睡下过夜。一件蓑衣，特殊时刻恩及家中亲人，功不可没。我还记得勤劳的母亲披蓑戴笠身临溪边洗衣和在年边为老屋掸尘时的情景，穿上蓑衣的母亲格外英气高大。我的父亲曾是一位生产队的田间管理员，他更常使用蓑衣，每逢暴雨来袭，父亲身穿蓑衣出没雨中，为田地排水，蓑衣给一位老农在风雨中的独立行走和劳作提供了支撑。

蓑衣由民间手艺人巧手编织而成，在我的家乡北西亭村就有一家店铺的师傅会编织蓑衣。棕毛在他手中成衣，缝制棕衣的线也是用棕毛搓成的棕线。一个上午，一件用新棕毛制作的崭新“连衣裙”就亮相店墙之上，几件棕衣同时展示，供农人们选购，也引得不是买家的放学回家的小孩驻足翘首观看，那红褐色纤维集结体，也曾给路过街头店铺的我们以惊喜。观赏蓑衣制作也成了我回忆少年生活一桩美事。民间手艺人也会肩挑棕毛担子沿村叫唤上门招徕修补蓑衣棕垫等生意，手艺人在露天埕地或在农家大厅独自一人施展织补棕衣棕垫技艺时，也会引得我们农村孩子们好奇而热情的围观。

时过境迁，将届古稀之年的我，回味追忆蓑衣固然少了一丝诗人的诗情画意和闲情逸致，但却多出一份感念蓑衣当年与我共患难的思想感情和对蓑衣隐退的深深思考。当今雨具琳琅满目，唯有难觅蓑衣一件。蓑衣的身影渐行渐远，消失在人们茫茫的视线中，难得在“农家乐”饭馆的墙壁上还有它“偶露峥嵘”的一刻，此时蓑衣似乎只成为一个农耕生活时的标本出现在当代青少年面前，呈现出一副羞羞涩涩幽幽怨怨的模样，一任今人众说纷纭指点评说。

蓑衣，透过你历尽沧桑古色古香的古朴身影，无不彰显文人墨客对你的包容，也让今人看到当年民间手艺人因地因人制宜的智慧，但在你的身上无不打上中国漫长的农耕社会生活色彩的烙印。你的退役，也说明中国社会的发展进步，当今从事农业渔业畜牧业的劳动群体，他们的劳动环境也与当年大相径庭，他们不必再背负厚重的蓑衣雨具了。中国制造中国创新已大大超越前人的想象而为世界所瞩目！这是我们这一批曾穿过蓑衣的劳动者追忆你时最愿意看到的新气象。

2016 年 1 月 9 日

斗　笠

近日，路过菜市场，见一菜摊上摆放着一顶斗笠，这似曾相识的斗笠的现身，强烈地吸引住我惊奇的目光，我靠近菜摊，征得村姑的同意，拿起那顶斗笠，不断翻转端详，仿佛在辨认失散多年的亲友一样。我的思绪又一下拉回到40年前农村劳动中与斗笠朝夕为伴的日子里。

当年田间劳动，头顶烈日、栉风沐雨干活，不能没有斗笠的遮阳挡雨，一顶斗笠简直就是农民的一把保护伞，它对日下雨中劳作的人员起到一定的防护作用。它尽其所能地抵御自然界强烈的紫外线及风吹雨打的袭击。

当年我们戴过的斗笠与眼前村姑手中的斗笠模样相同：它是采用优质竹子劈成竹篾作胎骨，再附上一层层竹叶，用衣线固定而成的。为了延长斗笠的使用期限和增加斗笠的美观实用，农民会对买来的斗笠进行一番深加工。比如将原有的衣线固定换成带子固定，更有效地把顶棚的竹叶压严拉紧，增添其遮风挡雨的功能；在斗笠的边缘篾条圆圈用柔韧的编织物缠牢，使之保持圆形，显得更美观更坚固。在胎骨处也系上带子，便于劳动时好借助带子系在下巴下来固定斗笠，不让其摆动脱落。为使简便的斗笠更为美观，首先顶棚食指宽的白色绷带被农民拉出五角星形状，斗笠的尖顶还装有用五颜六色的布块拼成锯齿样式的“斗笠蒂”，也好为圆锥形的斗笠增色添彩，更显其美观轻便、古朴别致。

斗笠使用期限一般仅为1年。可想而知，在风吹日晒雨淋下的斗笠很容易破损。新斗笠叶片一般为浅黄色，经使用渐渐由黄变黑，直至竹叶撕裂损毁，空余胎骨架构。即便这遮阳挡雨的器具不太经用，但其廉价轻便实用的优点依然能博得广大野外体力劳动者的青睐。这就是它依然能流传千年、一度遍布山村草原水乡的原因，甚而成为从事农牧渔劳动群体的特有标志。

传统工艺制作的竹编斗笠，当今在现代时髦服饰大潮的冲击下渐趋稀少——“小楼一夜听春雨，深巷传来卖笠声”挑担游卖手工艺品斗笠的场景基本看不到了。防晒防雨的器具多如牛毛，青年田间作业也淡忘了这传统的器具。所以才造成今人少见多怪。其实我国在远古时代就在使用斗笠，《诗经》中就有“何蓑何笠”的句子，《国语》中所载“顶隆而口圆”说的就是斗笠。斗笠还在古代诗词中找到落脚的一席之地：柳宗元《江雪》中 “孤舟蓑笠翁，独钓寒江雪”和张志和《渔歌子》中“青箬笠，绿蓑衣，斜风细雨不须归”等脍炙人口的名句，都用上斗笠来装点画面渲染意境的。斗笠经过历朝历代发展演变至今，形式多种多样，它不但是我国特产，它还盛行于东南亚各国。

斗笠富有防晒、透气、隔热、防雨等功能，加上其轻盈舒适的特点，自古至今依然具有使用价值。而它还有一定的观赏价值，它曾充当舞台道具，让斗笠舞风靡世界；它曾如诗如画，成为渔翁头上特有的标签；它也一度充当过“知识分子劳动化”的荣誉桂冠。

我们颂扬斗笠，感恩它当年服务劳动大众，崇尚它为民所用之精神。如今斗笠已注入更多的文化内涵，被文化人和商人包装成文化产品，推到前台，极力抬高其身价，突显其高贵的一面。斗笠在冲出亚洲走向世界时，反而极少回到它们的祖籍地——乡村田野，去履行它的祖祖辈辈相沿成习的功能，颇有点令笔者感到意外。斗笠华丽转身的背后又能给我们带来何种启示？是斗笠的自身原因，还是农村城市化的洪流驱赶走这位昔日的贫贱之友？我一直思考着……

2016 年 2 月 23 日

油纸伞情结

提及油纸伞，总让我想起戴望舒《雨巷》里“撑着油纸伞，独自 / 彷徨在悠长、悠长 / 又寂寥的雨巷 / 我希望逢着 / 一个丁香一样地 / 结着愁怨的姑娘”的诗句；提及油纸伞，总让我想起白娘子和许仙西子湖畔断桥借伞而开启的爱情故事；提及油纸伞，也很自然想及油纸伞著名产地被誉为“上有天堂，下有苏杭”的妩媚的江南美景。在柔美的风景区，在文人的心目中，油纸伞，你简直就是一名浪漫的使者……

在我的印象中，油纸伞在20世纪80年代初还在我国城乡居民中广泛使用，之后，伴随着伞的多样化浪潮的汹涌冲击，油纸伞才从人们的视野中渐行渐远，几近隐姓埋名销声匿迹。甚而跟今天的年轻人谈起这款伞，他们会一脸茫然反问：“也有纸制的伞吗？”也不能责怪他们这般浅见，眼下，风雨中烈日下打伞者，不离简便的布伞，哪见得那盛满愁怨的油纸伞？即便当下布伞一伞遮天，但对于老年人，他们记忆中也许就珍藏着不曾忘却的对油纸伞美好的回忆。

当年的油纸伞有着尊崇的地位，它是普通人家出门探亲时高雅奢侈的随带品，不管有雨无雨、有阳无阳，一旦想显贵摆阔，总要“执子之手”进城下乡，走亲访友。

只因油纸伞是普通人家休闲出游的消费品，邻里借雨具时总舍不得轻易将油纸伞出手相借，为不让邻里失望，常拱手以斗笠、蓑衣、雨衣代伞出借。

因此，一把油纸伞通常能用上好几年甚至10多年。它兼具实用性和观赏性之功能；且浑身散发着文化气息：既可充当收藏纪念、伞舞道具等角色，又能作为文化礼品赠送友人。因此油纸伞理所当然受人欢迎。

记得当年我家老屋后房门边常年放置一把油纸伞，我12岁前无缘使用那把油纸伞，因为我出门经常丢东西，母亲担心我外出不留心会丢伞；还有一个令母亲放心不下的原因是：我们小孩打伞出门，户外风大不安全。我也和弟弟趁父母亲不在家时偷偷拿起那把合拢着的油纸伞来个室内撑伞。我们小心翼翼用力撑开油纸伞，一阵丝丝响声随即响起，我们还以为伞纸破裂，反复察看再察看，还是毫厘无损。原来合拢的油纸伞油纸会轻微黏住，打开它时，细微发声是很正常的，并非伞坏了。我们才放心地打伞在房间里手舞足蹈，分享那刻与伞共舞所带来的欢快的童年乐趣。

随着我们渐渐长大，母亲也放心让我雨天带伞出门上学，我们当然也格外小心保护好油纸伞。可天有不测风云，我家在1962年冬发生火灾，那把长寿的油纸伞也没逃过劫难而葬身火海。浩劫后的家里，已再见不到我们心仪的油纸伞了！1967年我到杭州西湖游览，我还特意跑去逛伞店，在店家里观赏绘上花鸟山水图案的花花绿绿琳琅满目的油纸伞，一饱眼福，倍感旅途愉快。

记得少时乡下也常来补伞手艺人，他们在张开的伞面的破洞口涂抹上棉籽油，贴上棉纸后，在棉纸上再刷上柿油、待稍干后又涂刷上熬制过的防水的桐油，让油纸伞的伤口愈合，完全风干后的油纸伞又可出门为主人服务了。如果是油纸伞的伞头、伞柄、伞骨有问题，手艺人也会修理。他们精通削竹、钻孔、穿线、黏纸、绘花等几十种工艺。他们走街串巷，像是伞家特派的售后服务员，维护着每一把油纸伞的信誉；又像一名“赤脚医生”不辞辛劳为伞看病疗伤。我当年还听修伞师傅说：“福州有三宝，油纸伞是其中一宝……”我便从中领悟到：油纸伞既为市宝，在家也可算家宝了。难怪乡下人家不轻易出借油纸伞呢！

今日不见油纸伞，颇有点遗憾，不觉萌生几分怀旧情感。写着写着，眼前似乎飘荡着油纸伞特有的油墨芬香的气味；但不知怎的，我的思绪又误入戴望舒悠长寂寥的雨巷深处而不可自拔，一阵阵弥散着丁香的文化气息扑面袭来，包裹了我的身心，让我为之心旌摇动……

永远忘不了你！油纸伞。即便你悄悄消失，退出都市生活；可我还是一次次在梦中打开你。开合之间，撑起我心中一份眷恋无比的怀旧情结！

2016 年 3 月 9 日

点赞水坝

水坝，你在洪涝季节挺身河道，不动声色坚守脚下阵地，抗拒气势汹汹洪流来袭，你的坚毅勇敢有目共睹。水坝，你在狂风暴雨中的英勇无畏的抗争让下游农舍、庄稼减少损失，你真不愧是防汛抗洪的猛士！

水坝，往日里，你驻守河道，殷勤集合涓涓细流，你一手构建的库容似一壶硕大无朋的储蓄罐，不摒弃日常不起眼的点点滴滴，尽收囊中，营造了有容乃大的风采。你又如一位谙练大管家，把天地多余之水储存库中，也正因了你的目光长远、不遗余力长年累月辛勤收集起稍纵即逝的“残羹冷炙”，才有了你馈赠给干旱缺水时的农田庄稼赖以存活的 “救命粮”，才有了“烈日炎炎似火烧”旱情煎熬下死里逃生的万顷禾苗，看到你赐予万物生的希望。我们不能不为水坝心怀忧患救急济困的劳苦功高而啧啧称赞不已。

水坝，在你浩大的家族中，有的矮仅数尺，有的高超百米。人类修筑高低不等不拘一格的坝体，都是为了因地制宜因需而建。为了达到“坝尽其用”之目的，让你具备不同功能，胜任不同工作——防洪、灌溉、调灌、发电、供水、旅游开发而煞费苦心：要你发电，就设法提高你的海拔，增加水的重力势能；要你兼备服务旅游业功能，就将你乔装打扮一番后，让你与大自然亲密携手，一起走到前台与游客亲切会面……

水坝，不管你素颜如初还是淡抹浓妆，你总是水利工程中的光荣一兵。用你的血肉之躯截流蓄水。自古至今，一代代工程师殚精竭虑，不断规划着你的容颜体态，优化着你的生存环境，让你与壮美河山共生共荣！

历数世界名坝，真让人怦然心动引以为豪！

目前世界上享有盛名的水坝有建于1931—1936年的胡佛大坝（Hoover Dam），它是座拱门式人造混凝土水坝，坝高220米，底宽200米，顶宽14米，堤长377米，它宛如一条巨龙横卧在裂谷上，造出157900亩的人工湖——米德湖，由于湖水的滋润，在不毛之地的沙漠中建起繁华的城市，胡佛坝在防洪、灌溉、城市及工业用水、水力发电航运方面均发挥了巨大作用。原本美国最深、水流最湍急的科罗拉多河因胡佛大坝的拦截缓缓而行，变得温顺。水坝真真切切地改变着人们的生活！

大型水坝，多以发电为主，兼有防洪、灌溉、拦沙及航运等综合利用效益。位于西陵峡中段湖北境内的长江三峡大坝是当今世界第一大水利工程。三峡大坝为混凝土重力坝，坝顶总长3035米，坝顶高程185米，正常蓄水位175米，总库容393亿立方米，防洪库容221.5亿立方米，能抵御百年一遇的特大洪水，年均发电量849亿度。三峡大坝装机容量1820万千瓦，年发电量847亿度。与美国胡佛水坝相比较，胡佛水坝的装机容量才208万千瓦，仅相当于三峡大坝的九分之一，年发电量才42亿度，不到三峡大坝的20分之一。

我国是世界坝工大国，已修建8万多座水坝，水库总库容约4700亿立方米，这些水坝不论高坝还是低坝，正起到兴利除害、促进国民经济发展之作用。水坝，你惠农利民，既能防洪，又能在灌溉调灌方面大显身手。全球的水坝星罗棋布难以计数，其作用也就难以估量了。不难想象，没有水坝，人类在缺失生命之源——水的情况下将会是怎样一种境况。应该感谢水坝们，你给人类送来清洁能源，你的奉献让世界变得更美好。

我们没有理由不为这人间奇迹——水坝大声叫好激情点赞！

2017年7月15日

竹　缘

记忆中，我与竹子结缘是始于60年前老家北墙外一丛笋米竹。笋米竹独占一个园子，竹园的面积足足有一间民房大小，大抵是倒塌荒废的旧屋内再加上一堆人工搬运来的垃圾土壤，形成一个齐腰高的圆形土堆，园主在土堆上种植笋米竹，一竿竹子竟繁衍成一丛竹林。

六七岁时，我经常奉母亲之命，到竹园捡拾从竹竿上脱落的竹壳，拿回家给母亲作鞋垫的样品，母亲先将微卷的竹壳摊开弄平，而后用画粉在竹壳内侧描摹我们兄弟鞋子的尺寸和形状给我们做鞋底。鞋底之布的原料是旧衣旧裤布，都是要剪成好几层跟竹壳样品一样大小模样，而后再在外层套上一层新布料，我们的鞋垫算是做好了。后来母亲告知我，不要再到竹园捡拾竹壳，因为园主已在竹下安装“猫炮”，对付偷挖竹笋者。我们遵照母命，远离竹园。隔墙偷窥一只只从土堆出头露面的竹笋，我只能怀着一种失落感时时回眸园中竹林发出的萧萧声。无缘走近竹林，只因人为的“下炮”。

少年时，我们也会到故乡的山上砍柴，偶尔也会砍下数根野生竹子做牛鞭和钓竿，那纤细的竹鞭在耕牛的眼前舞动的鞭影起到虚张声势的赶牛作用。但也有不巧的时候，父亲也借助我们亲手制作的竹鞭鞭打淘气的我们，那时我们腿上道道红色的伤痕就是竹子铁面无私意志留下的亲密标记。竹子在乡村被视为惩恶的“利剑”，面对万恶的毒蛇，只要一根竹竿加身，就足以让祸害百姓的罪魁祸首毒蛇魂飞魄散无所适从呜呼哀哉！民间传言：“竹是蛇的舅舅”，竹子打蛇发挥的震慑威力非任何利器所能比及的。

但我们本乡本土生产的竹子品种不全，那些晒衣的竹竿就是无法就地取材信手拈来的，只能掏钱到城里购买。有一次父亲进城购置竹竿，傍晚我在村口恭候多时，见父亲肩扛一根竹竿，竹竿上还绑着一个竹篮，竹篮里装满我们少年喜爱的粽子等食品。在我的记忆中，家里许多家具都与“竹子”息息相关——竹床、竹椅、竹席、竹枕、扁担、竹筐、竹篮、竹篓、竹箩、竹筛、竹量米筒、竹吹火筒、竹筷子、竹牙签……少年时代的我们还异想天开，幻想打通一根竹子凿出一排洞孔仿制一把竹笛，吹响悠悠的少年壮志曲，无奈疏于工艺，梦想无法实现。

不单日常家具玩具，就连家乡古老的出行工具——竹轿，也是竹子制作的。古代交通不便，行动不便的老人、病人，和有身份的人，出行往往借助竹轿载人，由两位轿夫一前一后扛着竹轿上路跋山涉水远走他乡。如今，在风景旅游区还有这种竹轿让游客体验古老的交通工具所具有的别样的感受。更有竹楼这样独具民族风味特色的住所，连竹楼里面的摆设也都是清一色的竹制品，真让人眼界大开，令人产生一种“无竹不成楼”的慨叹。

家乡所见之竹极其有限，我国幅员辽阔，竹子的品种就有 500 余种。2015 年春天，我来到湖南橘子洲，我惊奇于洲中“竹园”遍栽的各种竹子：有的粗粗壮壮，有的纤纤细细；有的竹枝翠绿如蓝，有的枝干金黄瘦削；有的挤挤挨挨，争相直上云端；有的抱团坚守，蹲坐鹅卵石路旁。就连来自山竹之乡的同游者老林也一时茫然，无法辨认解读那里素未谋面的竹子世家里的大多新成员。

竹子种类繁多，用途广泛：有的竹子可用于建筑和制作器具，也有可供庭院观赏。其中毛竹、方竹、花竹、斑竹、凤尾竹在旅游途中我曾与之邂逅。特别是斑竹，一句“斑竹一枝千滴泪”就足够让我一直牵挂在心几十年。

2015 年我到岳阳楼旅游，坐游船过洞庭湖上君山岛，在君山上我见到难得一见的斑竹和虞帝二妃之墓，之后我在《君山行》一文中写道：“道路左侧栽满斑竹，看着这些伤心流泪的竹子，不禁为二妃寻夫哭夫的故事而感动。我居然伸手轻抚泪迹斑斑的竹竿，试图擦拭永恒的悲哀。但显然一切徒劳。

心病难医啊！何况是得病于二千年前。”

“谁知湘水上，流泪独思君”，谁料一枝斑竹竟牵动着我多少心思。斑竹，你让我一步三回头。“君妃二魄芳千古，山竹诸斑泪一人”，斑竹以其泪迹斑斑的专注思念向世人昭示了二妃永不泯灭的思君情怀。世上之竹，谁能媲美？

随着读书的增多，“竹林七贤”闯入我的视野，用竹林反映文人的人品文采，人文与自然相互映照。在中国，竹子历来与梅、兰、菊被并称为花中“四君子”，竹子与松、梅被看成“岁寒三友”。竹在人们心目中是“君子的化身”，具有清高的品质，人们敬仰它“亭亭玉立”“婆娑有致”“不畏霜雪”“四季常青”。它以其“中空、有节、挺拔”的特性历来为中国人所称道，成为中国人所推崇的“谦虚、有气节、刚直不阿”等美德的生动写照。

历史上颂扬竹的诗词文章不胜枚举，耳熟能详的就有清代郑板桥《竹石》“咬定青山不放松，立根原在破岩中。千磨万击还坚劲，任尔东西南北风。”还有脍炙人口的诗句“未出土时先有节，及凌云处尚虚心”，“竹喧归浣女，疑是玉人来”，“昭苏万物春风里，更有笋尖出土忙”等等。

竹，你不离我今生之视线，从幼年襁褓落座的竹椅到晚年古稀卧榻的竹席，从故土眼见的青青翠竹到旅游湘水君山途中目击的斑竹，从我青少年时代挑动两大竹筐稻谷肩横的扁担到年老退休饭桌上必备的竹筷牙签，从年轻力壮的中年时代修建水库居住过的毛竹和稻草搭建的工棚到老年蜗居城市套房走廊里待命晾晒衣被的竹竿，处处留下竹子世家的踪影。再从古人的咏竹诗画到今之文人唱给你的赞美词，无不彰显你的秀美容貌和高洁品行及其亲民本色。

竹子，你我今生有缘。谢谢你全程陪伴，谢谢你生活上的帮忙照料，更谢谢你给我精神上的扶持激励。请让我借用唐代诗人殷尧蕃诗句来颂扬你的恩典吧：

“窗户尽萧森，空阶凝碧阴；不缘冰雪里，只识岁寒心。”

2016 年 6 月 8 日

圣帝桥茶摊

夏天，日高人渴漫思茶，不觉想起20世纪五六十年代融北圣帝桥古榕下的一处茶摊。

圣帝桥距离福清融城大北口约莫两华里，东边无路可通紧贴玉屏山西麓，往西北便可直达作坊村直通长乐县，往北便可直达北西亭村，往南便可翻越融城大北口入县城街区。圣帝桥处在三面交叉的交通路口上，南来北往的商贾农人不绝于道。每每夏季，行人途经于此，往往在古榕树下歇息片刻，再重新上路。

圣帝桥住户仅三四家，其中两家是铁匠铺人家，经营手工打铁生意；其余两家是当地居民，利用圣帝桥得天独厚特殊的地理位置，在榕树下摆开茶摊，招待过往宾客，生意做得红红火火。

古榕下摆放两张一大一小的八仙桌，小桌为矮桌，上放两个古色古香的陶瓷大茶壶，壶里盛满凉茶，茶叶茶和桑叶茶一类，一大碗茶水一分钱。大桌上放置带有水龙头的铁桶，摆放着泡制酸梅、泡制枇杷、泡制李子的酸甜矮罐饮料，一杯茶水2分钱（要另加酸甜饮料酌加钱）。小桌摊主是一名年近花甲的老女人，一身旧式老女人装束；大桌摊主是一位年过而立之年的中年妇女，打扮颇显新潮，花衣服，浅蓝裤，烫头发。她们仿佛就是来自不同时代的女性，亮相在圣帝桥这个社会小舞台上。

古榕下摆满条凳，落座歇凉的过往客人一般都会喝上一两碗（杯）茶水解渴。相较之下，大桌生意更好：喜欢吃酸甜饮料的都往大桌边上坐，频频举杯缓缓消渴。小桌生意稍逊：贪图便宜单纯为口渴喝茶的就立在小桌旁，端碗开怀畅饮。

强烈的光照被古榕茂密的枝叶过滤成斑驳的影子撒落在茶客身上。赠送给劳动者以清凉。来了一批，去了一批，又来了一批。茶客如圣帝桥上空的浮云倦懒飘来，茶客又如圣帝桥桥下流水淙淙流淌，一天下来，茶摊供茶不断，为苦力劳作的路人殷勤解渴！

少时，我们几名小学生一起进城，归来之时，路过圣帝桥茶摊，大家合议喝杯酸酸甜甜的茶水，那甜蜜的感觉留存在我们的记忆中伴随我们度过许多时候，往后一旦有集体活动，每逢口渴难受，只要我们中有一人提起圣帝桥茶摊那次酸酸甜甜的饮茶，都会产生“望梅止渴”效应。没想到，一处简陋的茶摊在我们少年心目中却具有如此非凡神力，胜似百年老店留给人们经久不衰的魅力。

青年，我夏季进城粜粮，中午路过圣帝桥口渴难忍，见茶摊依旧开业，赶忙去喝上一碗。但我却不再迷恋当年的“酸酸甜甜”的口味，却果断选取一碗粗茶一饮而尽，其快感宛同路过景阳冈的武松喝下“透瓶香”一样爽快来劲，激发潜能，继续徒步赶路回家。

中年，而立之年我进城高考，路过圣帝桥，难觅茶摊踪迹，连慈祥的古榕也不知去向，圣帝桥旧桥拆去新桥落成。昔日环绕圣帝桥蜿蜒曲折的乡间小道也早被融（福清城关）北（北西亭）公路和福（福清）长（长乐）公路所替代。

如今，往返融北圣帝桥一带的人们，大多乘坐公交车和私家车，极少步行。旅人以车代步也是圣帝桥茶摊走向停业的原因，还有当今各味饮料层出不穷，纵使女茶主调味工艺再精巧，也难以谱写茶摊的新行情。

圣帝桥茶摊的消亡是历史的必然，它只能定格在我们这一辈喝过茶摊水的人们心中，却难以唤起当代年青一代对当时茶摊存在的想象。

2016年6月11日

芒草记忆

今年端午节应邀到江阴霞堂寺游览，只见寺前山谷间芒草萋萋，在风中随风摇曳，荡起一波又一波的白茫茫的云雾。未到秋季，山间芒草竟显露出凄凄惨惨戚戚的模样，又看到寺前一排采摘晾晒着的芒草穗柄，让我感受到海岛古刹初来乍到的秋意。

我的记忆立马回到由芒草制作而成的有关芒扫把的回忆中去。

我的家乡毗邻群山，山涧旁山窝窝芒草花开花谢总引得我们小孩注目，我们甚至深入到芒草丛中摘取芒草穗柄，带回家编织芒扫把，只是土里土气地乱编一通，屡屡造成浪费芒草之现象，但村上大人依然无法编制出像样的芒扫把，这倒给了我们少不更事的小孩为己护短找到一个托词。

但西亭街出售的芒扫把令人交口称赞，沾在芒草穗上的白蒙蒙的芒花被剔除得干干净净，苕帚柄的芒草秆被整理得井井有条，组合成的扫帚柄一节一节格外分明，手掌握住它很舒服。扫帚末端的芒扫部分呈扇形均匀分布，轻巧蓬松便于扫净地面灰尘。整把芒扫呈现微黄色，金灿灿惹人喜欢。扎芒扫的师傅坦言“好芒扫源自好芒（草）”。我曾到过一都，深山峡谷里芒草又高又密，擎起一支支芒秆末端带花的芒穗，招呼着山民采摘。好芒草制作的芒扫格外受到农夫农妇和校园师生的青睐，芒扫可扫屋还可扫除天下，《后汉书》记载东汉少年学子陈蕃“大丈夫处世，当扫除天下，安事一屋乎”和薛勤“一屋之不治，何家国天下之为”的激辩。扫把早就成为洁屋的常备物品和赋予洁身的象征意义了。

在农村用户眼中，芒扫比起普通扫把尤其受人青睐珍视。经常用于屋内房间打扫卫生，而竹扫把、高粱穗扫把往往被主人用于打扫埕地、院子、厅堂、猪圈等地。

农家爱惜芒扫，一直用到“苕帚秃”仍舍不得丢掉，真正做到物尽其用“敝帚自珍”的地步。特别是由上等芒草制作的芒扫，制作工艺考究，质量上乘，经常被学校集体采购，用于值日生每天打扫教室。为了洁净环境，芒扫尽心用力，成就了芒草为民服务的美名。不怕弄脏自我，只求主人居家一尘不染。

看到芒草，我又想及少年时为了亲近芒草获取芒穗，我们甚至不顾手脚被芒草中的一种俗称为观音草的锐利的叶片划开一道道鲜红的伤痕血迹。为了割刈芒草用它充当烧饭的柴火，我们竟小心翼翼戴上手套贸然下手；而我的父亲，生前似乎与芒草（观音草）有着特殊的情感和约定，他在割刈芒草时从不用手套，他告知我：“你越是敢于握紧芒草，芒草越不会侵害你。”此言包含一定道理，但毕竟我们不敢“以硬碰硬”，主动赤手空拳“送手上门”。如今想来，还应该赞扬芒草的自我防卫本能。正因它的无畏，才能更有效地保全自我，才有漫山遍野的芒花开放……

芒草，我真的无比感叹，你因何如此这般无情自残或是心甘情愿早早白化了自我花束，代之以山野中白蒙蒙如棉花的花絮，集体组合成一片花海随风摇曳起伏。我的思绪不能不随你一道闻风起舞。我在江阴海岛山上与你邂逅，不经意间再次观赏到你年年岁岁献给大自然的“杰作”，不能不让我想到人生易老、莫等闲白了少年头！

芒草，群生草本植物，生长在山坡上、道路旁、溪流边及开阔的地带，任凭牛羊猛兽践踏啃噬，不为所摧，你的地下茎无比发达，撑持着“野火烧不尽，春风吹又生”的顽强生命力。世世代代，长盛不衰！

芒草，今当相见，勾起我对遥远往事的一番回忆。你的出现总让我想到你卑微的生命也有着强大的自卫本领和力量，我应当为你骄傲；但我也应该为你过早捎来秋天讯息而深感不解，你应该成为铮铮铁骨、永不言败、无求于人、不忘奉献的一群不老的斗士；你也应该无愧于不离不弃、永远挺立、无惧风险、从不自卑、敢于面对一切的一帮硬汉……

2016 年 6 月 11 日

又见篷遮蓉

在儿时的记忆中，家乡的花朵多姿多彩，缤纷烂漫。有状似珠玑的茉莉花，有粗比碗口的大绣球；有遍地怒放的紫色蒲公英，有漫山遍野的白色油茶花；有争奇斗艳的粉红色的桃花，有一望无垠的金黄油菜花；有清明时节染红山野的杜鹃花，有严冬腊月装点农家庭院的满树红茶花……

在与群芳的亲近交往中，我更迷恋既能带给我们眼福又能赐予我们芳香的诸如白玉兰、茉莉花、栀子花一类的白朵白花，因为它们散发的清香往往把我们领进美妙的童话世界。它们的颜色纯白淡雅，正因其花白而不艳，且能以香味见长。恰好应合了乡野爱花人士的断言："大抵白色的花都很香。"我所要赞颂的一种花也是白色的，尽管至今我还叫不出它的大名，可我家乡一带的百姓却亲切地称呼它为"篷蔗蓉"。

被叫做"篷蔗蓉"的花开在春天，花期不长，可至暮春初夏。它的花比起栀子花大得多，通常有杯口那么粗，个头与大朵茶花相近。雨过天晴，儿时的我经常到我家后园玩耍，登上废弃的矮墙，伸手采摘扎根破墙之中的篷蔗蓉鲜花。采得三五朵后，急急忙忙拿回家中，插在书桌装了水的花瓶中，让它不至于干渴。我总要时刻守望它们，收获喜悦；努力观言察色，唯恐它长睡不醒。只见篷蔗蓉依然精神饱满、不动声色，表现出一种清净脱俗、随遇而安的情态，没有丝毫逆反心理，犹显清丽可爱。温顺服从、毫无怨言入室陪伴主人。身处陋室依然神采奕奕，如同置身后园一样悠然自得吐放清香，屋里也因了它的到来而有了隐约缥缈的清香。

一天两天三天，清香弥散我的房间。再度观察篷蔗蓉，青翠的叶片虽然还能保持光滑闪亮，但白色的花瓣由外而里日渐焦黄萎缩，花瓶里的水也减少了一点儿，毕竟好花不常开，更何况是别树离枝之花。我眼睁睁地看着它闭上眼睛蔫去。然而即便在花朵萎缩之时，它仍在吐发芳菲。篷蔗蓉花开花谢，极尽所能，一缕香魂，绕梁数日，短暂守望，令我感怀！

我终于明白，当陪伴成了奢侈，离开也是必然。于是乎，我不再为强求独享奢华到后园摘花了。但我还是马不停蹄同我的小伙伴们向所有的篷蔗蓉投放过莫大热情和诚意，无限关注它，在家乡农舍边边角角去找寻篷蔗蓉的身影，因为它洁白清香的花朵象征着我们人生的盼望。

2016年前段时间，谷雨阴沉沉，立夏雨淋淋。蛰居城中，禁不住雨水淋湿了我绵绵的思念。一天清晨，我竟冒雨出行，在我客居的城郊游荡，幻想见见久违的篷蔗蓉。奇迹真的出现了——终于在一处公家花圃里见到一棵绿叶白花熠熠生光的篷遮蓉，它正举着纯白如玉的花朵笑盈盈地向我问好致意。他乡遇故知，久别又重逢，让我激动不已。我惊喜地端详它洁白如初的玉容，屏住呼吸吸纳它散发出的心仪已久的香味。我可没有如某诗人所言“今生将不见你 / 只为　再见的 / 已不是你”那样漠然舍你而去，在我眼中所有篷蔗蓉都代表了圣洁清高友善，我立即俯下身子，相看良久，一阵交流　，迷恋在它呈现给我的白净优雅的面容和清香浮动营造出的温馨氛围里……

2016年6月15日

天涯处处无闲蜂

2016 年 6 月我们到永泰风景区游览，车过一处群山环抱的公路旁，见到沿溪畔一字儿排列着几十箱蜂箱。路旁嗡嗡的蜜蜂声与山谷间潺潺的流水声交相呼应，回响在寂静的林间溪畔。今日里蜜蜂的采花酿蜜的忙忙碌碌和我等游客为寻求游山玩水的闲情逸致形成强烈对照。此前，我曾有过与蜜蜂相逢的一幕幕画面一股脑儿浮现在记忆的屏幕上。

20 世纪 50 年代，我的老家福清北西亭村的老屋南墙与邻居北墙相隔一丈见宽，形成一条宽大的弄子，半边弄子露天，半边弄子为瓦屋顶遮盖，弄子通风采光条件很不错。堂叔还在高高屋弄的屋檐下悬放一个长方体的大蜂箱用于养蜂。我们小孩经常在这条有着凉棚的通道里用餐，时时抬头仰望头顶蜜蜂进进出出蜂箱的繁忙情景，聆听着蜜蜂嗡嗡不已的叫声。

因为我们小孩和蜜蜂处在不同的活动空间，一下一上，互不干扰，彼此相安无事。只有个别时候我们小孩在吃糖果时，也会招来个别幻想分些甜头回家的小蜜蜂试探性的抵近侦察，我们便会把它们驱离，但我们从不伤害小蜜蜂。

记得有一次堂叔将楼梯靠在屋檐上，打开蜂箱割蜜，蜂巢内外蜜蜂纷纷出动，勇敢执行了一场殊死保卫战，堂叔头上脸上手上身上爬满蜜蜂，它们万众一心协同作战，无奈堂叔防护服“刀枪不入”，蜜蜂们只能眼睁睁看着凶巴巴的主人釜底抽薪——夺走一年中大部分余粮。我们小孩也为蜜蜂“口粮”

被抢夺而深感不平。

20 世纪 60 年代初，我在初中语文课本读到杨朔《荔枝蜜》一文，作家怀着一腔敬意歌颂小蜜蜂辛勤的劳动精神，文章引发我们中学生热爱蜜蜂的强烈共鸣。每当我们野外相遇蜜蜂，总要与蜜蜂友好相处，即便在野外摘花偶尔邂逅蜜蜂，被采花蜜的蜜蜂蜇了一下时，也不敢还击，只因念其勤劳养家而手下多加留情。

20 世纪 60 年代后半期，我经常作客下坝头自然村一位高中老同学陈忠义家，下坝头自然村四周皆为农田环绕，一年四季蜜源极其丰富，油菜花香、蚕豆花香、稻谷花香、萝卜花香引得群峰飞舞，位于农田周边的农舍很适合养蜂。忠义家里就养了几箱蜜蜂，而且是养在南面矮楼上，矮楼南窗长年打开，便于蜜蜂进进出出，蜂箱就放在南窗边上，而我们的楼铺也就打在蜂箱附近。中午午睡，我们睡去，蜜蜂依然不停劳作，进出不停。人蜂共室，充分体现人类与蜜蜂和谐相处的景象。下坝头老同学拥有一个和睦的大家庭，三代同堂，陈忠义在五兄弟中排行老二，上有父母兄长兄嫂，中间是几个弟弟，下有侄儿侄女。有一次我看到陈家兄弟从山上用布袋引回一窝蜜蜂，就在他家大门口的红砖埕把新蜂移进他家新蜂箱里……蜜蜂喜迁新居，乐于安家老同学家中，这跟他家老小人人好客宽容的心理不无关系。作客下坝头自然村，陈家父母兄弟待客热情，给我留下美好的印象。他们全家以劳动为荣，像蜜蜂一样永不停歇地酿造属于劳动人民的幸福甜蜜的新生活。从这个大家庭走向社会的成员，个个都是好样的。有技术能手、劳动模范、保家卫国的功臣、为民办实事的村委主任……

在我游历祖国名山大川的日子里，我依然在关注蜜蜂。在杭州西子湖畔，在湘江橘子洲上，在巍巍泰山顶上，在瓜果飘香的台湾农民创业园里，我依然能听到蜜蜂吹响的劳动集结号。祖国处处活跃着蜜蜂矫健的身影，山山水水处处谱写着蜜蜂劳动和创造的乐章。

今见蜜蜂，脑子里不停闪过昔日蜜蜂翩然的影子和养蜂人的一举一动，小小蜜蜂尽其所能，不辞辛劳，千里奔波，采花酿蜜，只为蜂王和后代服务，无怨无悔为他人作嫁衣裳。今见蜜蜂，不由让我想起古人赞颂蜜蜂的诗句：“不论平地与山尖，无限风光尽被占。采得百花成蜜后，为谁辛苦为谁甜？”（罗隐《蜂》），“穿花度柳飞如箭，粘絮寻香似落星。小小微躯能负重，器器薄翅会乘风。”（吴承恩《咏蜂》）

蜜蜂，难得你“纷纷穿飞万花间，终生未得半日闲（王锦《咏蜂》）”，即便瑞雪纷飞、银装素野，你也停不下采花酿蜜的脚步，看到你，总为你一生勤劳的劳动习惯和勤奋的奉献精神、友爱的团结精神、精诚的合作精神、极富想象力的创作精神所感动，你真让人感佩动容——天涯处处无闲蜂！

2016年6月17日

花生的回忆

我曾是一名土生土长在农村的孩子，平时没有零食的条件；只有在花生大获丰收的季节，我们才有口福享用母亲大人为我们小孩分发的零食——花生果，虽然只是那么一小捧，依然让我记忆犹新。但我们也记得：丰收的季节一过，大人便将收成的花生果秘密储藏起来，只能等到大年初一时，才让幽禁多时的花生果重新亮相于果盘，招待上门拜年的乡亲，我们也才有重获分享花生果的口福。

即便搜遍天下粮仓的坚果，最让我格外动心领情的依然是花生。年老依然嗜好如初百尝不厌，每逢我上街归来，总被同事们猜到挎包中肯定装有购买的花生，说得我哑口无言。说实在，在我清心寡欲背后隐藏嗜好花生的积习和心思的“天机”总被同事们识破。

说起对花生的热爱，还得从60年前说起。

记得1956年农村执行农业生产互助组时期，我家在家乡过洋洋片种植了面积一亩多的花生，收成季节，央请邻里妇女五六人于田间就地搭建凉棚采摘花生，为了不浪费工时，连凉茶点心和午餐都送到田间供前来的帮工们享用。令我田头望不到田尾的花生畦里的一棵棵花生被陆续拔起，晒成整整齐齐的行列，而后被抱入用布幔搭建的凉棚里，供坐在凳子上伯母婶母们帮忙采摘，采好的花生果倒进大大小小的箩筐和装入麻袋。凝视着粒粒劳动果实，总想及当初小学初级语文课本里的一则有关花生的谜语：“麻屋子，红帐子，里面睡着个白胖子。”时当中午放学，我顾不上吃午餐就直奔田间，加入拔花生的劳动队伍，想想今晚妈妈一定又要蒸煮花生犒劳我们和分送邻居了，拔花生也格外来劲。只是我们还等不及母亲蒸煮花生出锅，就自给自足吃起自家地头的生花生来，也顾不上嘴巴沾满泥土。

以后20年间生产队便把花生当成集体主要经济作物予以种植，每年晒干的花生，除了统购外，生产队派工用板车把一部分花生拉到福清油厂换回花生油；有的花生也在农村老油坊里就地加工成清香扑鼻的花生油，供农民平时炒菜调料和年节油炸食品。有的节俭人家舍不得享用分到手的花生油和花生果，把它变卖成现钞补贴家用。种植花生很辛苦，特别在还没有使用“除草剂”之前，农民们顶着烈日除草，要中耕除草两三次。但花生也很眷顾农民兄弟，回报给农家实实在在的丰赡恩惠。

在拔花生时，生产队采用“按劳取酬、多劳多得”的原则评分，每天中午和晚上收工之时，社员挑着自个儿摘好的花生，半路上在小溪或圳沟里借助清洁水流把花生洗净，回到生产队的仓库埕交予保管员过秤登记，论斤评分，所以妇女往往比大男人得分更高。

收成结束，空下来的花生地暂时被分到各位劳动力身上，让大家再将空地刨翻一遍，竭力做到颗粒还家，究其因，盖缘于花生在当地农民心目中所拥有的不菲身价。

在拔完花生的空地里，一旦下起雨来，隐匿地里的花生也会露出雪白的身子从而暴露目标而又被我们拾取回家。甚而个别漏网的花生在稍后犁田时还会被陆续发现，极个别不愿重见天日的花生留在土里逐渐腐烂，成了新栽作物的肥料。

收成结束，每年生产队总会预留“花生种”和一部分花生备用。

选种是在来年种植花生前2到3周将生产队仓库里预留的“花生种”分到各户去剥取花生仁种子，再统一回收。为求花生种完好不受损，生产队要求社员用手剥，不能借助锤子敲开花生壳，个别破损和变质的花生仁应单独收捡起来另加存储，不能与好种混合，以防误种入地从而影响出苗率。

除了留种，另外预留一部分花生果是用于社员农忙集体加餐时煮花生粥、炸花生团（花生掺和面粉后油炸成小块）；偶尔也用于晚上在生产队开会加班评分太迟时，炒炒花生或制作花生糖。但晚上炒花生和炒花生糖一般都是零点之后的事，太早炒，人多应付不过来。当夜深人少，合议要炒花生或炒花生糖时，先由值班保管员称出些许生产队花生由会计入账，再派人去炒。炒好后端到仓库楼上一齐享用。记得有一次放在我家炒花生糖，几个小年轻心情太急灶火太大，致使我家铁锅破裂一处。次日早晨母亲起来煮饭，知晓内情，并未发火，仅一笑了之。花生，在当年可谓是人人喜爱的美食！为了几口香喷喷的花生，需要有足够的耐性。喜爱吃花生的小伙子们竟然能硬撑着白天疲惫劳累之躯心甘情愿熬夜到深更半夜，只为那一刻口福。物质的匮乏和对美食的渴求在当年年轻农民身上得以淋漓尽致地体现，从而也证明花生不愧为当年乡村一款稀缺的零食佳品。

1984 年，农村已实行“农业联产承包责任制”，那年我已分配到离家 10 千米的县城一所中学教书，为便利管理家里的责任田，将分得的 5 块 2 亩 2 分土地拿出 3 小块 6 分地种上花生，施用除草剂，不用锄花生草，种花生的田地是年底前就已闲置下来的番薯地，较为肥沃，很适宜种植花生，只施下些许草木灰和一点化肥。花生长势良好，每当我周末回家，看到绿油油的花生苗壮成长，星星点点金灿灿的花朵在叶片底下挤眉弄眼，心里高兴极了！当年花生收成不错，大大满足了我的食欲，还将盈余的花生拿去换油和送人。

传统美食炒花生民间自有高手，印象最深莫过于当年猴毛厝依姆老人家的手艺，经她炒过的花生，花生壳没有丝毫变样。要是不吃，还真的分辨不出那是炒熟了的花生呢。在当年没有电烤箱的条件下，炒到生熟不辨的程度，真让人叹为观止！手工操作下的酥酥脆脆感觉堪称家坊绝唱。

花生受人欢迎，有人下酒料就是一小碟花生米便可。我爱吃花生，生花生熟花生均会吃。每当伏案写作，有了花生伴嘴，总觉文思畅通；其作用不亚于诗仙李白和诗圣杜甫的美酒，酒水能极大激发催生了文人墨客的雅思，而花生于我胜似佳酿美酒。

花生浑身是宝，花生秆是牛羊兔等牲畜的好饲料，也可当柴火烧饭。榨干花生油后的花生饼，还可充当饲料和肥料，花生壳也可充当烧火燃料和生火材料。小小“麻屋子”，实乃大宝库。

我除了认识本地的“小粒生”和“大粒生”，还认识了河北保定“三粒黑”、龙岩连城红衣花生“四粒红”，对外地花生有了更进一步的了解。一枚花生的颗粒不止一个，一个“麻屋子” 可同时容下多个“白胖子”；但“胖子”的肤色不限于纯白色，也该是多种多样的：红色、浅红色、淡褐色甚至黑色……不一而足。花生食品种类也是五花八门：不单有“花生糖”“花生结”传统小食，还有“多味花生”“酒鬼花生”“白晒花生”“湿烤花生”“蒜香花生”“咸酥花生”“红泥花生”“沙烤花生”……真是五味杂陈，深加工后的花生食品越来越迎合各路食客所好。更有以产地闻名的“福建龙岩花生”“厦门鱼皮花生”“浙江遂昌竹炭花生”等等，它们都纷纷登上销售网站和超市货架，百味俱全的花生食品让百姓目不暇给、并芬齿颊，也让中国花生的美名传遍世界，身价倍增！

回想童年时，见到“三粒生”如获至宝，迫不及待挑拣来串成“花生项链”“花生手镯”以示人前。在科学种田的创新时代，花生家族的优生优育已不可避免，让我们热切期待更多出类拔萃的“优生”款款走进我们的视野，填充天下食众的欲壑，满足普通百姓各不相同的口味需求。

2016 年 7 月 3 日

水田蜕变

在龙山山脚下有一方水田，冰冷的泉水让水田体温大幅降低，水田接二连三打起喷嚏来，从烂泥里冒出一股股冰冰凉凉的呲呲气泡，像是年迈的老人在不停地呕气，消化如此不良，体温又这般低下。但一遇淫雨连天，还是要蓄水，无限度地蓄水，充当别人的减压器排气筒。反正人家有载不动的恩恩怨怨尽可往那里倾倒卸落。谁叫它身处低洼凹陷地带？谁叫它低人一头？谁叫它竟敢与水亲近与水结缘且难脱干系？

山洪来袭，条条溪涧宛如架设起的水龙直扑水田，山体荡气回肠的洗浴流下的污泥浊水优哉游哉地漫入水田，水田哪敢闭门谢客，只能忍气吞声毕恭毕敬接之受之。说不完道不尽的委屈憋在心中，更与何人说。

水往上升，气不敢冒，汗不敢出。洪水先声夺人气势汹汹劈头盖脸向水田冲了过来，恶狠狠地将水田仅有的泥沙洗劫一空，鸠占鹊巢后，又漫出田埂。水田虽是肚小难容，但不容也得容，直至撑破“肚皮”毁坏田埂、田底朝天奄奄一息为止。即便到此地步，洪水还不肯善罢甘休。被洪水冲毁的水田旷日持久无人修复，却又遭遇到另一场意想不到的坎坷命运的痛苦折腾——

一班顽童在山上三番五次兴致勃勃地玩起滚落石头游戏，把一块块山石从山上居高临下推滚到水田中；锯木厂一车又一车的锯屑废料也从不误点地往水田发送，猎手樵夫进山出山也没忘记把废物投入水田，就连家庭妇女也没少往水田带去厨房垃圾，水田仿佛就是一个不挂牌的固定的硕大无比的公共垃圾箱，人人都可以任意投放任何废弃的物品。

日复一日，年复一年，人人得而欺之的水田不再有水了，田也不“田”了。水田在不知不觉中节节长高，在落石、灰土、木桩、锯屑、废铁、煤渣、瓶瓶、罐罐、破棉、烂布、臭鞋、腐尸、锅巴、菜根、剩饭等斑驳陆离的废品垒起的“宝座”上站起来了，东倒西歪地，颤颤巍巍地。它成了山民再熟悉不过的藏污纳垢的场地，蜕变成一所地地道道无人清理的垃圾场！

当年，水田因地势低下，导致被强行灌水，被强行毁容，被强行剥夺种粮产粮的权力，受尽轻视，万物在它面前皆可颐指气使为所欲为。如今，度尽劫波，水田又被人强行改变成垃圾场，而山民们也不挺身而出去为此据理抗争，总以为反正暂时又不对自家构成什么威胁，也没有马上吃到眼前亏，睁一眼闭一眼也就算了。可受苦受气的依然是水田，仿佛水田根本就不是村里的田地，似乎已开除村籍划归另册去了，任由众人肆意摆布、听由厂家排污也不闻不问，乡人们甚至还萌生邪念：以为不去“水田”凑热闹也是白不去，带上“见面礼”，也去落井下石，扔扔垃圾，体验走近隆起的“水田”的新鲜感，看看华丽蜕变后的水田的新面貌……

水田命运乖蹇：不要太多水时，又大有“水漫金山”之患，导致水灾毁田；要适当提高地势时，偏偏又招来垃圾成山、发烧发热、蚊虫满地、臭气熏天的烦恼，真是时无宁日。可它依然在翘首盼望有朝一日能在众人面前风风光光崭露头角的那一刻！

几十年过去了，山民的后代根本无人知晓眼前这块冒着热气的垃圾场在30年前还是一方低温的水田，更无法理解眼前水田的苦衷和愿望。山民们在无意中竟用自己的双手在水田上创造了一个奇异景观——附带成就了一项了不起的“水来土掩”的“治水工程”，垒起一座小山，养活一群蟑螂蚊子苍蝇！

水田啊水田，你所期待的体面荣耀的“那一刻”还会到来吗？

2012年4月24日

手足情状

人类完成了站立行走这一宏伟目标后，手足便有了明确的分工，手主上，足主下。因手足原本同出一体，少不了互帮互助，它们不论彼此，不计得失，永远相互配合、相互合作、相互关爱。

脚痛了，手便主动向脚示好，搓搓脚，揉揉腿，让脚减轻痛苦；手脏了，脚总是十万火急地把手带往洗手处，让手洗个“通身澡”。它们相互体恤，真不愧手足情深。

在平常生产劳动中，手脚相互配合，密切合作，共同谱写了和谐的劳动乐章。

采摘树上果实，手够不着，脚尽其所能踮起脚尖，增加人体海拔，以便摘下树上果实。远行驾车，手足并用，手握方向盘，脚踩油门，让车子稳妥前行。弹钢琴时，手抚琴键，脚踏踏板，奏响美妙乐章。爬树上竿，手足并用，力挺攀爬成功。捆绑柴草，手忙脚不闲，双管齐下，一边用手勒紧绳索，一边用膝部抵在柴捆上，用力再用力，增添了捆绑的结实度。

老弱病残者气喘吁吁地上楼来，步履维艰，为了减轻人们上楼难度，手也助上一臂之力，手抓楼梯栏杆，使脚更易于缓缓上移。当一个人“缺腿少胳膊”时，那幸存的健全的手脚都能义不容辞地负起全责，主动为致残的手脚代劳帮忙，手脚的勤快和好善乐施不言而喻。

手足忠诚效劳人类，然而人类并不一视同仁地看待它们，大有“重手轻脚”

的倾向。

因手巧脚笨，手往往被人保养得更周到，而脚相对而言，就有点被人疏忽和怠慢了。就连擦手布和擦脚布的清洁度也大不一样。手巾一尘不染清洁无比，堪比面巾，高悬墙上；而脚布破烂一团脏兮兮的，毫不讲究，擦完便扔。

手脚哥们，在运动劳动时，辛苦有加。试看举重运动员，手用力，脚负重，力拔山兮，才将钢铃举过头顶。长跑队员，不远万里，脚下起泡，依然坚持不懈；手一路协调摆动助跑不已，共同成就了“路遥知脚力”的壮举。农人下水田耙田，手扶耙柄，脚踩泥水，随同耕牛，深一脚浅一脚地来回运作，才耙出平整的田地。

手与足相依相伴，一道“建功立业”，竟然遭遇“赏赐不均”的尴尬局面。古往今来，依然如故。古时劳力者对手脚更不注重保养，任其冻伤龟裂，民间百姓因劳作过度，又多胼手胝足。今人渐觉手足的重要，开启养护手脚的恩典之门。美甲足浴等文明惠风吹向手足。洗衣机把劳动妇女从繁重的手洗劳动中解放出来，科技给手足多了休养机会，危险有毒的工作再无需人类亲自动手动脚，交由机械手和机器人包揽代劳。相比过去，手脚的磨难大大减轻。洗碗洗菜，手戴手套，连抓取食品，薄膜手套也不离手。护手霜已落落大方地游走于寻常百姓家，手在一定程度上被保护起来。

脚虽也沾上科技进步的福分，然而就没有手那样幸运了，袜子鞋子也让脚享享清福，感受人间温情。可是爱美的姑娘小姐太太们，为了追求走姿的优美，穿上高跟鞋，优优雅雅地展示女人的风姿美态，害得脚欲哭无泪。虽然相比中国古代千金小姐的缠脚显贵，穿高跟鞋的痛苦是没得与小脚女人缠脚时的苦痛和日后生活行动的不便相提并论，但毕竟也算是对脚的伤害吧！也是无视脚的自由的一种强制性的侵犯啊！即便因脚上穴位多多，一群亚健康人士也会隔三差五到店里去泡脚和按摩，但脚在广大老百姓心目中远没有手来得贵重，这是不争的事实。

手足不均衡待遇的情状依然会持续下去，随着社会文明风气的普及，留存在民间不公平不合理的“重手轻脚”的现象也将会有所淡化。这大概就是手足面临的现状吧。目前看来，立马苛求手足完全平等并不现实，毕竟手足有别，加上人们长期以来形成的根深蒂固的旧观念也不是一朝一夕就能彻底改正过来的。但爱护它们就是爱护自己的身体，这是不容置疑的，这也该是所有有识之士所拥有的共识吧。希望我们手足情状能获得进一步的改善和协调的发展，尤其要善待我们的脚，一双带领我们跋山涉水的脚。诸位，真的是到了该“脚下留情”的时候了！

2013年3月17日

枯树遐想

历经千辛万苦，上得一座大山。正当我们汗涔涔脚乏力之时，山顶一棵枯树成了我们眼前一道独特的景观，它令我等惊羡汗颜！

枯树，你以顽强的身姿定格在群山之巅，尽管今日你已耗尽毕生绿色，成了一尊茶色的雕塑屹立不倒，你值得登顶旅人凭吊膜拜。如今从你身上，人们依然读懂你战胜极端环境下的艰难和耗尽毕生精力的坚持以及成就自我的无怨无悔。

枯树，想当初，你也许只是飞鸟遗落在山岩上的一颗小小的生命，可你就敢以微弱之躯凛然于外界的压迫，你甘于屈居山顶，苦度无数晨昏日月，你坚定信心壮志凌云地成长，长成一树绿油油的家族——一棵傲立群峰之巅的大树。可你我也知晓，多少胆怯懦弱过访此地的种子在万仞山峰上羞于露面，自我认输落荒而逃。枯树，只有你成了山顶一名永不言弃的猛士，直到耗尽绿色，依然不倒……

枯树，望着你脚下满地风化的沙砾，我不能不怀疑，你何来如此超凡的勇气信心和如此无与伦比的生命力？你实在太过于强大了，强大让你挤破岩层，强大让你扎根其里生长其中。你无畏风霜刀剑酷暑严寒，渐渐壮大起来，站起一团绿色。你的坚劲，你的坚持，山神可以作证，雄鹰有目共睹。

枯树，有人讥谤你爱出风头，说你何必为了出名吃尽苦头，结果反害了卿卿性命；如若肯甘拜下风委身岩缝当当缩头乌龟，也不至于伤筋动骨一命呜呼。枯树，庸人无知之说绝非你我见识。既为树，就应树起树的模样，永远不当苟活者。凝视你虽枯而不倒的身姿，我分明想见你所曾经拥有的向众人宣示的郁郁葱葱的生命本色和耀眼的辉煌，我似乎也隐隐约约读懂你胸怀的理想大志。

枯树，你依然屹立在山上，生命虽已结束，但留给人们的遐思却永无止境，你启发人们标新立异创新进取！

当我走近枯树，献上我对一个殉道者的虔诚和崇敬。我想：枯树，你枯而无憾亦无悲，一生一转身旦夕枯荣间，生时执着事业活出精彩，死时大可无憾无悔，就怕生时毫无主见举棋不定一事无成饮恨终生。枯树，我的解读，能否正中君怀？

一阵心灵交流之后，再次凝视枯树，你已不再只是一棵挺拔的枯树。我的眼前浮现出一队沙漠驼铃，铃声叮当，绵延不绝。我想，正因有了那无数古往今来的探险跋涉者的脚印和白骨，才让未来的沙漠之舟愈行愈远……

2013 年 9 月 17 日

话说“闲置品”

世上有的物资对人类生存必不可少，诸如维持生命体能的水和空气，保证生存的最起码条件——衣食住行。但也有一些东西不一定非要拥有，甚至可以说可有可无，不至于成为人生之必需品，比如私人飞机。我们把可有可无的不被用到或不常用到东西称为“闲置品”。

在 20 世纪 50 年代 60 年代，农村少女订婚时，往往与男方约定要购置在当时看来尚属高档礼品——手表和金戒指，这些东西对于当时在田间劳作的劳动妇女用途不大，只是偶尔用到，用以证明自己身分和地位而已。说实在，这种满足婚姻大事约定俗成的正当要求，一点也不过份；但就其使用价值就是不怎么高，这些高档礼品更多时间是在女人的胭脂小匣中“睡大觉”，因为她是女人钟爱的“私房财产”，享受“特保待遇”，其利用率之低可想而知。

众所周知“闲置品”真正派上用场的机会很少，但有人还是不放过追求获取的机会。细细想来，它的更大用途在于在一定程度上迎合且满足了部分群体或个人的心理需求 。其中隐含攀比心理，甚至含有炫富斗富倾向，例如明知购置豪华游艇，一年中用不了几天，但就是偏偏不去租赁，一定要买，宁愿让它搁浅闲置在所不惜。岂不怪哉？究其原因是虚荣心膨胀，财大气粗颐指气使是造就高档“闲置品”生存的温床。于是一些有经济实力者会选择拥有它，甚至一些一时还不具备购置能力的人也会千方百计设法拥有它，似乎一旦拥有，就心理平衡，就有了精神力量，就能在人前把话讲。

资源的配置要以客观实际为依据。使用率较低的东西，要尽量创造条件让它有“用武之地”，才能做到“物尽其用”。农户几家合买一头耕牛，就是要提高耕牛的使用率，降低用牛成本。在经济不宽裕的时候更应精打细算，避免资料长期闲置不用，从而造成资源极度浪费。

在用人方面，也要力避“人才闲置”，要想方设法做到“人尽其才”。既要摒弃落后的“人海战术”产生的“人才闲置”；更要倡导“精兵简政”后的“人才不闲置”，最大限度地发挥每个人的应有作用，提高整体办事效率。

由“闲置品”引发出来的思考事例很多，例如当今我国正在大力倡导推广的“清盘行动”，也是不让“粒粒皆辛苦”的“盘中餐”成为“闲置品”而被无端浪费掉的例子。

从如何认识、对待、处置“闲置品”的扑朔迷离的种种现象，也让我们从中得以窥见：它从意识形态和精神层面所折射出来的更为深邃的且各自不同的消费观、人生观和价值观。

2014 年 4 月 20 日

致敬工具

工具，你为人所用，处处予人方便，成就人们大大小小的事业。

一把把简简单单的螺丝刀，你拧紧零件，你松绑零件，你在松松紧紧中不停穿梭，成了工人师傅手中得心应手不可或缺的劳动帮手。

一支支短短的粉笔，你铺展开知识的阳光大道，尽管不断缩小自己，但在你不停歇奏响的奉献之歌时，你却无限度地延长了知识的道路。

一个个机器人，你勇敢机智地替人类上刀山下火海，去完成人类想要到达却一时又难以亲自到达的领域，你毫无怨言俯首贴耳，不避艰险不辱使命。实在难能可贵。

一台台笔记本电脑，你成了人们忠实的伴侣，鼠标所指键盘所动，说不定就是一场悄然兴起的科技革新、文艺风暴。

一张张渔网，小不盈尺，大可百丈，浅水作业，远洋捕捞，无所不能。你潇潇洒洒入河下海，给世世代代渔民网来生活的保障，提升了渔家幸福的指数。

一辆辆火车，你将天涯变咫尺，朝发夕至，驰骋在祖国大地，带给游人山川美景，疏通物流脉络。还有你陆地空中海上的弟兄们，他们的名字叫汽车飞机游轮……你们交通大家庭一伙难兄难弟，都在竭诚为民服务。

一件件国防利器，冷对觊觎者贪婪的目光，刺向侵略者的疯狂的野心，成了妄图入侵者的眼中钉。人民军队不能没有你，国家安全不能缺少你。你为捍卫神圣主权待命，枕戈待旦的战士需要你，需要借助你的神威保家卫国。

工具，远到我国古老的算盘、四大发明的指南针，近到现代的宇宙飞船；小到一枚小小的别针，大到庞然大物的航空母舰。你们出自工匠之手，兼备多种技能，饱含科技含量，随时听从召唤，服务于各行各业。

琳琅满目的工具，无不闪耀着发明者的睿智的火花，无不折射出科学进步的光芒，无不诉说着鲁班一班人的发明制作的故事！

“工欲善其事，必先利其器”，自古至今，人们对你重视的程度有增无减。工具，一旦智慧的人类拥有你，借助你的一臂之力，总会更容易做到工半事倍。你也在人类对你的制造和使用中，突显自身的价值。

工具，在人类的生产劳动、科学实验、维护和平、救死扶伤、宇宙探秘等五花八门的活动中，处处可见你为之效力的身影，你多姿多彩的表现，让生活更美好。

工具，你犹如一柄手杖，撑持着人类越走越远；你犹如一把钥匙，帮助人类打开未知世界的大门。

工具，劳动最光荣，助人最快乐，我是一名普通劳动者，对你心存感激，为你礼赞，向你致敬！

2014 年 5 月 11 日

挂 牌

小时候，玩耍于荒坡野岭，眼见一棵棵番石榴果实累累，真让我们馋涎欲滴，可是不经意间又瞥见番石榴树枝上悬挂着巴掌大的木牌子在风中得意洋洋摇来摆去，它的正反两面毛笔字赫然入目：“偷摘石榴，罚款 2 元。”这块挂在树上的带有警示作用的木牌子告知我等果树有主，小木牌宛同看果人的眼睛，火辣辣盯着我们，让身无分文的我们这帮穷小子望而却步，不敢冒险伸手摘取唾手可得的果香美味。我们只得规规矩矩，悻悻然扬长而去。但年少无知的我们还是口出怨言：“挂牌可恶……”

又见乡间小路上一群狗儿在争斗嬉戏，其中一只狗脖颈上还挂着名片大小的牌子，为的是怕狗狗走失？不对不对，狗不迷路。那显然亮出底牌的真意是在想借助主子权威示人吓人，拉大旗作虎皮，试图恐吓路人不要轻举妄动，正应了 “打狗看主人” 那句俗话，原来还有这等绝妙招数！挂在狗脖颈上的小玩意儿居然也能起到“狗仗人势”“狐假虎威”和“不看狗面看人面”的微妙用途。

树牌狗牌层出不穷，在森林公园，给各种各样的树种挂上牌子，标明它们的名字和年龄，让游人从简易通俗的标签牌子上轻而易举读懂树种的学名、生长期及其材质特征和功用等信息，多多少少对眼前之树有个粗略了解。别看牌子小，作用可不小。

人类对空中飞的鸽子，大洋中游的鲸鱼，陆地上野外放生的狮虎，为搞科学实验而让它们“挂牌”，为的是让这些肩负着某种实验任务的动物能有效被人类跟踪监控而不至于走失。大凡挂牌，都不乏人类为了自身生产生活和科研的某种需求而给出挂牌的理由，其例举不胜举。单是交通工具的挂牌，就是一列火车恐怕也拉不动，千牌万牌无非为了便利交通执法管理的需要起见而为之。

但最让人感到大惑不解的要数给人挂牌。远古时代奴隶主把贩卖的奴隶挂牌标价立于市井供人选购，古代虐囚也动用挂牌来惩处犯人，大抵有文字产生之日起就有挂牌问世。从商业行为到彰显声势扩大影响，挂牌在不断被人使用。但历史上的迫害者费尽心机，制造了纸牌木牌铁牌，强行挂在所谓“走资派”“牛鬼蛇神”的脖子上批斗游街，人格的侮辱从牌上尖锐刻薄的言辞显现出来，其残酷无情的斗争更从牌子的面积重量的加码上表现出来。“十年动乱”让我们这些上了年纪的老年人“谈牌色变”，也让我们这些上了年纪的老年人倍感社会文明和依法治国的可贵！

挂牌从古代商贾买卖、官方惩处犯人到现代民间约定俗成的乡规民约的委婉劝善乃至“文革”风波中的凌冽肃杀，一路狂奔走来，其中也有过变味和野蛮插手的时刻。但随着社会文明程度的提高，挂牌也越来越显示出正气磅礴，君不见“主任医师”“列车长”“代表证”“嘉宾”“新郎”一类标明身份的胸卡挂在胸前，它彰显挂牌者的角色或其当下的职责。从从容容的挂牌，提升了人的自尊心使命感责任心。与恶意抹黑损坏正常人的面子名誉截然不同。还有模特走秀、歌手参赛，他们上场演出，也不乏别致“挂牌”，既给观众带来温馨之感，又大大便利评判工作。同样是“挂牌”，给人传达出的情感又是如此不同。“挂牌”在某种程度上也体现出社会风气优劣状况。

时代在进步，挂牌也在不断更新中，有的牌子已经绝迹，有的牌子正在消亡，有的牌子又悄然兴起，牌为不知己者挂，牌为渴望知己者抛头露面乔装打扮。但愿挂牌能成为文明社会一道亮丽的风景线，但愿每一面牌子都能传达出一种正能量，代表着和谐正义友谊；但愿每一面牌子都能带给自我和他人以梦想和光荣；但愿每一面牌子都能如同一面旗帜，行进在“上天揽月下海捉鳖”的征途中……

2016年5月16日

梦境寻家

在一个月朗星稀的晚上，我回到家乡，我找到了那座既熟悉又陌生的桥，没错，这是我的父老乡亲们进出家乡唯一的一条石板桥。少年时我曾从村里过桥到西亭街街尾的北亭中心小学上学，那是60年前的往事。今晚我披着月色，信心满满过桥，去一探曾哺育我成长并给予我温暖和力量的老家。

来到桥头一块支离破碎的石灰埕，当年这里曾是邻里乡亲晾晒五谷杂粮的地方，曾记得晒在埕里圆溜溜的大豆，总有那么几粒豆子欢蹦乱跳调皮到不愿意回家，公然躲进四分五裂的石灰缝隙里和埕墙根，这可急坏了抢收大豆的乡亲，是我们童稚的小手指把它从埕面缝隙和埕墙旮旯里硬抠了出来，让它一个也不落下集体回家，实现了老农们“颗粒归仓”的心愿。还记得当年黄昏时刻，我们也曾随着漫天飞舞的蜻蜓舞步在埕中狂欢跳跃，举着树枝，追逐蜻蜓，尽情释放我们天真活泼的少年野性和活力……

我提醒自己，要暂时止住绵绵不绝少年往事的纷扰，努力辨认到家的路径。

过了石灰埕，眼前一条村道自北向南延伸。村道西边是肥沃的农田，村道东边是堂皇的民居，一行大厝自桥头往里排列：第一座是“村口四扇厝”，第二座是“新落底”，第三座是“古厝底”（连带一个北护堂），第四座是“两落底”前后落。除了村口第一座为四扇厝，后面3座都是六扇厝。20世纪40年代末我诞生在“两落底”后落，一直住到老屋失火为止，时值1964年冬，我正就读福清第二中学初二年。之后大家庭搬家到“新落底”闲置的自家房间居住，与父母兄弟分家后我又搬出“新落底”，挈妇将雏住到“两落底”前落一间买来的旧房间，直到我 1979 年升学离家，算而今整整离家 37 个春秋了。在家乡原先的家也只剩下“新落底”还在勉强撑持着我老家的门面，虽然如今还在上演着“空城计”，但毕竟总还算是我精神上的一个依托……我在那里度过洞房花烛夜，我的女儿和我的男孩都在那里出生，那里是土生土长的我和父母弟妹合住的一个家，不错！如今我要回的家就是唯一还存在的摇摇欲坠的“新落底”老家。我边走边看边核实着“陈年旧账”。

“新落底”与“村口四扇厝”毗邻而建，相隔一条小巷。才几步路就到家，而眼前“四扇厝”原址亮着好亮好亮的灯，灯火通明，照亮着一片土地。原先可不是这样子，那可是一户殷实人家“后起之秀”的民居，原先建筑非常考究，这是不争的事实。怎么堂皇的标致的房屋不翼而飞了？我得趁着亮灯时刻进去一瞧究竟。

“村口四扇厝没有火灾却夷为平地。怪哉！”我疑虑重重走进四扇厝埕地，原先后花园里的桑树番石榴树不见了，古榕树重阳木也不知去向，平地怎么全栽上热带风景树棕榈树面包树，树下三五个年轻人正在忙着拉电线装电灯，我的闯进，也引不起他们一丝一毫的察觉，也许他们所专注的是手头活吧，根本不把我放在眼里当成老乡。我成了同乡人的不速之客，我好伤心！“近乡情更怯”的情绪也因素不相识的几位年轻人的冷漠而消散流失。

雨来了，我也得赶快回家。我迈开腿快步离去，走出四扇厝埕地，回到旧路上。我信步南去，稍不留神，竟多走了许多路，误入第三落“古厝底”门口。只见“古厝底”陈旧的老掉牙的大门坚闭，唯有青青的大门石框和光滑得百年也不褪色的门槛巨石冷冰冰挡在我的眼前，我想进也进不了，即便敲门也无人回应，因为我敬爱的三姆妈老人早已作古，一丝悲情涌上心头。

我往回走到古厝底的“北护堂”门口，护堂前门开着，早起的二婶依然像 40 年前一样正在灶台前忙碌，她弯曲着缠着三寸金莲的小腿跪在灶边小凳子的草垫上正在刷锅，我忙向她打个招呼，她一言不发，示意我进去坐坐。

我不敢留步，因为我知道她曾经大病一场后又起死回生，莫非这又是第二次的奇迹再现？我不敢确认。我走到“新落底”南侧门，径直步入我家大厅。

目光转到廊下，院子杂草青青，藤蔓爬上大厅。我经厨房，再到后房，后房原先打着两张床，如今空无一人。后院一棵野生野长的樟树高出瓦屋顶大出风头，直刺苍穹。整座“新落底”人去房空。地上残留着历次台风吹落屋顶破碎了的瓦片。抬头望，“天窗”无数，隔壁房间屋顶已被“风吹雨打去”，如此面目全非的老屋真令我意想不到，我有点魂不守舍毛骨悚然，心想，这就是我朝思暮想寻寻觅觅所要找寻的家吗？我不敢肯定。但事实叫你不得不承认。过去是，现在还是！“房产证”明明白白告诉我！我中年离家，老年还乡，老眼昏花，老态龙钟，老屋40年后也垂垂老矣，我们相看许久，时过境迁，家犹如此，人何以堪！

我找不到父母，见不到亲人，世事快如东流水，一晃40年！我讶然！我像是被吓退似的，一退再退，竟一屁股重重落坐在冰凉的床垫席上……

——原来我今晚月夜思乡，梦境寻家，徒增乡愁。

梦醒后，我在想，没有人居住的家，不是真正意义上的家。家和才会万事兴，当年“新落底”一共居住6户人家，大家彼此亲切关照，胜似一家。如今大家都建了新房，舍弃旧房；安居新家，忘了老家。但只要当他们有朝一日离开故土，久居他乡，自然而然总会被乡愁所萦绕，想念老家也会如同我一样：总会在不经意间触碰到乡愁，牵牵扯扯出剪不断理还乱的故土情怀！

5年前我引领客居美国、澳大利亚、印度尼西亚的侄儿侄女一行回到乡下察看老屋，他们高级照相机录像机里装下的竟是故园老屋满目萧然的沧桑图像，也许他们所作所为在村民看来，犹显得不可思议和令人费解。就是这不尽如人意的父辈祖辈的“草窝”比起他们在异国他乡的“金窝银窝”还要珍贵，为能捕捉到那曾有的“听爸爸妈妈讲故乡的故事”里的老家的镜头而深感欣慰和满足……

——今夜梦境寻家，倍增乡愁。从走向家乡的石板桥的那一刻开始，乡愁就不依不饶缠绕着我。不要问我何以作茧自缚，晋代大诗人陶渊明“飞鸟恋旧林，池鱼思故渊”，不也正好为我干吗痴痴地“梦境也寻家”做出了合情合理的解释吗？

2016年9月12日

印象腐乳块

早岁，在农村大家庭里生活，父亲严把家庭经济开销关，我们一日三餐的饮食单调乏味。但有一味腐乳（也叫豆腐乳）佐餐料却给我留下深刻印象。

当时我们一家 6 口在农村生活，饭食无法求精，只能求饱，求饱就得讲求进食数量，父母想方设法让处在长身体中的我们敞开肚皮吃饱饭，父亲大人就想出购买腐乳块的办法给我们作佐餐料，既能节省菜金开支又能增进我们的食欲。这种既节约又开胃的办法果然奏效。腐乳块由母亲到北西亭供销社购买，一次买回十几二十块，装在搪瓷盆子里，分到我们在家三兄弟和妹妹的菜碗中，一人一块，两三天分一次，但也不能很快吃完，因为要等到大家基本上都吃完了才开始统一再分，早吃完的只能以酱油、豆豉佐餐。家规不可违，要想顿顿有腐乳，必须细微品尝，我看到弟弟妹妹的筷子尖只在腐乳块上轻轻一抹，然后放入口中，夹杂着米饭吞咽下去。回想当初，像用弹琵琶一样的指法轻揉慢捻来消费腐乳块的情景，真让人心寒胆战。如此吃法，只是生怕腐乳块香消玉殒三餐无味。

20 世纪 70 年代，我们兄弟分家了，自我当家作主，父母为家人分吃腐乳块的“严限令”也成为历史了。我也不愿刻意去限制家人的饮食菜金，大家倘愿意吃腐乳块就去买。后来我也开始有点微薄的工资收入了，手头不像在农田干活时那么拮据。但钱到妻子手上依然不敢大花，家中饮食还是雷打不动实行“光盘行动”，不允许浪费一粥一饭。

随着国家改革的进展，百姓温饱问题基本上得到解决。农村百姓餐桌上的食品也渐渐丰富起来了。过年时，各家各户已不再按老传统习俗吃干饭和多煮几碗菜凑合着过年，也是毫不含糊是模是样过个有生活质量的年——一如城里餐馆一样专门出盘菜了。平日里，农人餐桌上偶尔也会出现腐乳，我想这时腐乳不常见的原因是厂家生产和市场进货都偏少。我记得20世纪70年代初，乡下小贩依然到福清县酱油厂拉回整缸整桶的腐乳销往各个村落。但生产腐乳的厂家最终还是难以维持一家独大的专宠地位，福清酱油厂连它的拳头产品酱油也不生产了，人们都到集市上买瓶装酱油了，谁还会再跑到县里拉回桶装酱油沿村叫卖呢。腐乳块不规范的小生产模式也随着生意场上激烈的竞争走进了死胡同。

但诸如民间食杂食品获得新生一样，“罐装腐乳”“瓶装腐乳”也在改革的春风中悄然起航卷土重来，华丽转身的腐乳可口可目，落落大方陈列于超市货架上。这时的腐乳块已趋于小型化，一块腐乳块边长2厘米、厚1厘米；而比旧时酱油厂生产的腐乳一块边长6厘米、厚2厘米相比，显然大大缩身，一块块小巧玲珑的小腐乳块浸泡在密封透明的圆形或方形的矮瓶里，还贴上标签。这一传统食品的改良版现身市场，立刻引得当年爱吃腐乳的群众的争相惠顾。

现在常见瓶装罐装腐乳净含量在280—350克左右，固形物不低于60%，不添加防腐剂，保质期12个月，有的还在瓶中添加芝麻油，也有微辣的。多种口味，大大满足了不同食客的胃口。每件出厂的瓶装腐乳食品还可在瓶面所贴的营养表中了解到该产品每100克所含的能量、蛋白质、脂肪、碳水化合物、钠的含量。

对于原本就习惯吃腐乳块的我，一直钟情腐乳食品。三餐无味时，就找腐乳块开胃，让自个儿的饮食习惯和爱好持久绵延不至于中断。腐乳食品于佐餐、火锅、烹饪皆相宜，它在72道菜谱中占有一席之地。这种流传数千年的传统民间美食，在新时代，将以其独有的怪异风味风靡海内外，越发为广大食客所接受所喜爱，成为人们舌尖上的特色美食。

家有腐乳，吃饭也香。

2016年9月14日

读　藤

儿童时代，巡行家乡山川阡陌，总对一根根青藤牵牵扯扯出的一串鲜红的狗屎葫芦垂涎三尺。信手摘取，在尽享眼福口福之后，真感激它们给山川平地和儿童世界送来的特别礼物，也为青藤绿蔓给一颗颗丰满的野果提供支撑和能量而称奇。

又见农家一个个瓜棚上的青枝绿叶，正是靠了这些难以计数相拥缠绕的青藤，从根部搬运营养并输送给丝瓜，才让整棚丝瓜生机勃勃叶茂瓜硕，才会迎来蜂飞蝶舞欣欣向荣的景象。青藤并不在乎也不认为自己是在扮演一名不起眼的小角色，倒觉得自己也是这个青春团体中的一名得力干将。

在小学的图画课上，美术老师教我们画瓜时强调“要画上瓜藤，有了瓜蔓，才会体现瓜果有了生命，也会让画面不至于单调乏味”，虽然当时我们还处在懵懂时期，只会在似懂非懂中依样画葫芦而已，遵照老师交代不忘涂鸦上瓜蔓便是，也不解老师此言的深深含义，更不服气地质疑老师“画瓜要配藤”一说。

在日后成年野外旅行中，所见到的藤蔓不单如丝如缕，甚至粗比碗口，游人可坐在藤条上晃晃悠悠，甚至有的深山老林中的藤条竟还会自由泼洒活力穿山越岭横行道中，逼迫游人从它构筑的低矮拱门底下曲背弯腰钻过。有的藤蔓蛮不讲理从这座高山飞跃到那座高山，颇有天涯咫尺彩虹横空的非凡气度和神奇魅力，无所忌惮横跨数座山峰数道溪涧扬长而去，像电缆，像索道，为林间猿猴架设起一条条四通八达的攀援捷径。时值中年，才渐渐读懂藤的世界并非单纯具备的一线柔弱，而它也有着钢筋铁索般的坚韧，我终于读到藤的柔韧性之外的刚毅性格了。

少年在家看到旅印华侨返乡时从轮船托运带回装载物品的一个个藤条箱，泛着微黄的光泽。取出货物后，还可将藤条箱拿到合作社收购或卖给民间手工艺人，手艺人用异国上好的藤条随心所欲加工编织出精美的藤床藤椅藤拍等家居用品。此时，不经意间又开启我对异国他乡藤木的新认知，明白藤的家用价值不单局限在一只只箩筐和晾筛的锁边所用的藤条藤线上。

外来的藤条，也引出两度到印尼经商的老父亲关于采割藤条的故事：古藤生长在印尼某荒岛上，那里是野人的聚居地，夜深人静，熟悉地形的当地人驾船靠近荒岛，悄悄潜入岛上，割下一根藤条，拉到船上系好，开动船只，疾驰而去，野人闻讯，只能眼睁睁看着藤树被人掠走，手舞足蹈在岛上气急败坏徒唤奈何……父亲的故事让我知晓印尼藤（俗称“魁藤”）的来历，也了解到珍贵藤条——魁藤的身价不菲的原因。

藤，柔软坚韧，细分成丝成线，依然不失柔韧本性，藤制日用品经久耐用，此为其一大优点。藤，极具顽强的生命力，土生土长，无需人工照顾。凡是树能够生长的地方，藤也可陪伴于侧默然生长，它悄悄绕树而上，轻轻柔柔，与树共生共荣。藤虽无自身的阳刚之美，但却有借助林中同伴的高枝攀爬到林间顶峰的本事。它不为自我卑微之躯而放弃孜孜不倦的努力，他胸怀出人头地的大志，积极勇攀高峰，直至见到树端的阳光和远方的世界。藤的生存技巧应该值得我们借鉴，正像有的竞技项目采用的“借力发力”来强大自我战胜对手一样。诚然，一个人有足够的能力成长为“万仞之树”自然很棒；倘不具备自身之能力，也能搭乘他人便车直去远方，比起故步自封的思维模式也总该算是技高一筹吧。

我窗前花盆里的一株小藤就很亲密地依傍着花盆里的一株桂花树爬到树顶，正在跨越防盗栏的钢管攀爬不已，看着它天天向上的英姿和永不止步的奋斗精神，着实让我对他虚弱的生命产生敬畏之情！固然花盆难养万年藤，桂树钢管也难以与小藤的坚定不移的豪情壮志相匹配，但如果给它一片森林一方沃土，它欲成为“森林之王”也并非不能！

藤，你在人们的印象中总是一脸沧桑，垂垂老矣寿比南山，可你长寿下的执着韧劲和不声不响的暗中发力，大大助长了你去与高树比肩的胜率。由此，由藤及人，我想，人也应该要有一股韧劲，在成就事业的途中，不怕起步晚，就怕生命短，不怕路途远，就怕不努力，旷日持久的奋斗，“到达光辉顶点”的希望总还是会有的。

藤，自古以来文人墨客对你有所赞美也有所腹诽：戎昱在《移家别湖上亭》一诗中写道：“好是春风湖上亭，柳条藤蔓系离情。黄莺久住浑相识，欲别频啼四五声。”诗句盛赞你对主人搬家时刻的依恋难舍之情。白居易在《紫藤》里写道“可怜中间树，束缚成枯枝”“岂知缠树木，千夫力不如”，把你有意缠绕而毁坏树木的现象晓谕大众发人警醒。而马致远在《天净沙·秋思》散曲里却把你融入秋郊夕照图中，用你的枯萎暗淡涂抹出一幅惨淡悲凉的游子羁旅图。诗人说辞不一，面对百家之言，褒贬截然不同，但无论如何，藤啊藤，害人之心不可有，自己的幸福要靠自己辛辛苦苦的努力去争取，在不损害他人利益的前提下，充分利用一切可以利用的客观环境来实现自我价值的提升本是无可厚非的；但千万不能把自己的幸福强行建筑在有意以邻为壑和损坏他人的利益的基础之上。藤啊藤，你具有攀附他物向上伸展的攀援习性和特长并不为错，但无他物可攀附之时，则能匍匐或垂吊生长，也不失为一株平平常常的有福之藤啊。

读读藤的一生，想必会给我们带来诸多启示吧！

2016年9月26日

山东白

又迎来山东白生长的一个旺季，笔者回到福清乡下田间地头巡视，田野里一株株似曾相识的山东白迎着冬日的暖阳茁壮生长。不到满月即可完成球叶叠抱、包心紧实后的华丽转身，而后落落大方走出这片菜地进到菜市，跃上百姓餐桌。

菜农正在为山东白浇水，仿佛是在冲洗着有关山东白故事的胶片，模糊的往事顿时又浮现在我的眼前……

20 世纪 60 年代初，我正就读于初一，寒假我应北山村同学邀请到他们家做客，一进村，只见在山窝窝的菜地里栽种着山东大白菜，让我眼前一亮。两天后，主人送我两棵山东大白菜，用绳子捆绑好菜头，让我挑着下山。回到家中，父母见状，也为北山村一带山区优良的土壤和温润的气候种出如此意想不到的山东大白菜而惊羡不已。

还记得 1958 年父亲到梨庄修水库，我协助母亲管理一块自留地里的山东大白菜，我利用放学时间给大白菜浇水，就是长不好。后来父亲回来接手管理菜地，山东白才重焕生机。那时我还对父亲给山东白施肥心存偏心一事深感不平。他认为有发展潜力的山东白就应该要多施肥，弱小病兮兮的山东白就应少施肥。他给出的理由是："大棵菜施两瓢人粪尿还不够吃，小棵菜施半瓢人粪尿还吃不完；且产出回报率也不一样。因此，施肥不能搞'平均主义'，也要按实际看对象讲究科学来施肥。"在父亲接手管理菜地后，当年几乎濒临歉收的我家自留地里的山东白依然如愿保产。

在我少年时，家里过年前夕，都要买回好多山东大白菜。父亲买鱼买肉不积极，唯有买菜不落人后。自己种菜自家吃还不算，还要大手笔买进，年前不是只买一两棵山东白，有时而是一整挑。买来的山东白用麻绳系住菜头，一整排悬挂在墙上，一天消费一两棵……如今想想父亲出于节俭而大买其菜，却成全了我们全家天天吃上健康绿色的食品，也迎合了我们少年的口味。时过境迁，回忆当时吃菜感觉，我们甚至还会觉得被久置的山东白吃起来是那么香甜可口！

我年轻时也亲手种过山东白，收成总不如人家，也许是因了我的笨拙才导致我难以领悟父亲真传的种菜经……

当年我们福清农村栽种山东白皆以尖尾山东白为主。山东白与其他种类的同期蔬菜相比较，堪称是一种较难伺候的贵族蔬菜，需要细工慢活寸步不离的精到管理，来不得半点马虎，它不像诸如包菜那样普通菜，无须花费多少工夫便能栽好，难怪当年山东白的售价也会相对高些。

远离当年农耕生活，偶尔在家乡的田野上见到生机勃勃的山东白，倍感亲切。面对这些“新客”，询问乡亲，答曰 5 号品种。显然此品种略显个头小，但它依然被乡亲认可，乡亲们依然叫它“山东白”。大凡外来品种，能适应福清天时地利，都会受到福清农民的欢迎。看着这些新“移民”，我心想：日久他乡即故乡，只要农民喜欢，我也为新品种的“入住”和乡亲们的选择而深感欢喜。当然，在我的心里依然长存着对昔日山东白的日久深情的记忆……

2016 年 12 月 25 日

一床被套

老吴家里至今还保存着一件他大学时好友送给他的礼物——被套。

1990 年老吴在某大学完成了两年“专升本”学业，兴高采烈回到老家和原单位，他带回一纸大学本科毕业文凭，还有大学一位女生送给他的一床丝绸被套。

可没想到的是这床柔柔软软的被套却引起他老婆的猜忌，被吴太太视为眼中钉肉中刺，恨不得尽早用坏它，甩掉它；但被套质量上等织工精细耐用，虽然历经一个寒暑，依然光滑闪亮，套上丝绵或棉被后铺在床中，面料依然熠熠生光。

吴太太想把这床被套送人，免得留在家中碍眼惹事。只因她听了先生说过那是大学一位女生送的，便萌生了要将其驱离出家门的念想。

一天上午，吴太太对吴先生说：“小姑家境不甚宽裕，上月她送花生来，聊起家常，说她家连一床像样的被套都没有。我们家有多床被套，一脏就换。看看人家乡下人多可怜，什么都将就着。不如送一床我家现成的被套给她，即便用过，相信她也乐意接受。也显得我俩对小妹心存爱心。”

“夫人心细，家里内务 ，你自可做主，不必问我。”

一床被套立马经夫人之手送给小姑。吴先生夜晚归宿，发现那床令他开颜令他暖怀的女友礼物——丝绸被套不翼而飞。取而代之的是一床朴素粗俗的被套。

不一会，吴太太进屋来，见老吴凝视床上良久，便开门见山自言自语起来：“老吴，下午我去了一趟乡下妹子家，妹子见我们送被套给她，连声道谢……”

吴先生装出若无其事的样子，可心里也明白夫人立马支走被套的良苦用心。

妹子家平添锦绣，颇有蓬荜生辉之感，感激兄嫂。然而谁知哥哥却深深怀念着那床具有特殊纪念意义的丝绸被套……

一天，为了换回远游妹子农舍的那床被套，哥哥在城里超市购得一床艳丽高贵的被套，去看望妹子……

见到妹子，叙谈一阵，哥哥开口了："前些天，嫂嫂送给你的被套是旧的，哥已盖过，不便送人。"

"盖过无妨，乡下人家不计较旧被套新被套，反正能套住毛毯或棉被就行了。何况人家都说哥送来的是一床新被套。哥哥何必为一点点小事跑来跑去损伤身体。"妹妹话里充满爱心。

"……只因哥心里不过意，才瞒着你嫂子，买了床新被套，想换回旧被套。"

"不必，不必！新被套你就自个留着用吧。"

"是不是妹妹嫌哥新买的被套不漂亮不肯换，不然哥就再去买一床。"

"可别见外，小妹哪敢嫌弃？"话音刚落，小妹一转身进屋，伸手铺盖，抽出旧棉絮，把空心被套折叠成小方形，双手捧着被套出了里屋，来到大厅，急急忙忙帮着哥哥把成块成型的被套装进提包。

一床柔柔软软的被套又回到吴先生的手中。

临行前，老吴反复叮嘱小妹："换被套事，千万不能跟嫂嫂说，不然，她肯定会臭骂我一顿，说我没事找事。"

回到家中，老吴把被套藏在上了锁的书箱底，仿佛在心底藏进一首缠绵浪漫的抒情诗篇，心里感到无比熨帖，心情也爽朗了许多。吴先生和其妹子都把看似普普通通的被套视为宝贝、百般爱护：妹子家的新被套只在过年时用上一回，是因小妹看重兄长惠赠之情，舍不得用；而吴先生对同学临别赠送礼品格外珍重，趁太太不在家，拿出被套抚摸晾晒，与之悄然"对话"。

身处两地的被套，各得其所，各获其爱，沉湎在主人为其设置的充满浓浓爱意的氛围里……

吴先生因善解夫人之意，顾及夫人情绪感受，才致当初没敢直接阻拦太太借故送出被套，而是顺水推舟听任夫人所为，极大限度释放夫人心中怨气，保住家庭一团和气。然后他又乘太太回娘家之机，到小妹家中换回那件“盖在身上暖在心里”的珍贵旧被套，显现他能屈能伸的大丈夫处世风格。

一床被套的辗转，精彩书写了吴先生与同窗的友情，与妹子的亲情，以及吴先生的宽容大度和运筹帷幄的机敏智慧的篇章，让夫妻爱情和亲友之情永获兼容保鲜！

甜蜜的爱情与一切纯洁的人间真情在人生的长河中，都是难得一遇的缘分，都值得格外珍惜！就看你的经营和驾驭它们时的本领，它也随时随地考验着当事者的智慧能力。

俗话说“物以稀为贵”，我却说“物以情为贵”！我更认为充了“电”的“物”能量无比：睹物思人，总能触动人们敏感的神经，掀开既往尘封的记忆，激发着“精神力量”，紧紧牵连着天各一方彼此想念的心。一床被套尚且引得人们如此为之牵挂动情，更不用说那些饱含纪念意义的信物赠品了。可想而知，它留给当事人的重量真的是非同小可、堪比“万两黄金”。

一床被套在商人眼中是有价的，充其量也值不了多少钱。而在吴先生眼里，他那床被套价位可谓不菲啊！甚而称得上是一件不可复制的高贵无比的了不起的稀世之宝吧。

2017 年 4 月 18 日

阅读西门街

今天上午我到融城西门街坡上一家理发店理发，因师傅正在给一位顾客理发，我只好坐在门口座椅上看报等候。我一边阅报，一边也借机阅读起这条长年熟识的西门老街。

这条原本自西门桥头直通高巷的西门街是融城坡度最大的石板街，街面铺满难以计数的方形石板，拼凑出整条起伏的街面。20 世纪 60 年代，我就读城里中学，每当骑着单车，总要拼尽全力试图不下车直闯坡顶，总是败多胜少难以如愿。今天云淡风轻，又有一份好心情，我居高临下静观街面，心领神会城市动静，眼见一辆辆公交车、的士、摩的轻松转动车轮上坡来，从理发店门前疾驰而过，不知不觉中，我总感到时间流逝世事变迁之快速，一切仿佛发生在昨天……

目睹街面，经改造过的铺上水泥的街道，清洁宽敞，坡度较前大为放缓，车辆爬坡似乎不费吹灰之力，它们轻而易举上到坡顶。随着车轮的飞奔，我的思路又“倒车”到 20 世纪 70 年代初的一次与乡亲拉货进城的场景中。

车到坡下，沉重的货物让板车的车轮停滞不前，前后二人协同用劲，前者拼命牵拉，后者强力推进，车子依然纹丝不动，结果我们还是采用相互“并车”战术上坡，又是拉又是推又是扳（车轮），三管齐下一同发力，好容易才让板车上升到坡顶，一个坡度就花费了 4 个壮丁的全身力量。西门街，上你的坡何其艰难！

时过境迁，街道换新颜。如今机动车借助动力悠悠上坡来，人力车几近绝迹，早就从马路上退隐而去；行人漫步街道潇潇洒洒上坡来，也不再气喘吁吁，也不必当心路面崎岖、路石绊脚。路况的改善给千家万户的市民带来莫大的便利。

虽然我进城已40年，但我从来没有像今天这么耐心观察过路况车辆和城市的细微律动，自己也总是作为一名行色匆匆的路人在街上赶路，融入这座城市，无形中同样成了别人眼中的过客和风景。应该谢谢理发店里的那位捷足先登的顾客，是你留住我匆匆前行的脚步，好让我今天望街息心，专有一份难得的闲情逸致回首往事驰骋想象。

当年石板路在夏日酷暑的炙烤下热气袭人；如今街道两旁的行道树郁郁葱葱，大庇街面店家和路人。想当年，改建街道时，市民议论纷纷，都以为街道路面没必要修得如此宽敞；而今再度审视马路宽度，倒觉得不甚宽广，经济的发展催生出满街的小车，虽然小车规规矩矩泊车街道一旁划定的位置上，但有限的街面还是不能满足日益增长的市民出行停车的需求。

“要致富，先修路”，这曾响彻玉融大地的口号声依然如雷贯耳，城内多条街道路面都已成功实现了“白改黑”，让车轮转得更溜，让市民快活出行心里少添堵。西门街，我目睹了你脱胎换骨的变化，但随着城市文明建设的提速，有朝一日你将再度换装，但我依然不敢想象你再度整容换装后的美貌，就如当年改建街道时人们难以把准丈量街面的尺度一样。但有一点可以肯定：你将越变越美。

阅读西门街，总让我们古稀老人看到你的过去和现在，同时也让人想见你充满希望的未来。西门街，你在吐故纳新中前进，诸如排污的打铁店早已自惭形秽，黯然退出街道。取而代之的是新开的邮局、银行、餐馆、花店、沙发店……一切为了西门街更环保更整洁。

西门街，阅读过你曾经古朴沧桑的一页，又有幸读到你崭新亮丽的篇章，不能不为你的进步而深感高兴。再度游目骋怀西门街，颇有一种令人刮目相看的感觉。西门街，你一定会在大众关注的目光中焕发出时代的新魅力！

2017年5月18日

时光吹不灭当年的小油灯

我不止一次讴歌过油灯，我的老家北西亭村在1970年才迎来梨庄水库龙王坑小水电站发电照明，也就是说在此之前，家家户户的夜晚都要靠小油灯点亮，小油灯默默立于灶台上为家庭主妇做饭照明，立于矮凳上为农夫完成手工劳动照明，立于书桌上为学童读书照明……家家户户有油灯，给晚归和早起的农人、给夜里加班的劳动者扫淡黑暗，送上一方光明，有效地延长了农户的劳动时间和提升了劳动效率。屈指可数，我今生已有20多个春秋的夜晚，都与小油灯相依相伴。是它微弱亲和之光照亮了我的奋斗之路。

早起进城粜粮，早起下地耕田，早起苦读备考，小油灯一如既往为我亮起，谢谢你始终不渝地陪伴和服务，让我忘却孤独忘却疲劳，全身心投入劳务前的简单准备和黎明前争分夺秒的学习。我在你的照耀下打理家务、农事、学业，去成就人生的桩桩大事小事。小油灯，是你在我困顿时刻，护送我改变命运迎来崭新前程。

当福清城乡家家户户都亮起电灯，人们渐渐远离你长期以来为民驱逐黑暗的恩惠时，也不知不觉中把你淡忘；但我依然忘不了你与我在患难中的每一次相守相亲、给力相助。小油灯，你时时在我梦境中重现，每一次见面，我依然满怀深情凝视着您，仰望着你瘦弱伶仃的外形，相看两不厌；我专心致志地揩拭着你遍身的油腻，从灯座而灯罩；我小心翼翼剪除灯芯油垢，挑亮灯火；我端详着你久违重逢的容颜，沐浴在您圣洁的光芒中，在您的柔和的光辉里，我深感荣耀和温馨。每次梦见小油灯，我多想对你说，你可不能妄自菲薄，我们并不觉得您微小而不足道，我倒觉得是您在我特殊时候给我一份特殊的及时的爱与奉献，有了您的雪中送炭，才有我成长的能量和机遇，您劳苦功高，值得我念念不忘、铭记于心。忘不了您，一旦看到您，就想起哭过的青春、笑过的年华，勾起对非常时期往事的追怀！

我多想在黎明前的黑暗里再重燃一盏小油灯，伴我上路，让我重温您给我出门前的勇气和温暖，不为告别家乡的小窝，而为深情沉吟当年故乡老家里曾经忙碌的剪影和若隐若现如歌如泣的风雨声中的纷繁心事……

今夜，我案前一片光明，可我的思绪依然在感恩当年的那盏小油灯。人生如灯，不耗完最后一滴油，依然燃烧自己、发光发热、奉献终生。如果没有当年那盏小油灯豆粒般光焰的照耀，也就没有我风生水起的人生！我珍惜您质朴静谧的陪伴，感恩您孜孜不倦照亮我坎坷人生路的博大情怀，您不愧是我心中一盏不灭的小油灯。尤其忘不了当年在焦躁不安的没有电灯照明和停电的农村夜晚，您不让我心中的希望黯然熄灭，“唯恐夜深花睡去，故烧高烛照红妆”！在闪闪烁烁摇晃的微光前，我哪敢懈怠？一次次回看您，您仿佛在向我频频点头，像是反复告示我：“只有荒凉的沙漠，没有荒凉的人生！”小油灯，知心知己几十年！

啊，时光吹不灭当年我心中的那盏小油灯，如今璀璨的灯海也淹没不了当年我摸黑匆匆赶路途中给我指点迷津的一点红……

2017 年 5 月 27 日

福清三瓜

初夏时节，我回到故乡，走进农友的一块责任田。在这块田里，金瓜冬瓜丝瓜三瓜并存，我记忆的闸门顿时被眼前脚下头顶的瓜儿一并开启：

金瓜冬瓜丝瓜本来就是我们福清老百姓世代传承种植的作物。40 年前，我在家务农，也精心栽种过三瓜。当时我们可没有如今这位农友的大方阔气，居然用肥沃的农田来栽种三瓜。地面爬行着金瓜冬瓜的藤蔓沿着铺上稻草的瓜畦无拘无束穿行。丝瓜则趾高气扬攀爬上一人高的瓜棚优哉游哉开花结果。立体种植模式让我赞不绝口。忆往昔，金瓜冬瓜丝瓜它们大多被发配到贫瘠和偏僻的角落安家落户，因为在以粮为纲的年代，瓜果很难有独占鳌头的话语权，只能以配角身份分得一瓢羹——立足于次等的三边地。

但年年岁岁不计较生长环境的瓜们，依然服从主人的安排礼让三分，退居一隅，它们依然努力生长，为城乡百姓奉上瓜香无限。从而也顺理成章成了人均耕地偏少的福清农民世代种植的保留作物。

在 20 世纪我国遭受三年自然灾害时期，金瓜冬瓜丝瓜凭着产量优势，为民果腹，让百姓摆脱饥荒，在特殊的粮荒关口扮演了一时“救世主”，让饥肠辘辘的百姓走出饥荒的阴霾。经历过那一段艰难岁月的老年人回味当初情景，记忆犹新；念及三瓜恩惠，难掩感激之情。

在福清的土地上，三瓜惠民，由来已久。

农民利用杂基地，菜园边边角角种起金瓜，一棵金瓜可结 3 到 5 粒金瓜，大的可达 10 多斤，金瓜藤蔓可沿墙角屋顶攀爬，不占整块耕地。收成的金瓜可稍加些许盐巴煮熟食用。也可加入大米煮成金瓜粥或与粉干共搭煮出拌瓜粉干等农家饭，饭加一味，味道鲜美。取出包裹在瓜瓤里的瓜子，晒干后供来年做种子。如有多余瓜子也可炒食，口齿留香。个别农家还会采摘刚谢的金瓜花食用。种植金瓜不难，农村妇女皆会，浇浇水施点肥，金瓜自会回报主人，让主人种瓜得瓜。

种植冬瓜要比种植金瓜费时，冬瓜的叶片没有金瓜大，夏天怕晒，在瓜畦要铺设稻草麦秆杂草，预防瓜蔓瓜果烫伤。冬瓜浑身长有茸毛，开出的黄花比金瓜也小得多，花朵经蜂儿采蜜时得以授粉，起初结出的小瓜也才只有手指头那么粗，这时要格外悉心留意栽培，不要轻易触碰小瓜，防止枯蔫。为了让小冬瓜顺利生长，甚而要物色青草树枝遮蔽，以防晒黄夭折。度过幼瓜时期，然后越长越粗的冬瓜就相对好伺候些。冬瓜多数呈长筒形状，浅绿色或墨绿色。农家冬瓜一般用于煮汤菜，可掺进花蛤虾米排骨，冬瓜有消暑降温功能。一次消费不了一只，可用纸张封住冬瓜刀口，以备改日再用。切下冬瓜皮晒干后可用于泡煮冬瓜茶，冬瓜茶清淡，极具降暑功能，尤其适用暑天田间干活饮用。店铺里也会将冬瓜精加工成清爽可口的冬瓜糖出售，以增加冬瓜的身价。

丝瓜种植管理不难，花工主要在于搭瓜棚，瓜棚要相对牢固不倒，要能经得住风吹雨打。瓜棚不宜太高，但也不能太矮，要满足棚上丝瓜垂下不着地。丝瓜不同品种，长度也不一样，短不盈尺，长达 2 到 3 尺，农民管那长长的丝瓜叫“蛇甲丝瓜”。所有丝瓜生长喜通风，而且对水分的需求量很大。因此水沟圳边土地最适宜栽种丝瓜。丝瓜根系发达，根须密布，具有抢水抢肥本领。丝瓜消耗水量大，但它产量也很可观，农家数棵丝瓜就能产出数百只果实。采摘丝瓜一般选在清晨，旺季采摘，手提怀抱不过来，还得使用箩筐装载肩挑。采摘后的丝瓜可出售或自用，暂时不用，可把少量丝瓜临时浸泡在水缸里，待要用时再捞出。丝瓜同冬瓜一样适合用于煮汤菜，也可掺进蛏蛤虾米肉丝调味做菜。丝瓜最适合夏天食用。

农村 10 年，不离三瓜，它们为我果腹，让我口齿留香，也给我留下深刻的印象。从少年吃瓜到中年种瓜吃瓜，再到作别农耕生活，时至老年，依然热望吃瓜，一旦逛超市，总留意菜摊上土生土长的福清瓜。心心念念三瓜为哪般，因为那是“一方水土养一方人”的饮食习惯和故园情结使然。

在困难时期，福清三瓜助我度粮荒；富足日子，福清三瓜摇身一变而为健康食品，依然赢得寻常百姓的青睐欢心，它们落落大方跃上酒家和家庭的餐桌，经厨师和主妇之手，改头换面成为瓜饼点心或与其他食材相搭而为千滋百味之美食。

经过悠久历史而生生不息的福清三瓜，一定会在家乡的土地上落地生根茁壮生长，普惠万家。

2017 年 7 月 17 日

福清好油

一听到电视台播出 “中国的花生，中国的好油……”广告时，我立马想起故乡的好油。

我的故乡福清世世代代种植油料植物，历史悠久。主要品种有花生、油菜、黄豆，还有遍布山野地头各自为家的野生山茶树。

单是花生一种就足以名声大振、名闻遐迩。因为我们福清土地特别适宜种植花生，福清农民也特别爱种会种花生。当年春夏时节，凡所到乡村，处处可见花生茁壮生长；一到花生收成季节，大大小小埕子里晒满花生，晒干后的花生就近在民间土油坊里压榨成油。尽管油坊开足马力日夜加班，还是应付不了蜂拥而至的榨油业务。

20 世纪 50 年代为满足福清农民花生生产加工需求，还在融城西区建起一座“福清油厂”，以缓解农民兄弟在花生丰收时节碰上榨油难的尴尬境遇。即便油厂建成，但在花生生产旺季，在福清油厂门口通往厂内仓库的那段上坡路，满载花生的车辆依然首尾相连，排起长龙，等候收购或换油。

福清盛产花生，就连干旱缺水的龙高一带也不例外。那里土地不太适宜大面积种植水稻，但却适合广种花生，它还成了福清花生的主产区之一。因其田园土壤富含沙子，沙质土透气良好，刚好迎合花生生长，当地种出的花生壳薄仁大，出油率很高，深受各方称道。

当年福清花生榨出福清的好油，足够供应福清人民自家的需求，还能为国家统购多作贡献。邻县长乐油商因看好福清花生油，一年四季都会来福清农村走家串户高价收购福清好油转售别处。

福清油料作物主要为种植花生，但农民依然还会以种植黄豆、油菜来增添食用油产量。黄豆榨出的豆油虽然不及花生油香，但这个“后起之秀”依然博得农家认可好评。因豆油价廉，节约的农户在逢年过节大量用油油炸食品时，还会用豆油取代花生油。

因油菜种植不太费工，并与种植花生黄豆等费时的作物错开季节毫不冲突，当年生产队也会拿出一部分土地种植油菜。由油菜籽榨出的油菜油，在福清民间被称为“菜油”，它以独有的风味丰富了农民餐桌，也算是一种独具特色的好油。菜油可以用于平时炒菜，更适宜在端午节过节时油煎面饼或油炸葱卷时使用，家庭主妇更喜欢用刚刚收成的油菜籽榨出香喷喷的菜油来调味家人的饮食胃口，田间劳作回家的大人和放学回家的小孩，一到家门口，一闻到家里油锅散发出的菜油扑鼻清香，就闻到端午节清香的节日气味，找到了过节的实实在在感觉，恨不得一脚踏进家门尽快品尝“油煎面饼”和“油炸葱卷”美食……

油菜既可榨油，油菜花又可美化家园。开花季节，田野披上金黄的盛装，成片或零星的油菜花竞相抛头露面，装点出赏心悦目的田园风光，美景如画，很是养眼。收成后的油菜在埕里堆积如山，经数日发酵，随后再摊开翻晒，棰打油菜枝，得到散落在埕里的油菜籽小颗粒，晒干油菜籽，榨得菜油，用于炒菜，口齿留香。眼福口福先后临门，给农家带来持续实惠！

福清百姓自给自足的食用油除了人工大面积种植的花生黄豆油菜，还有来自土生土长散落在田边地头山沟荒野的野生山茶树。秋末冬初，农事稍闲，开始开禁采摘山茶籽（茶籽），男女老少齐出动，千军万马挎着布袋拎着篮子走向山间田头，行进路线各不相同，各自“安营扎寨”，耐心搜寻采摘树上每一粒“茶籽”，比拼的是脚力和眼力。晒干“茶籽”去壳后剩下“茶籽仁”，拿到油坊榨出黄橙橙透明的“山茶籽油”。

山茶籽油是我国特有的食用植物油，在我们福清除了野生，一都镇山区也有人工大面积栽种山茶树。因“山茶籽油”色清味香，营养价值高，天生稀有，乃油中之珍品，也深受福清百姓喜爱。福清民间俗称“山茶籽油”为“茶籽油”，产妇坐月子常食之能驱风保健，除了食用药用，还可用于涂抹头发、点灯等。

以上列举几种福清传统生产的油料作物及其榨出的健康好油，足见福清人民当年传统种植和饮食习惯之一斑。在当今超市食用油铺天盖地时代，回首福清好油，依然令我难以忘怀。

2016 年过年，我叫老伴要用纯净花生油榨蛎饼，老伴显得无奈，叹道：“哪来当初我们农村自产自榨的纯天然的香喷喷的花生油，超市里售出的花生油多数是调和油，缺少香味。街边多数油炸摊点还在使用外来生产的劣质椰油……”听罢此言，我禁不住要为福清好油大声疾呼：“回来吧，在城市化发展迅猛的今天，城乡百姓依然需要你，让我们福清好油朝着‘人无我有，人有我优’的方向重续昔日的辉煌，争取跻身全国名油行列。”

2017 年 8 月 3 日

民间手艺面面观

俗话道“手艺在手，吃穿不愁”。精通一门手艺，就等于拥有一宗资产，足以养家糊口，足以确保一生不饥不寒，稳居一方安身立命而无忧，古今中外概莫能外。唐代诗人白居易具备吟出“野火烧不尽，春风吹又生”独步千古佳句的才干，当然也不愁“长安米贵，居之不易”了！无怪乎，常闻民间广为流传的“神仙难饿手艺人”的言语，是对手艺价值的充分认同。

在我的家乡福清北西亭村的西亭街，匠人云集，各忙其忙，每时每刻都在催生新产品。因我当年读小学上学放学都要路过西亭街，年少好奇，总是流连顾盼街边各家店铺，耳濡目染匠人们精湛手艺，虽不学艺，然对彼拥有的手艺略有所见所闻所知，时过五六十个年头，至今依然对手艺人的创作劳动历历在目如在眼前……

街北一家线面作坊，门口空埕里摆设着好几个面架，线面师将十几二十条湿面条两头分别卷在特制的两根长竹筷上，以其为一组进行拉面作业，将其中一根竹筷一端插入面架上的小圆孔，线面师傅站立在插好湿面条的面架下，双手握住另一根竹筷两头，使出腰背手臂力量，一点一点甩动，让连接两根竹筷上这组每一条半湿不干柔软的面条变细再变细。那反反复复甩动线面的动作姿势仿同在表演一场柔道功夫，令人叹为观止。面条在力的作用下越扯越长，绝大多数不断掉，终致形成丝丝缕缕的白线面。而后才把手上的那根竹筷插到面架相距数米的小圆孔上风干。拉完一组湿面条后再换拉别组，如此往复发力拉面，便出现披挂在面架上一帘帘迎风飘扬、渐渐晾晒风干的白线面奇观。如诗如画如梦如幻的制作让我们一群围观的少年着迷。更让我们立马想到逢年过节和喜庆生日碗里装着的象征吉祥如意的白线面，虽经师傅亲身展示拉面技艺，却依然难以知晓线面师的手上甩功软实力的奥秘所在。

每天从街南“两京文衡”牌坊下的打铁店里传出叮叮当当的打铁声宣泄着铁匠师徒的硬实力。在火光和汗水中，店里零碎的铁料实现了由铁块铁板到镰刀锄头锅铲菜刀的华丽转身现身店面，为农家生产生活源源不断输送去农具家具。师徒 3 人富有节奏快速轮番操持铁锤此起彼落趁热击打铁砧上同一铁件的熟练动作，体现工匠们娴熟的眼疾手快的基本功。

隔店相望的箍桶匠正不慌不忙摆弄着眼前满地散乱的木头桶板，凭借慧眼借助粗细不等的篾条或铁线，拼合圈起一只只打谷的摔楻和挑水的水桶，为农忙提供必要的后勤保障。

手艺人涉及艺种繁多，街中拐弯处理发店里的师傅们正摇动发剪和使用剃刀剪刀，让人发美成型、面容焕发。毗邻的裁缝店师傅用直尺和画粉在崭新布料上画出称心如意的线条，而后裁剪缝纫成衣。穿在身上的新衣，享受新年的喜气，打量油光可鉴的秀发，我们少年心底甭提有多高兴，也情不自禁地为那些默默为我服务的师傅们的好手艺啧啧称赞不已。

还有西亭街街道作坊里一群民间糕点师，他们不费吹灰之力，对一团面团轻揉慢捻、拍拍捏捏，饼里藏糖，手动饼成。真酥糕、大礼饼、鸭蛋糕争相出炉，散发着诱人的香味，道道待售的美食摆上货柜货架，令人目不暇接、垂涎欲滴，诱惑着少年观众的目光，撩拨着路人的食欲，提升了糕点师的知名度。

记得离糕饼作坊不远处，有一家水车修理店，木匠正用心在调试水车，破损的叶片被换成新制作的，一架修好的水车又可出店奔赴抗旱前线，去唱响旱地禾苗朝思暮想的悦耳动听的歌谣。我们对老师傅的手艺一阵溢美，不由伸手抚摸车体，试图拿起水车摇手试车一会。除了水车，在这家店里“候诊”的还有老式板车，这些在劳动中伤筋动骨的大家伙们正躺倒在地上，安安静静等候着修车师傅的妙手回春的“手术”。

最让我们少年担心的莫过于补锅师傅手中的錾子锤敲击铁鼎的那一幕，可把我们吓出一身冷汗，生怕师傅不留心敲碎人家送来的铁锅。担心随着时间过去而化为乌有。毕竟人家是师傅，艺高胆大，正应了乡间一句老话“没有三两下，也不敢来到乡下”。师傅不光完美无误给铁锅打上类似纽扣模样的颗颗“补丁”，还焊好身边大大小小的搪瓷盆和完成铝锅换底等工作。

少年漫步西亭一条街，饱了眼福。聆听着一首首铿锵的劳动壮歌，对民间手艺也多出一份理解一份情感，总会生出一种“厉害了，手艺人”的少年感慨！

2017 年 10 月 11 日

追忆红刺毡

我的家乡福清北西亭是著名的侨乡，在我记忆中还留存着当年民间那充满侨味的“洋货”，凡是到过南洋的番客，回国时往往会带回南洋当地特产的工艺品，诸如铜盆铁箱西洋镜魁藤拍，用以向乡人和后辈彰显“走番”的荣光和成果。我的父亲曾两度下南洋，回国时曾带回印尼当地制作的手工艺品红刺毡等物品，少年的我对家中那面红刺毡记忆颇深：

红刺毡，鲜红鲜红的，边缘用绿毡毛捆边，把中央长方形的红毡衬托得格外鲜艳夺目。红刺毡，沉重沉重的，抱起它气喘吁吁。红刺毡，浑身长刺，刺痛少年稚嫩的小手。家有名贵红刺毡，十有八九为侨属侨眷。红刺毡极具保暖功能，严冬寒夜，布衾上添盖红刺毡，躲进被窝里，温暖如春睡好觉。

红刺毡，来历非凡，它标示着主人闯荡天涯的身份和履历，也散发着自身经久不息的高贵气质和骄人魅力。殷实人家闺女出嫁，嫁妆里有了红刺毡，就意味着有了父爱母爱贵重的赏赐。在外工作的儿女，行囊里有了红刺毡，就意味着内心装着家，耳边响着严父慈母的叮咛。华屋即将落成，架设屋顶的主梁，悬披上红刺毡，意味着年年吉利岁岁平安。乡人百岁出殡，红毡覆棺，彰显仁者寿终正寝，为逝去老者增添名声。红刺毡护送着离世的乡亲上山入葬，谱写礼仪，充满仁义。丧家即便家中无毡，邻里也会成人之美，借出红刺毡，以寄乡亲乡情和邻里哀思。来自异域他邦的红刺毡扮演了乡村各类礼仪活动的友善使者，给婚丧和吉庆人家留下挥之不去的永远记忆。

红刺毡，红刺毡，你知道远涉重洋的乡亲为何选择你？只因你有着一张类似关公的红彤彤的脸庞，那可是忠义仁勇的写照啊。据先父生前陈述：他第一次自印尼回国时登上“芝沙丹尼”号万吨轮船，曾对赶来送行的一位印尼好朋友慷慨送上一床名贵的红刺毡，以答谢他携手相帮的兄弟情谊……红刺毡维系起中印两国的手足之情，给远离故土的父老乡亲铺设出一条礼尚往来亲善友爱之路。

留在我家里最后一面红刺毡，也就是我少年记忆中的那面红刺毡，是我父亲 1939 年冬第二次回国时带回家中的，直到“文革”期间遭抄家时才有去无回、杳无音讯。它住家近 30 载，依然色泽红润，在我印象中，只是毡边一小段绿色捆边毛线有点儿模糊脱落；但万万没想到它在动乱岁月却被当做“四旧”物品被造反派强行掠走，不知被发落到何处？致使先父 1973 年逝世，那面红刺毡也无缘现身葬礼并护送主人上山！出殡时棺椁上就少了那么一片红色，红刺毡的缺席给家人留下无言的悲痛和诸多遗憾！

再次追忆红刺毡，不是对洋货的推崇，而是对华侨不懈奋斗精神的颂扬，更是对当年物质匮乏现象的真实披露。1956 年村里一位华侨回乡，叔父寄他回来的礼品是一件羊毛绒和几件涤纶衬衣，1986 年我的大哥自印尼首次回国，带给家人的就不是红刺毡羊毛绒衬衣一类的用品，而是在当时被国人看作是时髦的高档消费品电视机等“四大件”。曾闻大哥陈述家史提及“1918 年，祖父客死爪哇，行囊散失，唯余一架闹钟，寄回国内……自 1929 年起，父亲叔父陆续到印尼经商……”，连同我大哥 1953 年也到印尼，参与父辈事业。我们一家三代人都去过印尼谋生打拼。期间寄到或带回老家的闹钟、红刺毡、羊毛绒和涤纶衬衣、电视机等物件，分别讲述着百年沧桑华侨人家的变化历史。

当今“中国制造”已风靡四海饮誉全球，我家祖父之后的第四代、第五代侨民似乎也感觉到没有必要再往国内寄物了，国内应有尽有，我们虽远隔天涯却近在咫尺，晚辈来来去去回乡省亲，依赖便捷的交通工具飞来飞去，一身轻轻松松，也不必像祖父父亲叔叔大哥当年搭乘轮船远航出洋，历经外洋风浪颠簸和异国谋生之苦，也不必像长辈一样煞费苦心惦记操心国内亲人生活状况和有何需求了。

红刺毡，红刺毡，你于20世纪30年代随同先父一道漂洋过海来到我家，你落落大方走进我们的家，你给了当年我们意气风发的少年兄弟姐妹留下难忘的暖意融融的美好记忆，但也有不尽如人意、让人锥心疾首的时候……

红刺毡，红刺毡，如今想起你，就想起千千万万的华侨远足南洋艰苦创业勤劳打拼的历史，诸如我的祖父叔叔等人都已埋骨他乡，只能魂归故里，先辈们为友邦的建设贡献自己的青春和生命，献完自己再献子孙……想起你，就想起中外交流的必要性；想起你，就想起国家安定团结的重要性；想起你，总让我怀有一种美好的祝愿，祝愿天下太平、人民安居乐业！

当我为当今物质文明和精神文明的进步而深感兴奋之余，也情不自禁格外怀念起我家那面曾暖过我们身子但又曾隐隐刺痛我的内心的红刺毡……

2017年11月11日

福清好芋

金秋时节，当我美滋滋地吃着家乡生产的好芋，一阵阵甜美的感觉源源不断涌上心头：

我的家乡福清物产丰富，一年四季，五谷丰登，勤劳的福清百姓勤于耕作乐享其成。当年农村家家户户遍栽芋头（福清话称“芋”为“芋头”），人人都成了种芋能手。芋属，种类10余种，分布于亚洲热带及亚热带地区，我国有8种，大都产于江南各省。福清种芋，历史悠久，福清好芋，声名远播！

20世纪60年代末和70年代，有十二三年时间我回乡务农，亲自动手在自家自留地里种芋，年年种芋，年年吃芋。印象中就有白芋（俗称鼻泥芋）、猴头芋、酒亭芋、槟榔芋等。

鼻泥芋煮熟柔软如烂泥，但产量极高，农民也会选种。猴头芋酷似猴头抱团，很耐消化，吃后不会一下子就觉得饿肚子，很适宜上山下地从事重体力劳动时进食，但也有缺点，较难剥皮，比起一般芋头花费更多时间。酒亭芋中间一个芋头类似装酒的酒壶亭亭玉立，旁生多个芋仔，种植产量居中。槟榔芋一芋独大，旁边即使有芋仔，也只有手指头一般粗细，所有肥料水分营养都被芋头抢光。槟榔芋耗肥量极大，是普通芋头两到三倍。肥料越足，它长得越大。农民往往在槟榔芋芋杆底部围堆上猪屎牛粪羊屎兔屎等有机肥，以满足其生长过程中对肥料的大胃口需求。槟榔芋最大的优点是好吃，经常作为酒家或举办宴席人家采购的优质食材，频频出现在宴席上。槟榔芋市面价格比起其他普通芋稍稍高些，目前在福清每斤售价 5 元。农民们看好槟榔芋销路广和高利润，也很乐意种植。

种植芋头，耗肥多，花时少。农民大多在初春就要在包菜地套种上芋种，也可在空地里把田犁松耙平后直接种芋。用垃圾肥料盖满放有芋种的土坑，让芋种朝上的尖牙稍微露出土面，包菜逐步收成，芋种也在生长，要小心芋种尖牙，使其不受损断裂，随后芋种尖牙开始长出小叶片，再施以些许人粪尿，促进芋尖卷叶顺利展开、芋叶迅速伸展。接下来的是多次施肥，先撒上洋肥，再培上土。间隔一段时间再施肥一次培土一次，直至芋杆已壮，芋叶已茂，芋垄已成，剩下的是钻进芋沟拔草。在芋田劳动，最好不要穿白色背心和白衬衫，不然触碰含碘的芋叶芋杆，白色衣服就会沾上紫色的小点点。完成施肥培土后，还要留意观察有无病虫害，如果有，要喷洒除虫剂消灭虫害。

芋头夏天最怕晒，曝晒之下，芋叶耷拉，所以种植芋头要选择水源充足的田地，民间常流行“六月芋，水底漫”，说的是农历六月芋田垄沟必须有水漫过沟底，让芋不被晒坏。因此山间梯田倘有泉水灌溉，也适宜种芋。

福清芋头好种又好吃。农民吃芋，有多种吃法：有的把芋皮剥去后白煮，掺以少许盐巴、生姜或芹菜；有的用芋搭白米再加青菜加蛏加蛤加肉，煮成芋粥或芋（干）饭；有的油炸芋片与油炸猪肉合成高档次的盆菜——荔枝肉；有的也用油炸芋片与猪肉猪内脏等食材和少量的酱油、醋、糖、味精、老酒、咖喱粉、辣椒酱等调味品混合煮成大杂烩；有的把芋切成小方块油炸与红烧肉搭配在一起，做成可口的煲菜或盘菜。芋能吸收油腻，让做出的菜不油不腻，广受食客欢迎；有的干脆把芋仔直接蒸煮后剥皮吃；有的取出蒸煮后的芋肉做成芋泥吃，诸如夏季热销的芋泥冰棒也用上芋泥。因芋富含碘，吃芋还可以防止因缺碘而发生的疾病。绿色的芋杆和枯干的芋杆均可用作饲料。种过芋的田地收成后残留下芋根等腐蚀物极其肥沃，为其后续种麦丰收奠定下良好的基础。

关于芋的传说很多，在福清大地不胫而走。

我就听父辈讲述过皇上吃芋的故事：落难逃亡途中饥肠辘辘的皇上，吃上村野老妪馈赠的一碗芋粥感恩在心，登基后稳坐金銮宝殿的皇上吃厌山珍海味后，又返回当年逃亡路上找到老妪再重煮一碗芋。原来皇上与芋也有缘，皇上也吃芋。芋不单为百姓果腹，还为皇上充饥。

与皇上吃芋意思相近的有清代文学家周容写的一篇散文《芋老人传》，被选入中学语文课本。当年我还为学生上过此课。文章言近旨远，发人深思。该作主要讲述一位老翁用煮熟的芋头来招待贫寒的书生，书生觉得芋头的味道十分香甜，后来当上了宰相，但厨师所煮的芋头却让他觉得再也没有以前那么香甜。他便将昔日的恩人接到京城来，想要报答，老翁却告诉他，味道的好坏不是因为烹调方式的不同，而是由于时势地位和个人际遇的不同；人不能因为眼前的环境而忘掉过去。

吃芋的感觉因人因时而有所不同，但就芋头本身而言口味基本保持不改，倘有变化，口味只能越变越优，因为农业种植也历经无数次的优胜劣汰，只能更好，不会更差。我国从2000多年前的战国时期的《轻重甲篇》就有研究种芋的记载，明代的《芋经》这部古代种芋法的经典著作，对种芋技术进行总结。历代种芋技术的传承发展对当今“崇尚自然，回归自然”都起到重要的启示作用。种芋只能越种越好，同样，福清好芋也将越种越优。

关于芋的传说还有一个因芋开花而生发出一则令人啼笑皆非的故事：话说明朝末期，某乡下一家祖父看到自家芋田里的芋都开花了，他说服年少的孙子应该上京赴考，因为祖父认为芋通常是不开花的，一旦开花就预示大福降临，更何况是百花齐放一片锦绣。结果孙子入考场，因不懂考试，在答卷上写下“不该来，不该来，公公叫我来”几个字后蒙头大睡。主考官见卷，误以为公公是指当朝炙手可热的宦官魏忠贤，怯于魏公公的权势，让那小子中了状元。借芋说事，讽刺封建官场的腐败，芋也抛头露面针砭时事。

我少年时，经常出入芋田手挖蚯蚓用于钓鱼，摘下芋叶遮阳和盛鱼。青年时，自种芋头三分地，精耕细作，收成时节，大筐装满小篮装，小篮装满麻袋布袋全用上，动用板车运芋回家。时值农村实行生产承包责任制的1982年，我家迎来丰收年。我把大部分芋头卖出，小部分留下自家享用和送人，我记得我挑拣20斤酒亭芋送给方老师，他还在我面前夸耀我种的芋头特别好吃。没想到我种出的福清好芋居然能得到德高望重的方老师的称赞。

如今菜市场上有出售农民自家生产的各种芋头，说明福清农民还在延续古老的种芋传统。几天前我见一处菜摊摆出一大筐芋，我如获至宝，马上弯腰从那位卖芋的村姑摊点芋筐里挑拣出3颗硕大的槟榔芋，买下，一打听才知道那是产自福清江阴岛的好芋。福清半岛上都能种出如此好芋，更不用说福清内地湿润肥沃的良田里种下的成片成片的芋头，能不优吗？福清好芋，实至名归！并非“王婆卖瓜自卖自夸”。

我退休了，不去种芋，依然享有吃上福清好芋的口福。我为诸如槟榔芋等福清好芋在福清土地上世代延续种植而深感欣喜！自家的品牌有自家的特色风格和隽永口味，比起客串的外来品总觉更可口更暖心。

2017年12月2日

二 往事追憶

打铁的回忆

离我家一里有条西亭街。西亭街南北走向，南起“两京文衡”牌坊，北至四榕公祠堂。我少年就读的北亭中心小学校址就设在祠堂内。我每天上学放学，必须穿越整条西亭街，最记得牌坊下有家打铁店。平时，我们格外留意打铁店，只见店里打铁师傅带着两个徒弟，每天抡着铁锤，奏响叮叮当当的劳动乐章，催生出一把把的锄头、柴刀、锅铲等铁器。那响亮的敲打铁件的声音、那打铁四溅的火花常引得我们少年驻足观看，因此我对打铁技艺略有所知，如今回忆起来依然历历在目。

打铁是一项很辛苦的活，打铁过程大致可分四道工序——烧铁、打铁、冷却、修整。

先说第一道工序烧铁。打铁店砌有一个大火炉，俗话所说的趁热打铁的加热装置就是来自火炉。炉台上建有一个泥槽，泥槽底下铺上数条铁条，在铁条网上放上一堆木炭，木炭要先用柴刀砸成约一寸见方的小木块备用，需要火力旺盛时就多放一些，反之就少放。要打的铁件材料也是放在这个泥槽里加热的，点燃木炭后要靠火炉边安装的一架大风箱提供足够的风力来吹旺火焰。为了把木炭烧得更旺，为了使火焰猛烈，要不停拉动风箱把手，制造出强大的风力。

比如要加工一把锄头，先把剪下的适量铁块放在炉台上的泥槽里烧红，通常为了烧得更快更均匀，是把铁块插放到木炭堆中去烧，师傅可用增减木炭投放量来控制火候。

再说第二道工序打铁。打铁店砌有打铁台，台子为圆柱体，高和圆半径均为60厘米左右，圆柱体周围用铁箍箍紧，圆柱体上面中间立有一个铁砧。铁砧插入已填实的圆柱体内，保证铁砧经得起锤打而不动摇。打铁师傅一手握紧铁嵌柄，把烧红的铁块从火炉里夹出置于铁砧上，另一只手握着小铁锤不停敲打铁块使其成形。打铁时通常还要有一个或两个助手配合，助手抡动大铁锤起劲捶打铁块，为的是加大打铁的力度和速度，趁着铁块尚未冷却之时就要完成捶打工作。一旦铁块冷却了打不动，要再把铁块放在炉里烧，烧了再打，如此往复，直至打好为止。打铁过程讲究速战速决、一气呵成。

接下来第三道工序是冷却。打铁店里备有一个专用水桶，里面盛满水。把打好的铁器夹放到水桶里浸泡一下，水面立即冒出一股白烟，发出嗞嗞的声响，取出铁器，表面立马生成一种蓝色物质，据说此物可以保护铁器在一段时间内不生锈。

最后一道工序是修整。修整就是把打过铁件加以修整，比如借助工具给锄头口子磨平削利（如果是较大的修整依然要借助火力来进行）。然后用白灰水在锄头上写上工价，悬挂在铁钩上供人领取，有的师傅还在铁件成品上刻上标记。打铁可以直接制造铁器，也可修理损坏了的铁制农具，农民对于修补后能用的农具就继续修理，为的是节约。

打铁是手工艺中一种重体力劳动，铁匠要在烟熏火烤的火炉旁汗流浃背挥锤干活，尤其夏季更加辛苦。这项民间加工铁制农具盛行于20世纪70年代前，现在基本上已销声匿迹、淡出人们的视野，以致现在年轻人还不知道乡村打铁店打铁是怎么一回事。故为此文，以追忆这项曾与民生息息相关的坊间老工艺。

2015年3月31日

东家与赠工

在农村，赠工现象很普遍。每逢需要多个劳动力时，不是到处雇工，而是到村上相请，被点名请来无偿作工的人叫赠工，请人家来作工的人家称其为东家。

盖房子请赠工往往时间较长。我们村上20世纪50年代到70年代建房，多数要筑土墙，筑土墙需要很多赠工才能流水作业。有的掘土，有的挑土，有的挑小石头，有的拌土石，有的装土石，有的提运土石，有的筑墙……这些工作都是需要很多人手合作才能完成。还有后勤人马，专管赠工的喝水吃饭，而他们本身也是赠工。

除了盖房子要请人赠工，其他农忙时的农活也需要请赠工。

花生收获季节，在花生地里搭起凉棚，村上被请来帮忙摘花生的妇女们在这临时搭建的“作坊”里忙开了，有说有笑的。

在70年代封山育林后的开山（开起山门，让大家进山砍柴）的日子里，分到的柴山太多时，也请来赠工帮忙砍柴、收柴、挑柴、运柴。

在农忙抢插秧苗时，在收割水稻时，劳力缺少的家庭都有请赠工帮忙。

东一家西一户的农民，在完成某件大事时，往往请人帮忙，尤其举办红白大事时，更少不了赠工。

擅长裁缝，擅长烹饪的人也经常出现在赠工的行列中：某家生儿育女，需要改尿布；某家男婚女嫁，需要缝制新衣新被，也叫上几个能人相帮。

某家小脚老太要回娘家或要上城看病，也找来赠工帮着抬轿子或拉车。

赠工范围很广，它几乎涉及农村百姓衣食住行的方方面面。

农家邻里帮人成风，有的甚至顺从到一呼百应的地步。自己家里也有事，遇上别人相请，竟不肯说“不”，而是做出调整，以满足别人相请。

东家对赠工总是殷勤招待，平常东家也是节俭度日，但轮上自己请人帮工时，煞费苦心地去准备上等饭菜点心。（按当时生活水平，应看成上等）因为这伙食满意度直接关系到作工的质量。筑墙师傅一看到有好烟款待，竟然格外卖力。人们曾把抽了牡丹烟（当时被认为最好的烟）的人用力点击筑棒称为“牡丹棒”，在强力之下筑出的墙体坚固无比，响当当的。

多数东家都舍得花钱让赠工顿顿都有好伙食，因为这伙食的满意度无形中也代表了东家的声誉，更是东家经济实力、品格魅力、待人接物诸方面的公开展现。但有的东家家庭实在困难，力不从心，伙食办得差一点，赠工也会体谅。而当他们碰上家境富裕而偏偏又吝啬透顶的东家，赠工们就有看法了。有些赠工也就萌生了怠工情绪，有的赠工也敢冷嘲热讽东家。例如，赠工们群体用餐，8人一桌，菜是分好放在脸盆里，饭是自己去盛的，吃饱为止。而有时菜不足，一下就吃到脸盆底。赠工就对东家说：“你家脸盆底上的花多漂亮。”有时菜汤太稀，赠工就对着东家说：“可以洗脚。”讲得东家很没脸面，双方都想尽量改善伙食。大家都在平平和和的玩笑中交流。

但能请得来的赠工和肯去他那里帮工的东家，两家的关系都是较好的。因为在衣食住行中，谁都说不上有一天就不需要别人帮忙。因此尽量都要成人之美。既然有请，肯定不敢违逆人情，但在帮忙天数上可能会跟东家讨价还价一番。

当时农村生活并不富裕，富余时间能接受人家之请，一来联络感情，二来也是一个劳力出口。虽然没有工钱，但也落得个“腹圆”（指吃饱饭）。更何况像建房这样大事，上梁之日，东家还置办“上梁酒”招待各方来客，赠工自然而然地成为当晚酒桌上的座上宾了。人们在暗自权衡利弊得失时，认为赠工尚可为之。

当然东家与赠工的关系多数是很融洽的，因为他们间维系着一条情感纽带。但也有个别例外。

例如某人当官，而其属下的能工巧匠不远千里来赠工，临时遇上天下雨，官人新宅停工一天，这些赠工风尘仆仆而来又匆匆忙忙而归，竟连半碗点心一杯茶水也没有，等到次日天晴，又要赶来赠工，好像这群赠工是欠了东家什么似的，连吭一声都不敢，在这逆来顺受中不妨让人有所思，莫非是领班赠工（工头）怯于官家权势或对其有所求吗？村上的群众对东家官气凌人颇有议论。

赠工和东家，是谁缺德，公众都会评论，一传十，十传百，直至家喻户晓，这也许是叫做“舆论监督”或“舆论压力”吧。

在赠工方面，也有赠工干出很出格的缺德事。某华侨委托家人盖屋，家人招待偶有不周，竟至有的赠工在筑墙时，连装土石的畚箕也一并筑入高高的墙体里，以此报复东家。这样损人之下其实也在自损，如此毫无质量意识缺德的小工是没人敢要的。这只是赠工中引以为耻的另类事件。

2004年，我曾到一所私立学校担任校长一职。受聘于人总觉责任重大，如果尽不到责任，东家不闻不问，我们也会问心有愧的。因此我总是恪尽职守，努力工作。我们每个人的眼光要看得远，胸怀要宽广。如果凡事都要睚眦必报，斤斤计较，那岂不是丧失了人格的尊严。一个人连最起码的道德都不具备，有何面目自立于社会呢？

我曾当过东家也曾当过赠工，在这两者相互对立的角色体验中，我深有感触：东家有紧急事找人帮工不容易；流汗相帮的赠工也辛苦备至。双方都应相互体谅，千万不可造次。各自都得以良心公德来约束自己！

虽然伴随着社会交易越来越趋向商品化的今天，无酬赠工的感情投资和人力投资还是值得提倡的。

有的富人常说“有钱能使鬼推磨”，有的穷人常想“对人无求品自高”。何必如此固执己见、自恃其强。“该不用钱时不妨先别用，留着你的钱用于他方。”我对有的富人如此说；“该求人时也得求，何能拒人相助于千里之外呢？”我对有的穷人如是说。更何况“东家”又不是“富人”的专利，而“赠工”又独不属“穷人”的代名词。他们间业已存在的友好关系通过一次次无酬劳动这种形式得以体现和巩固，由此构筑了人间一道又一道美丽的风景线。

2005年7月26日

首次点亮北西亭村的小水电站

梨庄水库电站于1970年7月1日动工修建，1971年5月1日竣工，竣工后的电站马上投入运营。它是历史上首次点亮北西亭村的小水电，这座乡村电站供给当年北西亭村3100户人家的夜间照明，惠及北西亭8个自然村——上亭、中亭、北亭、下亭、上街、漈头、后坂和西洽。

梨庄水库电站坐落在风景秀美的龙王坑，与千年古刹的东漈寺毗邻。龙王坑上游有梨庄和北山数条山涧，来水丰沛，建在上游的梨庄水库除了灌溉农田外，兼备为小水电站供水发电之功能，正因具备种种优越的水文条件，于是由国家补助、单位投资的水电站便落户建造在龙王坑山涧中。

电站不大，设计流量为0.2秒立米，装机容量为一台55千瓦，后改换装机容量为一台75千瓦，发电机为沙县农械厂制造。电站年平均利用水能4037小时，年平均发电20170万度。

为建水电站，在距离电厂不远处的山沟新建一条水坝，拦住水坝上游6.5平方千米流域的水。坝长20.2米，坝高7.4米，为土石心墙混合坝。坝中之水由长达400米的引水渠流入蓄水池，再由蓄水池流入安装在电厂上头的主压力管，主压力管总长78米。主压力管共39条，每条压力管内径400厘米，长2米，直线拼接成一条长龙，斜卧在1:1.5斜度的陡坡上，颇有蓄势待发、俯冲涧底水厂之气势。水流就是经此条“长龙”居高临下直接进入厂房发电。主厂房长6.5米、宽4米、高3.6米。在主厂房发出的水电，经输电线路传送到8村3000多户人家，供各家各户夜间照明。

电站是利用水库放水和溪流径流水发电，梨庄水库主要是用于农田灌溉，因此电站是“日蓄水、夜发电”。在用电上，必须讲究节能，才能较好地分配电能。因此电站规定：各家各户只准许统一使用15瓦灯泡，在杂物间和无人居住的房间里是不容许装电灯的。每逢喜丧事，晚上需要电灯延时照明，要预约，电站人员对特殊用户会特殊照顾，关掉一些乡村的电，来支持特殊用户。大家都互谅互让，也都享有特殊时候优惠用电的权利，保证了有限的发电量能用到最需要的地方。

有一年除夕之夜，电站人员林修銮值班，他看到蓄水池仅剩下三分之一的水量，差点就会出现因缺水发电而导致大年夜停电现象。他奋不顾身由龙王坑发电厂房跑步上山到梨庄水库放水，才用20分钟就跑完7里上山路。其心系群众过年、热心水电事业的高度责任心令人感佩。

建造这座小水电站总工程量2.33万立米，投入总劳动力2.7万工日，其中民工2.07万工日，技工0.63万工日。水电站有行政人员1人，技术人员1人，电工2人，后来最多时发展到10名管理人员。工程总造价为7.11万元，其中国家补助2.7万元。小水电一直运行到1975年9月，时值福清大电网供电到来之时。考虑到安全诸多原因，并未实行并网，小水电站停止发电，原发电机仍由沙县农械厂回收。今日电站已彻底废圮。

如今上了年纪的百姓还念念不忘当年廉价的水电，每度电0.15元，家家户户都能点得起，很受群众欢迎。刚开始供电，一盏电灯每月收0.36元；后来给每个生产队各装一架总电表，按其所用电度数收钱，再由生产队分摊到户。遇上旺水发电量多，就适当延时供电，平时每晚6时到9时发电，有时遇上农忙，也供电给生产队集体打稻。总之，水电始终奉行支农惠农的宗旨，不存商业运营理念。只把它看作是梨庄水库之附属部分。

梨庄水库电站历经4年5个月运行，顺利完成了利民惠民的任务。它填补并满足了福清大电网供电到来之前北西亭百姓对夜间照明的强烈渴求，回想小水电站发电之夜，当家家户户电灯亮起之时，有的社员说：“把原先暗摸摸的‘鬼弄’变成灯光明亮的‘上海滩’。”从中也道出平民百姓盼望光明、盼望点上电灯、不满足于以前夜间单靠油灯烛火照明的现状。

40多年过去了，北西亭村五六十岁以上的长者永远记着：他们曾参与建设梨庄水库电站和当年共享光明的欢乐的情景；历史同样不会忘记，是梨庄水库电站首次点亮北西亭村家家户户的电灯。

2012年11月1日

风起云涌 5 万元

20 年前，郑先生包揽一项千万元的投资工程大获成功。工程接近尾声，股东们齐聚湖北工地，想最后一次领回投资的分红款。这可急坏了陈会计，因为结算款中的净剩款应为 12 万，其中 7 万元已被董事长郑先生挪用。郑先生将剩余的 5 万元于上个月先交与陈会计保管。陈会计与包工头郑先生是内兄与妹夫之关系。为慎重起见，陈会计还是给郑先生开出一张收条：

收　　条

兹收到郑董事长交来工程款 5 万元整。

此据

收款人：陈庆名

1995 年 3 月 13 日

郑先生用心保管着这张出自内兄之手的收条，好作为日后对账凭据。他只专心去筹划 7 万元缺款，以便兑现工程全部结算分红款。没想到股东们分红心切，不预先告知工程部便直奔湖北，经工程财务部门催促，郑董事长的 7 万元款项终于筹全并且在年底到位了。这对于从福建赶往湖北的股东们可是件大喜事，大家终于可以领到最后一笔工程款，让好聚好散的合作画上一个完美的句号，尽可高高兴兴回家过个舒心年。

分红终于可以进行了。

12万工程结算款在一夕之间就要被分割一空，这12万工程结算款是包含了寄存在陈会计保险箱里的5万元和郑董事长刚拿来的7万元。精明严谨的陈会计在分款前向其妹夫郑董事长索要当初开给他的那张5万元收条，预防日后空口无凭。但是出乎意料，郑董事长把这张内兄写给他的条子弄丢了。出现这种情况，却为难了陈会计。可是在座的股东们分红心切，都用传统的思维来看待这件事，七嘴八舌共执一词："哪有把5万元都分了，董事长会有不认账的道理？还敢说5万元还在陈会计手里。何况大家都是至亲，陈会计，大胆分钱，总不能因为你写给郑董事长的一张收条没拿到就把我们的事晾在一边吧。"

在股东的怂恿下，12万工程结算款转眼间瓜分一空，分别流入股东们的腰包中。

直冲着要钱的股东们没有想出"既能分钱又能弥补手续缺陷"不留后患的万全之计——请郑董事长再写一张条子，声明原先陈会计写给他的借条被他遗失，寄存在陈会计处的5万元已归还给他用于股东分红。如果这样，5万元款就不会再衍生出一场以亲情为代价的轩然大波。

刚过完年，一架载着郑董事长儿子和4位随从的黑色小轿车直扑福建福清陈府，来者手持陈会计去年3月13日写给他的父亲郑洁的收条，公然上门讨款，这是外甥向大舅咄咄逼人的代父讨款。今日外甥再不是昔日寄居舅父舅母篱下、忍气吞声、饱受照顾调教的外甥了，从其4位随从来势汹汹架势，便可知今日造访非同寻常。陈会计将收条的来龙去脉说与4位随从知晓，他们从中了解到"5万元借款未还"不是事实，纯属子虚乌有，便相约黯然退下。

10天后，当大家还沉浸在正月的欢乐里，郑董事长的坐骑又来到陈会计村里，公然要求村委会处理陈会计私吞他5万元工程款一事。当晚村委干部及陈会计亲属（也可以说是郑先生亲戚）齐集村委办公室。郑先生和陈庆名双方都作出陈述，公说公有理，婆说婆有理。郑先生手持物证——陈庆名亲笔所书借条，大言不惭振振有词，大有泰山压顶的态势。陈庆名详细陈述事件全过程。叙说当时他向郑先生要回收条，郑先生交不出收条，在股东们催着要马上分红的背景下，没等拿回郑先生收条就分红，致使酿成今日后患，真没想到自己的亲妹夫竟也如此丧心病狂，干出如此缺德的事！真是毫无诚信毫无亲情可言。

既然撕开脸面，一不做，二不休。郑先生满口强调证据，否认陈庆名所言，仍坚持“收条不假，欠款非还不可”的立场。

在座的村委和亲属听完他们的陈述，基本上也心中有数了。陈庆名见郑先生要以所谓的字条作为依据，便道：“好的，你手上有我写给你 5 万的收条，我还你 5 万，行吗？那我手中也有你儿子写给我几十万的预支条，也请你还钱！”庆名顺便向在场干部、亲属出示一张郑先生儿子 10 万元的预支条。

郑先生这时异常尴尬，后面的陈述也结结巴巴语无伦次了。庆名的这一招倒还灵验，以其人之道还治其人之身。因为要想用他妹夫的空头票据讹诈别人还不容易，光是他外甥采购物品写给他预支款项的条子忘记拿回、现在还遗落在他手上的就有大几十张。如果能将字条当证据，那还有什么事实真相可言了。

村委会委员们面面相觑，村支书发言了：“已经办结而未被人取回的条据不能作为事实本真的依据，而类似这样条子在我家里还多着呢，我总不能昧着良心再去到处讨债！但是为避免不该发生的麻烦事，诸位可不能麻痹大意，别小看一张小小的字条，它有时会被别有用心的人拿去作为呼风唤雨的工具。当事者切莫忘记，该是‘一手交条一手交钱’，还是要谨严处事为好。”

会议的裁决已很明确，村支书的话也很中肯。郑先生一无所获，反而赔上荣誉，岂止荣誉，还输掉宝贵的亲情——

事情虽然过去 20 年，身为同胞的兄妹两家已断绝亲情关系整整 20 年了。5 万元钱的代价实在不菲啊！ 20 年后的今天，因 5 万元钱造成两家的恩怨的鸿沟已无法填平，尽管胞妹“留下真情从头说”的恳求也无法挽回昔日宝贵的手足亲情。

“金钱可以成就一个人，也可以败坏一个人。”古稀老人陈庆名不无感触地说，“回想30多年前报考大学还是一位乡亲借给我5毛钱的报考费，就成就了我梦寐以求的大学梦，而20年前的5万元却轻易断送了宝贵的亲情，多么不可思议的金钱——看来成事不在钱之多少；多么不可思议的金钱影响下的人性——金钱既会把人塑造得高尚完美又会把人性无限扭曲；实在难以透析金钱驱使下的理念——金钱无时无刻不在诱惑挑战着人们的道德底线，折射出各自不相同的价值取向，或高尚，或卑微……”

——啊，风起云涌5万元！

2015年6月27日

向父亲交账

三年困难时期，南洋大哥给家里寄回一些钱，因为侨汇有附加侨汇购物优待券，在领取侨汇时一并发给侨汇购物优待券。我们可凭优待券到华侨商店购买当时紧缺物品。父亲很节俭，交代我们领取侨汇款后，将侨汇优待券用于购买平价香烟，再将香烟转卖掉，换回现金，以补贴家用缺口。遵父命，我同二哥一道进城。

到了县城，到银行先领回侨汇和侨汇优待券，我们就到华侨商店用优待券买了5条平价“乘风牌”香烟，拿到市场上出售，人家一看我们手上有香烟出售，纷纷来向我们打听售价。我们先是害怕有人跟踪，摇摇头，将刚露出麻袋口的5条香烟又放进麻袋里。当我们转移到另一个地方，这伙“二盘商”又尾随而至，我们兄弟俩相互示意要多加小心。

第一个商人来到我们面前，经协商，很快谈好价，钱来货去，第一条香烟卖出还蛮顺利。接着身后又冒出几个商人，他们想砍价，我们不依。二哥拿出香烟，说：“我们是刚从华侨商店买来的，要看货论价，一点不假，价格也不贵。”话音刚落，他们也不再讲价，蜂拥而上，4条香烟都被他们抢购一空。他们也主动付钱给我们。我也目不转睛地盯住他们，等他们付完钱才肯让他们离开。没想到买卖会进行得如此顺利。收好现款，吃过点心，我们便“打道回府”，我们一气走完20华里路途，到了“溪蔗坝”，老家就近在咫尺了，我们想到要核计一下今天的收支，好回去向父亲大人交账。

我们坐在一块大石头上，核算当天收支，账目很快显现出来：少了8元钱！

天哪，8 元钱，这非同小可的 8 元钱！它刚好是一条烟的现价。

我们找遍全身，依然不见 8 元钱。我搜索枯肠，脱口而出："莫不是被第一个买烟的人蒙骗了，他以后又拿了一条烟，我们误以为是他最早向我们买的那一条，其实早买的一条他早已藏在自己的手提包里了，我们根本无法瞧见那条香烟。而他手上拿到那一条香烟根本就没有交钱。"

"就是他——黄衣裳，蓝裤子！"二哥也想起来了，喊道，"第二次拿了烟，没再交钱就溜走了，我以为他手上的烟就是第一次已付了钱买的烟。真是……"二哥也表现出悔恨交加的模样。

我们追悔莫及，只怨自己不机敏才如此轻易上当。我们像泄了气的皮球坐在溪边大石头上。我们开始聊到今天损失了一条烟的价值，二哥说"可买一套衣服"；我说"足足可以买 100 斤盐（盐时价每斤 8 分），母亲煮菜都怕多用盐，要是不被漏收 8 元钱，我家可以好几年不愁用盐了"。

既然如此，往者不可谏，来着犹可追！我们不得不谈到回家怎样向父亲交账一事。我俩商量结果认为：回去不能告诉父亲"卖掉一条香烟没收钱"，因为那样父亲会大发雷霆的。

结果，对策有了。

二哥向父亲交账时，表情严肃。先如数奉上大哥寄回的侨汇，后梳理今天卖烟所得和其他开支："……用侨汇优待券买了 5 条香烟，转卖出去，起先 2 条卖出好价，每条 7 元；以后 3 条卖不了这么多，只卖 6 元，卖烟总得 32 元，扣除 5 条香烟成本价 20 元，实赚 12 元。扣掉两人的点心费 3 元，余下的钱额都在这里。"

父亲擅长口算，见账目清楚，也就不再追问其他的事。机敏的父亲最后还是吐出一句话："听人家说眼下烟价很高，其实传闻也不足信！"我在一旁静静立着，默不作声，但我还是听不明白父亲出言是否含有其他意思。

我俩权宜之计固然瞒过父亲的眼睛，但至今回想起来我们当时瞒骗大人也是一种不诚实的表现，心中总有一种一生难以抹去的愧疚之感……

1986 年 1 月 3 日

话捕鱼

孩童时代，兴趣广泛。捕鱼可称得上是其中之一。我不吃淡水鱼，可我对捕鱼却有着天生的爱好。

每当周末或放假，我总要约上同乡好友去捕鱼，一般会涉足洋片和溪流两地。

洋片是指作物生长片。鱼儿离不开水，我们把眼睛盯在有水的地方，诸如田洋的圳沟，把上游的水源堵住或引向他方，下游的水慢慢小了下来，我们就可以伸手捕鱼了。但此举要眼观八方，因为下游没了水，田间管理员就知道上游有人捣鬼，就会急匆匆赶来，我们只好半途而废，落荒而逃，不然被孙云十伯这样凶巴巴的田管员遇上，不但渔具不保，还要挨上几记耳光。

于洋片捕鱼确实有点风险，因为我们的捕鱼干扰了人家的灌溉作业，但转移到小池塘里捕鱼相对安全。小池塘里的水不多，我们站立池中，用脸盆舀干小池里的水，然后捉鱼，水快舀干时，我们会把畚箕置于池外，过滤混进浑水中的鱼儿，不让它逃逸，有了畚箕的过滤，再小的鱼虾也难以逃脱。待到池底朝天，我们便搜捕藏身在池边鱼洞和泥土里的鱼儿。“捕鱼时千万不能把手伸进露出水面的鱼洞，因为那样会有被蛇咬的危险。水中洞相对安全，即便触碰到水蛇，也是无毒之蛇。”这是邻居好友国兴告诉我的“捕鱼须知”，我至今仍谨记不忘。

有时我们也到油井破砖窑里捕鱼。破砖窑废弃后演变成一口水池，因处低洼位置，会有泉水不断从水池后边一个大洞里涌流而出。因而我们要不停舀水出池，边舀水边捕鱼，起码要二人分工合作。一次我与一位老兄合作，把窑壁后一个大洞用草块堵死几分钟，然后再用开洞搅拌的方法捕鱼，这也很见效：那堵在洞里的鱼儿因不堪缺氧的难受纷纷来到洞口呼吸，开洞时用锄柄搅拌污泥浊水，更令鱼儿难受折磨，这样鱼儿不得不从悠长的地下洞里晃晃悠悠出来，我们就能捕到洞里的鱼。

洋面捕鱼一般 2 人一伙，有时 3 人。捕完鱼要分鱼，分鱼前先洗鱼。有次在秋兰霞溪埔洗鱼分鱼，发现所捕多为泥鳅、鲫鱼、鲶鱼 3 种。我们就干脆按鱼种把鱼分成 3 堆，采用捉阄手法领鱼。我分到鲫鱼，宏达分到泥鳅，齐章分到鲶鱼。村上阿琪六伯刚好路过秋兰霞溪埔，他看到齐章分到鲶鱼，开玩笑说："齐章爱掏鱼洞，所以分到鲶鱼。"说得我们也捧腹大笑起来。

一次宏达捕鱼，掏鱼洞时不慎被蛇咬了，手脖子肿了起来。我闻讯赶到他家，见他哭哭啼啼，手上还留有毒蛇啮下的齿印。院子里的晾衣架上吊着一条被打死的毒蛇，有扁担那么长。我的心隐隐痛将起来，为了捕鱼的好友。

除了洋面捕鱼，也可到溪流中捕鱼。溪水自上游往下游潺潺流淌，有些桀骜不驯的鱼儿总要溯流而上，那我们就追逐它，让它藏身，再下手捉捕它。在溪里捕来的鱼特别清洁，我们直接拔起一根青草，下端打结，掰开鱼鳃，做成"鱼串"，提着回家，好不气派。

有时我们也到深潭里捕鱼，先在溪潭里游过几圈，弄出很大声响，惊扰水族，让鱼"回家"，然后深潜溪潭底下，逐一"抄家"，把鱼逮住。有时一次潜水不只捉到一条，就先把一条衔在嘴里，再捉另一条。但这样水底捕鱼，风险更大，水中石头不稳定，容易转动，就怕巨石压手，脱身不得；有的石头垒叠的石洞易进难出。因此最好要结伴同行，切忌独来独往，万一水下出现险情，也会有人救援。

毛毛细雨时节，夜间溪流里的螃蟹出入频繁，我们手持手电筒，沿溪而行捕蟹。白天捕蟹捕虾，可辅以钓术。先找上一只小青蛙来做诱饵，把摔死了的青蛙系在狗尾草的上端，手握狗尾草的下端，然后把它放在蟹洞较深处，蟹见之，举钳抓取，慢慢退出诱饵，螃蟹离洞口越来越近，直至将其捉住。捕虾比起捕蟹更为容易。草虾傻傻的，呆头呆脑。有的虾还害怕摔跤，被钓起时还使劲抓住鱼钩不放。但草虾落入鱼篓后会跳跃，因此鱼篓要加盖好。

农村遇旱溪水减少时，往往有人用茶籽饼和壳灰或农药来毒鱼，我们小孩也会赶往相关水域去拣捞毒鱼散伙后的剩余的小鱼小虾。听大人说，我小时在溪边拣鱼差点溺死，多亏邻居桂生七叔拉上一把才幸免于难。

记得一次冰冻的早晨，四坝“长衫鬼窟”深渊里的鱼因天气极度寒冷冻死好多。闻讯后，我们还是冒了严寒到了现场。拿了竹竿将沉鱼搅起，一一收入鱼篓。只是涉足水中，冷得浑身发抖。

我的父亲是一名田间管理员，每临秋季稻成熟时，总要提前为稻田排水，排水时间一般选在傍晚，并在排水口放上畚箕，用以盛接由稻田里顺水而出的鱼儿。大清早，家人总叫醒我去田间倒鱼。但有时也会发现畚箕空荡荡，一只蛇盘踞其中，吃尽鱼儿；有时也会遇到鱼篓和鱼儿两空的情况，那是清早被人洗劫所致。记得有一年，用畚箕盛接稻田放水这种不太费劲的捕鱼方法捕来的鱼我家竟吃不完，我和弟弟又不吃淡水鱼，妈妈只好将鱼煎好挂在竹篮子里晾。妈妈还特意关心到我俩，向父亲提议买一些别的菜给我们下饭，但多数时候都没法实现。母亲有时还将大鱼削除头尾，留下中间大块部分，用生姜驱除腥味，一再加工调味，试图引我尝试，但我还是不敢动箸。

也许是随着年龄的增大，我们不再东奔西跑；也许是进了初中后我的兴趣和注意力发生了莫大转移；也许是后来田间大量施用农药致使鱼儿几近灭绝的原因都是造成我们农村孩子不再钟情于捕鱼这项玩意儿，而移情别恋到更正经八百的事情上去了。终致风风火火的田间溪流捕鱼活动戛然中止、一去不返。

1986年1月22日

小学生活散记

我6周岁，到北亭中心小学读书。入学的第一天，就以响亮的哭声吹响了向知识进军的第一声号角。

一年级算术科老师布置作业：由阿拉伯数字“1”写到“3”。无奈我年幼低能，任凭从未握过铅笔的小手如何在作业本上比划也写不了一页数排令自己满意的 “2”“3”二字。刚睡下，又梦见作业本上歪歪扭扭的“2”和“3”，我惊梦恸哭起来。哭声惊醒了母亲，她赶忙到前落厝叫回在互助组开会的父亲。父亲见我写不好作业，自告奋勇，把着我的右手，写下两排“2”和“3”，但我总觉写得不标准，责怪父亲没有老师的水平，显然与教科书上及老师板书的“2”“3”差别很大。回想当初，一踏入校门，严谨认真就在我幼小的心田破土而出！

一年级我念得很差，勉强升上二年级，二年下期期末语文考试不及格，落到补考地步，但心中想升级的愿望异常强烈。补考语文我很紧张，虽然不是最后一个交卷，眼看陈老师在监考时就对交上来的卷子进行批改评分，下课了，我也交卷了。老师在讲台上继续看卷，我在一旁静候老师评卷，轮到评我的考卷，我也挤到讲台前，只见老师的红笔在我的卷子上勾勾画画，最后一个3分（当时实行5分制，3分算及格），让我过关升级。我如释重负，心中又燃起不灭的希望火花，那时刻，我多么感激老师，从那以后，我学习语文充满信心，在陈老师继续教我三年级语文时，我格外争气，每次都及格，我以我的刻苦努力回报老师当初对我补考评卷的“笔下留情”。

四年级念得很不错，也不那么紧张。升上五年级，第一学期我就失眠了。学校组织学生在校晚自修并在校留宿，晚上我们被安排在学校舞台北边附楼上睡觉。钟摆慢条斯理地走着，每到半小时就会响一次，无论我怎么努力强迫自己睡着，但总是难以入眠，还是念念不忘功课，适应不了变换的睡觉环境，直到下半夜钟敲3点，我仍要掀开被子，单身悄悄下楼，轻轻打开大门，径自披着月光快步步行回家睡觉。父母见我夜深归宿，没有责怪，反倒安慰我快快睡下，我马上入睡。我这一个难以适应临时变换的住宿环境的不好习惯很难改变。

由于我在学习上的进步，我加入少先队，担任小队长。在班级历任小组长、学习委员等职务。记得有一次我们第一小组还向班上其他3个小组提出学习挑战，并在送呈班主任的挑战书下面写上“说得到，做得到”6个字，使得班主任惊喜满怀，深深佩服我的胆量和组织才能。为了更好地开展学习竞赛，他把我所领导的一个小组拆散，重新组合了4个新小组，但尽管各组成绩起点不分伯仲，但经角逐，我所在新一组依然名列前茅。这时班主任再无重组小组的想法了。

随着语文成绩的提高，我在小学曾参加过讲故事比赛。当时上台演讲的次序是由评委来决定的。比赛开始，我第一个被叫上讲台，在众目睽睽之下，我流利讲完故事。第二天早晨到校上课，学校黑板上已公布出昨天讲故事比赛的获奖名次，我位居第一，当时获得的奖品就是一张粉红色棉纸油印的奖状和几根铅笔。领回奖状，父亲将其张贴在面朝大厅的家门口，每逢过年扫尘清洗门户，父亲都要郑重交代家人不要撕掉，这面奖状一直贴到我上了初中还留在门上。

小学毕业之际，因为我家庭出身不好，无缘进入保送提名行列，这也让我纯洁的心灵蒙上一层阴影。

在小学学习，在我的心目中堪称为人师表的当算陈华琴老师。他从小学一年带到三年。记得第一次野炊活动，我们二年级学生到龙王坑野炊。调皮的林后游同学把我骗到一个小小的土地庙（山神庙）的庙门口坐下，并吓唬我说“你对神不敬，神会惩罚你……”我信以为真，大哭不止，陈老师闻讯，来到我的身边，她也一屁股坐进庙门口，还对我说：“谁说神会惩罚，如果要惩罚，他也只会惩罚大人，因为小孩子是无知无罪的。”我的心才安了下来，不再相信造谣的谎言。多么可敬可爱的陈华琴老师，您捍卫了我圣洁的童年。

想想在小学低年级上学，经常受到调皮同学的欺负。有一天中午放学，我村一批调皮生对着我公然沿街齐声高呼侮辱性口号，恰遇我母亲上街购物，说了他们几句。以后这些调皮学生由于学无所成，纷纷留级辍学直至离校。

班上有的同学嫉妒我学习成绩好，便抓住我右手横掌的特点，编造出“横掌短命”的奇谈怪论来吓唬我。我不予理睬，他们也自觉无趣。

给我印象较深的还有洪家茂老师，他为人文质彬彬。一次下乡秋收，我咳了一口血，他还特地来到我家家访。1981年后，我在县城教书时，因想念他，我还通过我所教的一位学生找到了年近九旬的洪老师。50年后的回访让我深感师生缘分的珍贵。

我还记得一位教我自然的陈训灿老师，他患有肺病，一开口便咳嗽，一天他在黑板上写下一个大大的“雾”字，几乎占据了半边黑板，创当年老师“板书之最”。有的老师讲课时也把口头禅带入课堂。而今为师，敬仰当年老师优点，力避老师缺陷。

我在小学学习抄过一次同学作业，那是在小学三年级，我看到坐在最后排一位留级生的数学作业特别整齐，误以为是好作业，为贪图便利，照抄一顿。结果第二天作业本发下来，一律打叉。我真不明白这位学兄是怎么做作业的，老师也弄不明白我是怎么回事一反常态。自此，我誓不抄袭别人作业，完全培养起独立思考的能力。

还记得五年级的一次全县质检，一道数学题全班只有我一人做对，考了86分。数学老师表扬了我，因为全班“大翻车”，老师在讲评试卷后把原卷复印出来让全班学生重考一遍，我依然得86分，没想到却受到数学老师极其严厉的批评。老师在课堂上说我骄傲，我心里很委屈。

我在学习过程中的严谨，与父亲对我的教导有关。父亲任田间管理员时，叫我抄写生产队田间各块田地的名号。他念一句，我抄一句，我抄得蛮整齐。当他念到“阿干3分”时，我将“干”写成“奸”，父亲要我立马改正过来，我反而自辩：“反正你能看懂，干吗要改。”父亲勃然大怒，我才动手改正。之后，他还给我讲述“持斧杀人”（故意）和“溜斧杀人”（意外）的故事，道明一字之差，事关人命。

在小学，我也潜滋暗长了爱美的观念。例如，我的发型，从原来父亲指定的剃光头，改为平头、一边倒、运动头。衣裳总是不美，多用蓝黑色的粗布，由母亲亲手缝制。自己一直希望有一个新书包，但从一年级念到六年级，这个理想从未实现，都是背着二哥用过的篷布书包，还缀上不少补丁。直到考入初中，着装还是很古旧。在小学读书时，身边没有零用钱。

有次在家中翻箱倒柜，发现一本英文字典，父亲还告诉我，我们家只有大哥看得懂字典里的“豆芽字”，当时为他买这本字典花去好几担谷子。我们惊诧于大哥的学问，也了解父亲对读书的重视。

一次，我们小学刚刚开学，姐姐回家，我把分到的新课本，让姐姐题字，记得其中一本她是这样题的：“披着月亮，我送走一位姑娘……”当时读来，我可真佩服姐姐的文学才华。

回忆远逝的小学生活，期间有我的泪水、汗水，有我的勤学、严谨、尊师、爱美的地方。我命运多舛，即便求学的路坎坷难行，但我可以当之无愧地说：我永远是一个勤奋好学的人。

1986年3月9日

火灾前后

1962年冬天，我刚从福清八中转入福清二中读书。姐姐来校找我，他背着一个时髦的行李包，见到我后，就从包里拿出她给我和弟弟买的礼物——回力鞋。瞧那棕色的鞋面，白色的鞋带，黑色的鞋底，真让我喜笑颜开。想想今年春节能穿上好鞋，心里甭提有多高兴。因为过不久就要放寒假，我叫姐姐先将礼物带回家，也好让父母看看。姐姐在我的陪伴下出了校门上路回家，我从福清二中的校门口一直送她到大北坡，我在坡顶目送她下了坡才返回校园。

第二天中午，同班陈春生同学急匆匆跑来找我，上气不接下气地冲着我喊："你家失火了！"

我说："怎么可能。"

"不信，我和你一起去找刚才进城的拉板车的老乡，是他亲口说的。"于是他牵着我的手出了校门，就在后埔街不远处找到那位老乡，了解实情后，我克制不住悲痛，放声大哭。迅疾向老师请了假，赶回老家。

哪里有家呢？昔日的家已化为灰烬，展现在眼前的是灼热的瓦砾场，未烧尽的木头还在冒着缕缕青烟。残酷的现实，明明白白摆在眼前。哭声四起，有一位邻居公开指责我的父亲，哭闹很凶。

阳下乡公安特派员来村调查火灾实情并登记损失财产。论损失，要数我家损失最大，单单烧掉的房间就有4间，所有的家产全给烧光。

无处吃饭，无处住宿。振龙四婶妈怜我无家可归，把我们请进他家暂住，吃饭也是邻居多煮先请。父亲看到我身上穿着单薄的衣裳、脚下拖着一双破拖鞋，伤心到极点，哭着说：“这一年要冻死饿死。”

我的父亲当时蒙受了多少屈辱：眼睁睁看着自己平生含辛茹苦积攒的财富一夜间付之东流，一家大小无家可归。栽赃陷害父亲放火的莫须有言论甚嚣尘上，甚至连宗族本家也参与了迫害父亲的行列。在金钱财产和道义良心面前，小人之心昭然若揭。因为不参加迫害我的父亲，就无法勒索榨取我们的赔款。而父亲对这些全蒙在鼓里呢。有户人家先下手为强，撬开两落底前落一间未失火的我家空房，正在打扫那间本属于侨居南洋我的叔父房间，父亲还看不出他们要霸占那间房间的阴谋，还误以为是他们代为我家打扫呢。父亲简直成了迷途中的一只羔羊，丝毫察觉不出迫害正在一天天逼近升级，以致发展到那家两兄弟捆绑殴打我的父亲并合谋诬告是我父亲放火，要强制我家赔偿。

一场大火带给我们一家意想不到深重的灾难。

火灾过后，我帮父亲在自家的瓦砾场上挖掘翻找烧剩的铜钱残片，父亲翻出一片，我俯身捡起一片，把它放在烧歪烧黑了的搪瓷茶壶里。而有一家失火户居然说我家有烧不尽的金银，真是危言耸听血口喷人。

学校要期末考了，我赶回学校，可是我留在学校宿舍的口粮只有8 斤米了。好在在四坝田边一厘“八边地”里的番薯还没挖起，暂且还可应急一下。失火当晚，生产队正好分口粮，父亲把所有分到的稻谷全部装到楼上几口大缸里。使用滑轮拉谷子，滑轮绳索断了，断了又接上，继续拉完谷子。如果是“存心放火”，还这样去保藏粮食（其实等于断送掉粮食）？谣言不堪一击。我带上地瓜到校。欢欢喜喜穿新鞋过好年的愿望彻底破灭了，只想能存活下来就算是不错了。看到兄弟姐妹们逃出火海平安无事，心中也感到一丝喜悦！

可是身上的衣服脏了，只好再穿。从火中抢救出来的衣服也被失火户抢去扣留起来。回家时，母亲叫我出面到保管衣服那家失火户家里拿衣服，母亲教我对他老婆说：“我父母的衣服可以不取回来，但是我的衣服请让我先拿回去。”我本来不愿干这有损人格低人一等的事，但此时此景，只能委屈自己。到了她家，只见那位老太婆正在吧嗒吧嗒抽着水筒烟，一副傲慢的模样。我道明来意，她告诉我："要拿回你的衣服，我家同意；但还要叫她的二儿去问问其他失火户是不是也同意。"我退了出来，脸上热烫烫，心中的怒火在熊熊燃烧。大概是少年气盛，使得对面走来的她的二儿也有所顾忌，不得不屈从我的要求，我才有了换洗的衣服。

寄人篱下也不是长久之计，为解决较长期的食宿之所，我们搬到桥头新落底两间被人长时间借用的房间，受到祖枝三叔等乡亲的照顾和同情。初来乍到，父亲用棕衣铺地睡觉，连买张草席的钱也没有。政府救济受灾款也被失火户吞吃掉，我家没分到一分钱。那年冬天，多亏祖友十姆妈相帮，就在她老人家的房间里给我们让出一张床。我们就是在她的那房间里过冬的。

火灾后，上元大姐牵来一只羊，南洋大哥也汇回一些款，我们才稍微安定下来，可是我家又面临着一场洗劫。父亲在自留地里种上小麦，麦熟时节，他们谋划出动抢割麦子。好在当时我家划在第 5 生产队（另外几家失火户都划在第 6 生产队），多蒙祖枝队长支持，发动富有正义感同情心的社员帮我家割回麦子，才避免了一场抢麦风波。我家将借粮存放在生产队仓库，不让失火户抢夺。可是他们不但洗劫了我家所有东西，连门板也要搬去，实在太过分了。祖枝队长挺身而出："你们要抢劫，到石湖岭去抢，这门板属大落厝的，人人有份，不准动。"由于他义正辞严的阻止，那伙抢劫者的嚣张气焰才有所收敛，不敢搬动门板，但家里的一切物品还是被抢光，包括一只羊也被牵去杀了吃掉。家里徒有四壁，黑洞洞的。

一场没完没了的苦难还在延伸——

抢、抄、告，真是无所不用其极。父亲在这场灾难中首当其冲：重新戴上"四类分子"帽子，以致纠缠到拘留，直到他们得到赔偿为止，迫害才告一段落。

由大队调解，我家赔偿 1200 元，厝两间（一间为栏罗底前落叔父一间，另一间为猴毛厝一大间）。他们分厝分钱，各得所需。火灾给我们全家人带来重大灾难和财产损失；但它给我们带来的精神创伤远比火灾本身造成的财产损失更为严重。蒙难者包括国外大叔大哥和国内所有亲人。

关于火灾，应该说几户失火户也该满足了吧？可是到了1971年，他们又借口当初大队调解的赔款不够，又想再次掀起抄家之风，我家又被勒索800元，才算结案。一张赔款契约，一派胡言乱语！恐我日后翻案，逼着我们兄弟在契约上盖章签字。

纵观以往，正理难伸，冤假案件，横行世道。弱肉强食，只因家庭成分高，才给人留有手舞大棒、无情打压的机会。火灾过去好久，乡人也有评论。芳邻训加五哥就当众评议："祖云七叔当年没有站稳立场，实在不该参与迫害他的堂兄孙芝六叔（我父亲），只看一点点利益，全然不顾手足之情。"当年阻止入户抢劫的祖枝三叔在世时也跟其中一个失火户说："人家失火也是无可奈何，不该把手伸得那么尽。"既得利益的有些失火户内心也有所触动，对当时过激的行为也有所反省，正义的呼声多多少少也会影响并惊醒迫害者内心深处残存的良知。

追忆失火往事，难忘父亲怕我冻死的号啕痛哭，难忘训加五哥招呼我们暂住四婶妈家中的一片善心热情，难忘芳邻怜我落难邀我就餐的悲悯，难忘仗势欺人的恶棍出手扭打父亲的残暴罪行，难忘一身正气的祖枝三叔挺身而出发声喝止抢劫分子无法无天的洗劫行径，难忘五队好心社员帮忙我家抢收小麦的行动……俱往矣，重提正理、重申良知、重倡道义大有必要，应该认识到不拿不义之财、依靠勤劳致富才最光荣。这也许就是我对我家50年前那场火灾前后各人表现做出的综合评述吧。

1986年1月23日

少年历险

小学三年级，我很顽皮。一天傍晚放学回家，看到村里两位女生在路上学着盲人走路，好奇心促使我也闭上眼睛模仿起来。临近村口，要过一座平板桥，桥长 8 米，宽 2 米。我雄心勃勃依然不肯睁开眼睛大胆过桥。到了桥中心，我没把准方向，一脚踩空，噗咚一声，掉到桥下水里……

我浑身湿透，手里还握着下午在校做卫生时的畚箕，大概多亏了这手中的“降落伞”才保住我的命。我哭着回家，挨了妈妈一顿责骂。刚好父亲从农田回来，见状没骂我，只给我讲道理。当晚我的晚饭端到外面吃。那天父亲一句话至今我还记着：“学人要学好的。”

家乡溪边的向阳木（我们小孩管它叫“鸟梨树”）高耸云天，树上结满“鸟梨”，唧唧喳喳的麻雀整天藏身树上啄食鸟梨，我们为馋嘴的麻雀肆无忌惮独享果实而不平，于是便萌生采摘鸟梨分享野果的念头。

一天午后，我带弟弟来到溪边鸟梨树旁实地察看：树太高，估量直接上不了；但可借助溪边一棵小树连接鸟梨树的横枝到达鸟梨树采摘果实，估计横枝还不够粗，恐怕不堪重负，弟弟说估计过得去，他先来试试。于是我们都站在溪边上头，由弟弟踩着我的肩膀上到小树上，而后再踩着横枝上到鸟梨树，就在弟弟踩上横枝的一刹那，我的心砰砰直跳。顷刻间，危险发生了：横枝果然断裂了，弟弟掉到溪边坡地上，在溪里洗衣的邻居二嫂也吓了一跳。我快步流星下到溪边斜坡上，不知所措。弟弟肚皮肿起一个有乒乓球大小的瘤来。我赶紧扶着弟弟回家，我们兄弟俩都哭了，我真后悔让弟弟上树采鸟梨……

父亲在梨庄水库劳动，村上男劳力都抽调去建水库。

将近下午3时，母亲坚持要我去梨庄水库叫父亲回来。我独自一人，行进在通向梨庄村的山路上。凭着心中默记的村里老人的口头交代的路线赶路上山。夕阳在山，路远人稀，鸟声阵阵，满目凄凉。为了叫回父亲，为了弟弟，我壮着胆独自走在陌生的山路上。到了分叉口，我推断建水库肯定好多人走山路，路面经众人踩踏肯定光滑，我挑拣光滑的那条路走去。到了梨庄村，隐约可见远处草棚林立，又见近处道道粪坑，心里暗暗欢喜，马上就可以同父亲一起回家了。找到父亲，讲明来意，父亲去请假，指挥部不准假，父亲交代我回家后应该请姐姐回家协商处理。我擦着眼泪告别父亲独自下了山岭。天色已渐渐暗了下来，我心里很后悔，悔不该惹是生非，牵累亲人。

央人叫回在东田村搞血吸虫病防治工作的姐姐，姐姐回来，我与她走在村口，她爱抚地把手轻轻搭在我的肩头，一句句充满教诲的和风细雨般的话语，仿佛一下子让我变得成熟起来。

弟弟住进了福清医院。我把以往采来到鸟梨封装在搪瓷盆子里，舍不得吃下，留待弟弟出院回来一起共享。一天弟弟回来了，还同车载回南洋大哥寄回家中的两包面粉和四罐生油。我们是多么快乐啊！我端出装有鸟梨的搪瓷盆子，掀开盆盖，鸟梨已经熟透了，透红透红的，我把鸟梨送到弟弟嘴边，只见他无动于衷，眼巴巴地望着盆里的鸟梨。这让我难过极了。瞬间，我的脑海里闪过一幅幅画面：桥下、树下、山路、水库、父亲严肃的脸、姐姐爱抚的手、弟弟胆怯的眼睛……

少年历险，遇险无大碍，人生之幸运也。我和弟弟都在少年历险中吃堑长智、收获教诲、加速成长，此乃少年历险的不幸中之幸啊！

1986年1月20日

闲聊砍柴

我的父亲热爱劳动，他不但是一名有口皆碑的种田行家，也是一位名副其实的砍柴能手。我们兄弟虽无父亲一手砍柴的好技艺，但也经常上山砍柴，磨练意志，增进技能。

记得一次我们远赴长乐山砍柴。那天母亲为我们兄弟俩备好菜饭，装在大牙杯里，带到山上用作中饭。因路途遥远，我们早晨6时起行，下午3时许才能到家。连绵起伏的山岭磨损了我们脚下的草鞋，掏空了我们的肚子，让我们真真切切体验到砍柴劳动的艰辛。

我们兄弟砍柴的地点多数还是选在本乡本土山上野外。有时我们直接进到“三条弄”（由数座陡峭的山脉组成三条悠长的山沟）大山。砍好柴排成行晾晒在山上，过一两天再把柴行翻过一遍继续晾晒，两面都干透的柴草就可以收回。倘遇雨那可就麻烦了，要将淋雨的柴行再度翻晒，倘如此，就会影响砍柴的进度和草柴的质量。因此出太阳才是我们上山砍柴孩子们的迫切需求。

记得一次到龙王坑东漈山砍荆棘，东漈山当时虽处封山期，但民间有条约定俗成的规矩：“封山期间，上山砍柴火不行，砍荆棘可以。”我们就上山砍荆棘。砍荆棘不同于砍草柴，砍时就要把砍来的荆棘弄成一小捆一小捆的，便于柴灶烧火。我们借助小木叉先叉住张牙舞爪的荆棘，而后用柴刀砍下，再往地上铺有数根并拢似草绳的稻草秆上一放，马上捆绑成一小捆，如此往复，直至砍好一挑荆棘。但那天中午下起雷霆雨，一声声响雷惊心动魄，吓坏我们，一个伙伴竟被吓哭了。一旦雷响，我就叫大伙将柴刀投到山上空地，以免手握柴刀引起触电伤及人身。为了避雨，我们都躲到一块巨岩底下空地。好在雷霆雨来时匆匆去也匆匆，不多时我们又可以重操柴刀了。

砍柴的乐趣对于我们几位顽皮小孩而言莫过于肩挑柴担下山时刻，我们可以俯冲下山坡，到了山下，神气十足等着迟迟来归者。一路上没少唧唧喳喳的评论声，谁的柴担捆得最漂亮，谁砍到的柴最少，谁的“枪担”（两头尖尖的柴扁担）扎得最正……

砍完柴，卖了柴交学费。卖柴必须起得早，挑到北西亭柴场去卖，卖给城里来的柴贩子，他们用板车运回柴火转卖给城里居民。柴贩子对柴火的挑选标准极其严格，我们小孩总要面临被他们砍价的现实，往往卖不了合宜的价钱。

有一次，我告诉父亲在溪埔田头有一棵乌桕树大树头，我们小孩总想把它掘起，但掘到一半，却撼不动它，只好半途而废。父亲闻讯，欣然前往，挥动洋镐，叮当敲击，不多时，这个“大块头”——乌桕树头就被掘起了，大概有五六十斤重吧。看看父亲，额头渗出豆粒大的汗珠。

父亲在农闲时节也会带我们去砍柴，但去的地方往往不太远，都是村民不屑一顾的地方，即便在这样的烂地方，他也能砍出一堆堆的柴火。他砍柴技艺真让我们兄弟叹为观止。刷刷刷，就是一大把、一大抱。他还教给我对付劣柴的有效办法；只因我实在也不想安于砍柴，就难以心悦诚服去洗耳恭听他的砍柴经，所以也难得其真传。

上了中学，砍柴的机会少之又少，因为各地都在封山育林，一旦“开山”，分到家里的“柴山”，砍柴活也都是由父亲独包独揽，我们只是帮忙干些诸如挑柴这类用力气而非技术性的活儿。在砍柴能手父亲的面前，我们真的只能自惭无艺；但我们的目光总是“这山望到那山高”，总想找寻适合自己的一条新路子……

1986年1月20日

初次进城

少年的我迷恋城里的美景，渴望了解外面的世界。

每逢父亲进城，我总想紧随其后，饱览县城风光。严谨的父亲，哪里肯让我拖累他办事。即便进不了城，我总要焦急地等待他归来，分享他带回的城市风味。傍晚，父亲真的回来了，他出现在我的视野中：腰里绑着宽宽的皮革腰包，肩上扛着长长的晾衣竹竿，脸上洋溢着从从容容的笑意。我立刻接过挂在竹竿前端的竹篮，伴着父亲大人走进家门。那天，我们尝到父亲带回的县城美食，边吃边议："美食还是县里买的好吃……"

南洋大哥想念国内亲人，要父亲率领全家大小进城照张"全家福"寄给他。父亲领着我们进城照相，母亲提前为我们借好衣服鞋子。进城要走 20 华里路，但我们不怕，因为能亲眼目睹城市街景，再苦再累也心甘情愿。

走在路上，总觉得大家步行速度太慢。我心急如焚，跑在前头开路，与家人拉开好一段路，又折回来向双亲靠拢，而后又再往前走，又拉开好长一段路，又要折回靠拢，紧接着又往前走……如此往复不停。父亲见我在走冤枉路，有点不耐烦起来，叫我在前面稍等一会，何必老回头？我说我要是不回头走来，你们肯加快走路速度吗？父亲也只是笑笑而已，不置可否。今天想来，大人还要轮流背着小妹走路，能走出那样速度已经算是不错了，只是我年少，心中急切进城愿望太过强烈，即便他们走得再快我也是嫌慢。

记得那次进城，我们一家先到姐姐的朋友忠芳家。她家养了一头奶牛，黑白相间的斑纹，鼓囊囊的乳房，每天可以挤出好多奶，忠芳母亲忙着在灶台上煮牛奶，煮好后分装在开水瓶里，忠芳的父亲负责送牛奶到客户家，一头奶牛犹如一棵摇钱树，很好解决了他们一家的生计问题。

我一人待在她家的楼上，肚子饿得咕咕叫，半晌，记不得是姐姐还是谁送来一盆肉包和糖包，说午饭还要迟点，先吃包子止饿。我便不客气吃着包子。遇到肉包里的肥肉馅儿，我不爱吃，便掏了出来，把它扔到书桌底下。

离午饭还有一段时间，闲着没事干，忠芳的小弟弟领着我到楼下去看一位胖老头点汽灯，他经营修理汽灯和出租汽灯的生意。房间里摆满汽灯，这是我们乡下孩子从未见过的。客户提着或挑着汽灯来来往往。房间里还飘着肥肉的香味，他正用筷子伸进炖锅里，看看一块块肥肉炖烂了没有。老头津津乐道炖肥肉吃肥肉的神态不亚于传说中太上老君炼丹时的专注神情。

午饭后，我们全家就一起到县照相馆照相。照相师傅就躲在黑布底下，手中握着一个球状的气囊，为让小妹集中精神看他，照相师傅还手摇铃铛。只见他捏紧一下手中气囊，算是照好了。原来相片就这么照出来的。以后相片洗出来，我看看自己，表情也太过于呆板，站姿也过于造作了。姐姐站在后排，照歪了嘴，让我们大失所望。只有双亲仪态大方，二哥和弟弟神色自然，母亲怀中小妹睁着黑溜溜的眼睛看着前方。7人一张的全家福寄往印尼，不知印尼大哥看后将作何感想？

初次进城，总觉神奇。我渐渐长大，以后进入县城读初中，开门见街，县城在我心中已不再神秘了，更找不到当年初次进城时的新鲜感了。

1986年1月21日

漫忆开怀饮茶

春播时节，下地插秧，每逢冷雨来袭，父母特别关照雨中野外干活的弟兄们，一到家，一钵刚烧开的姜汤茶便摆放在饭桌上，散发着刺鼻的辛辣气味。我们立马换掉沾满泥巴的湿漉漉的脏衣服，在父母的催促声中，我们一起坐下，端起粗碗，豪饮盛满母爱的姜汤茶：喝下温热的姜汤茶，热量又重回我们年轻的躯体。农家兄弟有辛苦，也有家的爱。

又到了一年中酷热难挡的夏收季节，打谷机在田野中轰鸣，收割稻谷的人们顶着烈日在田间劳作，队长招呼大家就地稍息，我们席地而坐。挑谷的兄弟们将打好的稻谷挑回村里大埕晾晒，在返回田间时不忘捎来各家老人为其在烈日下干活的前方子弟备下的凉茶。茶水是用各种降热食材熬制而成的，有桑叶茶、绿豆茶、冬瓜茶、土甘草茶……挑谷的哥们刚放下盛满茶水的盆盆罐罐，一群好兄弟——年纪轻轻的农友伙伴，马上围拢了过来，端起家人特制的香茗尽情品尝，咕嘟咕嘟喝着凉茶，有的还大声召唤：“兄弟们，多流汗，快饮水！”高亢的煽情呐喊声刚过，紧接着是焦急的手下留情的劝诫声：“兄弟，留着点，天气正热着呢！”招来的是一声不软不硬的回应声：“喝点茶水有什么了不起，干吗还要‘留碗底’？”一阵消渴过后，还伴有饮后感言声呢——“还是六婶妈老人家烧的茶好喝！”你一言，我一语，各抒己见，众说纷纭。田间地头的“茶座”被年轻人炒作得异常火爆。自斟自饮，还不时伴着玩笑，男儿口干不客气，咕嘟，咕嘟，再咕嘟。凉茶入肚更来劲。

有位小兄弟不想粗鲁喝茶，他拎起箩筐里唯一的一把瓷茶壶，一表斯文就着壶嘴呷了一口又一口，身旁另一位兄弟因不满他太过于做作而又嫉妒他自我陶醉的行为，趁其不备绕到正在饮茶的小兄弟身后，偷偷地在他的胳肢窝里搔痒痒，致使他身体失衡站立不稳，因他嘴里还含着茶水，在被“偷袭”之下竟导致噎茶，茶水“井喷”，相去甚远，甚而溅到周围兄弟们脸上……在场的妇女也被他突如其来的“特技表演”笑出声来——“象鼻子喷水还蛮厉害”，有位大嫂开口 “点赞”。接着有人也微词相加揶揄那图斯文的小伙：“你是口渴喝水，还是把茶壶当成情人嘴碰嘴使劲亲？”大老粗的弟兄们用洪亮的笑声让斯文扫地，可怜一抹斯文的云彩就这样悻悻飘散而去……

田间集体饮茶，让人一阵清爽一阵消暑，胜似六月飞雪；大大缓解了大伙因闷热焦躁而导致的身心疲劳。饮罢凉茶，大家又立马离座披挂上阵各就各位，打谷机叫得更欢更响，镰刀的嚓嚓声急遽呼应响成一片，突显出“喝茶不误割稻工”的立竿见影的真实效果。

农闲时，一伙志趣相投的兄弟在初冬时节围坐到一位兄长家中，举行一场秋实冬藏的小型会餐。大家自己动手，采购食材，磨好米浆，轮番操瓢，油炸蛎饼。我们敞开肚皮分享家乡盛行的美食，油锅里的蛎饼发出丝丝的声响，一块块浮出油面露出峥嵘，金灿灿的。捞到漏勺放入盆中，稍稍冷却，便可享用，你一块，我一块，伴随着欢声笑语，一种民间逢年过节时才有的奢侈享受今晚捷足先登，互芬齿颊，满足感铺展在弟兄们一张张黝黑的脸庞上。当晚在那间寂寥悠长的“冯家底”一间单身汉的家里，好客的兄长满脸油光，招呼大家敞开肚皮吃蛎饼，大家边吃边聊，还指着他家墙上的宣传画指手画脚，画面上 20 世纪 60 年代末样板戏里的一群女演员正在热烈地持枪练兵，而我们一伙撑饱肚子的清一色的汉子却横七竖八相拥在眠床里谈天说地，话题扯得很远很远，娶老婆、生孩子……而眼前当务之急莫过于口干解渴。夜深舌燥漫思茶，虽无酒水助兴，却有桌面上一把陶瓷大茶壶里的浓茶伺候着一群不知天高地厚自诩的纯爷们，休闲的时光还算过得不错。屋外冷月当空，那晚兄弟们以茶代酒，“莫使金樽空对月”，觥筹交错，茶碗也能碰出情意无限，炉火映红四壁，干杯声、油炸声、谈笑声简直要把低矮的八字形的瓦屋顶彻底掀翻……

农村劳作，辛苦一场！当年每一次豪饮，虽然多数场合都是粗茶相伴，但都在释放愁闷找寻快感谱写情谊。无论是在父母目光睽睽下家中兄弟共饮姜茶水，还是身处闷热干渴的田间无拘无束地豪饮家乡茶，抑或蜷缩在哥们陋室集体共进美食后开怀饮茶，并由此派生出的“天真吐狂言”浪漫的一幕幕，无不体现我们那一代青年农民的豪放率直的性情。如今回忆起弟兄们欢聚畅饮时刻，依然留恋不曾忘却的青春岁月，依然有感于兄弟间的亲密相聚！

当年痛饮家乡茶，人们并不计较杯中所盛何种饮料。即便是充满苦辣味的姜汤茶，还是充满野草和泥土气味的乡下茶，抑或一捧沁入心脾的山泉水，也会在特别时刻令特别的对象沉醉其中，回味无穷……遥想 40 多年前农村哥们，因苦力结缘，一杯茶，一瓢水，也能让瑟瑟发抖的躯体升温，也能让干涸冒烟的喉咙生津，也能带给我们平凡人生一段难以忘怀的无比珍贵的欢乐时光！

啊，开怀畅饮时，让我思念到如今！

2016 年 4 月 1 日

雁过留声大梦山

——追忆1989—1990学年度福建教育学院广播室工作

1988年我来到榕城大梦山下的福建教育学院进修。翌年8月，被学院任命为该院广播室主任，主持学院广播室工作。追忆往昔，往事依然历历在目。

1989年9月，我们首先着手挑选播音员，以自身素质和播音水平两方面作为聘请播音员标准。我们充分利用戴朝阳副主任自身对播音的专长，先在中文系和英语系中挑选出6名播音员，每周每天一人主播，负责每日早晨7时前后和下午5时后这两个时段播音。早晨为主是转播中央台的新闻，下午为主播放本院专题节目。

为了稳健开展好播音工作，我和小戴商量，把上任两名一男一女2位播音员留任，他们是李财源和王笑芳。留任他们，在我们播音团队建设中切切实实能起到“传帮带”作用，有利于整体播音工作的提高。另外还要再选出4名89级新的播音员。选择结果，男播音员为89级中文系黄寿武和89级英语系刘斯珍、郭淑敏、邱红琳。因为我院播音设备简陋，不时会出故障，因此我们增设一名88级物理系林诏南同学为维修员。当年广播室团队就是由88级和89级学员9人组建而成。

说起挑选播音员，给我印象最深的要算黄寿武同学来广播室面试的情景。当天下午，他穿着一件草绿色的服装，矮墩墩的个头，络腮胡子，满脸笑容可掬。一见面，这位闽北小伙子给我留下的第一印象是朴实。第一次面试没过关，以后接连又来了两次，其“三顾茅庐”的诚心打动了我们，在相对语音精准的各位被录用的播音员面前，黄小伙难免就显得有所欠缺，鉴于他的诚心和表示“让他试播一周”的请求，我们又考虑到“男播音较难寻找”等因素，我和小戴最后还是留住这位热爱播音工作的黄寿武同学。他高兴得不得了，在以后的播音中进步明显。

除了虚怀若谷天天向上的小黄，其他6位播音员在播音时基本上都能做到字正腔圆。但鉴于他们音高音色呈现出的各不相同的特质优势，并结合他们的个人爱好和节目需要，每人每周一次的主持播音的节目均帮他们做了“量声定制”。

王笑芳主持“唐诗宋词鉴赏”栏目。她是两届都在学院广播室播音的女主播，她的播音曾得到时任院长马瑞生先生的肯定。她的音速节奏音准仿佛与生俱来，犹如经过专业培训一般无可挑剔。学院开播该节目时，颇有“行人驻足听”的效果，陶醉在她所营造出的平平仄仄的语境中。正如她对自我播音工作的感觉一样——“诗心诗魂一棵草，圆声润语一笑芳”。学院师生大多认同她清脆抒情的播音效果。

刘斯珍声音洪亮穿透力强，就让她主持“一周新闻摘要”节目，这也符合她风风火火，干脆利落的语言风格。郭淑敏声音绵柔语速偏缓，就让她主持谈心式的节目，能带给人们如沐春风润物无声的感觉。特色不太明显的播音员就让他们主持自我设计的有关与大学生思想、文化、志趣、成才、健康等有关的节目。各位播音员都要提前备课，带着围绕所确定的命题去准备播音材料准时到达广播室，广播室备有录音盒，可用于插播音乐，也可供播音员需要提前录制录音带时使用。

每天清晨，大梦山的晓岚尚未散尽，第一缕的晨光刚刚投射到福建教育学院的校园怀抱时，我就早早开灯起床了，迎接早播的播音员，接着学院便响起我们播音员亲切的问候声，广播也在催促昨晚辛苦工作学习的师生员工起床，开启他们一天的新生活。万一轮值的播音员迟到，我会按时打开播音按钮，先播出一段音乐，那么当班播音员便会迅速跑进广播室开始播音。不过这样的情况很少，因为我们全体人员都有高度的责任心。对学院交给我们的任务郑重其事，不敢有丝毫的怠慢。每月例会，我们在回顾总结播音工作后，就请学院宣传部郑劲苗部长和邓先朱部长作指示，总听邓部长说“学生会，学生自己就是会”。即便得到领导的信任肯定，作为学院学生会干部（院学生会学习部副部长）的我越发觉得身上担子的沉重，越发努力配合学院搞好舆论导向和思想宣传工作以及我责任范围内的工作。

每天下午 5:00 时，第二次播音开始，我要预先到设在学院宿舍楼一楼过道的投稿箱开箱取回当天学员来稿并进行审稿改稿，然后把改好的需要在当天播出的稿件放在播音夹里供播音员阅览播音，遇上疑难读音，播音员会自查字典，以保证现场直播不出差错。选用稿件以安定团结为主，个别有争议的观点就不在广播中出现，避免引发不必要的矛盾。对于重复内容的来稿，则采用“择优录取”。下午播音，正值学员在食堂餐厅用餐时间，大家围拢饭桌一边共进晚餐，一边又在免费享用我们为全体学员奉献上的精神食品。我们的播音内容也自然而然成了大家茶余饭后的谈资，大大丰富了他们的精神生活，也促使我们不断改进工作、提高进步。

我们除了播音，每逢报告会、晚会、运动会都有我们广播室工作人员的参与，有时甚至把我们的音响设备搬到现场为活动服务。

在广播室工作人员中，我的年龄最大，其余 8 人都较年轻，他们对我都很尊重，大家亲如一家，胜似兄弟姐妹，我们在一起工作都很愉快。有一次周末，我回福清老家，他们那晚聚在广播室联谊，留下一段录音和一些果品，次日清晨我自福清乘早班车到达学院，打开广播室之门，见到果品和留言，听到录音，顿感温暖如春，小弟弟和小妹妹们带给我一场意想不到的惊喜，至今回味彼时彼地场景，格外甜蜜。

还有一次周末，我本来决定要回家，两位部长说周末邀请广播室全体工作人员到鳝溪游玩，我因归心似箭，向领导请假，部长说：“集体活动，头头不能缺席。”我最终还是去了。投身大自然的怀抱，我们如鱼得水。在山青水秀的鳝溪，大家放松心情载歌载舞，黄寿武和我不会歌舞，在舞曲响起时，邓部长拉着黄寿武教他学舞，小黄扭扭捏捏的舞姿惹得全场捧腹。刘斯珍、邱红琳、王笑芳、李财源、戴朝阳、林诏南与两位部长也一起在大自然铺设的绿茵地毯上翩翩起舞，多才多艺的李财源还模仿杨尚昆主席的语音表演一段脱口秀。还是因了邓部长的一个主意，不想让我光当观众，他提议要我来一段诗朗诵，要我朗诵不久前发表在“大梦山笔会”上的《与妻书》那首诗，我不敢推辞，竟然手执一根绿草，放声朗诵：

……

当我写着这遥寄的诗行

也许你正坐在窗前

看孩子做着作业

也许你已步入梦乡

同样重温十九年爱的航程

两年的时间弹指挥间

我会再度驶回平静的港湾

在你的微笑中停泊

如今，我纵航行千里万里

也永远驶不出您的心间

诵罢，大家报以热烈的掌声，但在伶牙俐齿的同伴们面前我自觉汗颜不已，我不合格的普通话显然是在献丑；但我能在此绿水青山间借诗坦然表白，还是应该感谢邓部长和同事们的善解人意。

在学院领导的关怀下，在全体广播室工作人员的通力合作下，我们顺利完成了 1989—1990 学年度的播音任务。俗话说“雁过留声，人过留痕”，当年我们全体广播室工作人员犹如一行大雁，翩然飞翔在大梦山下的大学校园上空，用我们的洪亮朗润的声音歌颂青春、宣扬真善美，讴歌改革开放的新时代……

回首 26 年前，我在完成两年“专升本”学业的同时，又能与学院广播室同仁们一道奉献给母校师生一场终生难忘的广播，实感荣幸！当年那穿越时空的广播声依然铿锵悦耳扣人心弦，依然经久不息地萦绕回响在我的耳畔……

2016 年 4 月 9 日

怀念弄头景观

20 世纪六七十年代，家用电器在农村尚未普及，夏天乡村百姓为躲避酷暑，经常选择弄头纳凉，以缓解闷热天气的侵扰。

我的故乡北西亭是著名侨乡，民居建筑 “大扇厝”鳞次栉比。每座“大扇厝”都不建围墙，大厝与大厝之间总会自然留出一条弄子，便利各座“大扇厝”人家自由出入边门。在这源于礼仪出自礼让而生成的长长的弄子里，其中弄子和边门交接处往往是绝佳的通风口，穿堂风经常眷顾弄头。

夏天，中午歇凉的男女老少经常聚在弄头就餐，分享其间可遇不可求的“八面来风”，好让丝丝的凉风风干身上的汗渍，驱散内心的火气。有的农民干脆赤膊躺倒在弄头的青石板凳上美美睡上一觉，待过午时段再进食一餐简便的点心（民间称之为“四顿饭”），而后重新回到田间劳动。故乡许多处弄头均成了乡亲们夏日里午间临时乘凉避暑的好去处，凉爽的弄头曾一度被代代老农用 “南风头、北风尾”加以褒扬。

盛夏，一条弄子甚至会有两三处歇凉点。有的这处歇凉点可以望到别处歇凉点，特别是各座大落厝边门成一条直线的弄头。各个弄头里的人物行动平视可见一览无余：有的絮絮叨叨在拉家常讲世事，有的因陋就简在地上下起小石头棋，有的全神贯注在和声细语地含饴弄孙，有的优哉游哉在分享乡村风味小食，有的竟如痴如醉沉迷在奇思妙想中……

少男少女躁动不安的情感也伴随着炎炎夏日在升温，有位回乡“知青”

有感于当时弄头的烂漫温馨的景象，竟以《白纱布》为题，挥笔写下一首叙事抒情诗：

白纱布 白纱布 轻轻薄薄出机杼
纯纯白白多简朴 妈妈用你铺蒸笼
蒸出香香万万千 互芬齿颊全家福

白纱布 白纱布 邻家之女初长成
排排坐来纳凉风 纱布飘飘乱我眼
透过细细小窗棂 羞看玉兔不敢言

诗中，农村生活的情趣通过轻纱包裹的意象微妙含蓄地呈现在我们眼前。通过描绘弄头邂逅的口福眼福，显现作者对农村劳动妇女由衷的讴歌赞美和对农村姑娘萌生的初恋爱慕。诗句描述发生在弄头里青少年的朦胧情愫，自然而然激发起背井离乡游子“一弦一柱思华年”的思乡潮汐。因为故乡的弄头飘荡过浓浓的乡音，演绎过代代美丽的乡情，也曾承载过老华侨们儿时的记忆和梦想，故乡的弄头也理所当然地触碰到他们心底的乡愁……

当年的弄头，总成为安土重迁的农人常来常往的午间休闲区，弄头的石条石板石块，都被祖祖辈辈的庄稼汉们的咸涩的汗水洗磨得光溜溜的。老年人在那里补充睡眠，中年人在那里回味世事，青年人在那里猎奇惊喜……

一处处弄头， 占据着“天时地利人和”；蕴藏着一道道不可复制的风景，讲述着各自版本的民俗风情，展现了当年农村百姓休闲生活的画卷。一个个情态各异的“镜头”，透露他们因人而异的生活渴望和理想追求；一个个凡夫俗子的一举一动，诠释着农村百姓的生存方式和生活状态，无意间成就了发生在故乡热土上的原汁原味的胡同文化……

酷暑把村民逼进弄头，寻找一方临时庇护所；弄头也果敢成全绘就了一幅幅温馨不朽的画作，永久定格在曾经的每一位亲历者的心目中……

同样因了酷暑难退和村民的夜间纳凉的需求，晚间的弄头依然不歇业，还在加班为民服务。

因为天刚黑，乡村屋里蚊子此时此刻都在热火朝天喧嚣“圆巢”，吵闹声震耳欲聋，农民借助“蚊香”和点燃驱蚊草来驱蚊，试图扑灭蚊子愈演愈烈的“圆巢”盛会的嚣张气焰。屋内生烟驱蚊，农友们只能走进弄头纳凉。带上一把扇子，对付屋外蚊子，弄头多多少少有点风儿，蚊子比屋里少得多。细心的大嫂当天傍晚已在弄头铺设的各块大石头“座椅”上浇上好几桶清水，让久经一天烈日炙烤的大石头和弄子渐渐冷却下来。晚饭后，大家洗浴干净，换上被日光晒干的香喷喷的衣服，到户外纳凉谈天。

各家各户扶老携幼入座弄头，坐定之后，轻摇扇子，静下心来乘凉。随行的小孩偏着小脑袋聆听爷爷奶奶讲述远古的故事，萤火虫不约而同翩翩飞进弄头狂欢一阵，停在小伙小丫的头上肩上背上，“小灯笼”一闪一闪的，跟着大家开着玩笑做起游戏，引得人们伸手捉拿，萤火虫见状赶忙停止游戏，自个儿提着“灯笼”飞向远方……

让我们惊奇感动的是，四伯公卧房位于弄头的那面墙上有一处钵口大的墙洞，里面居住着喜鹊一家子。暮色沉沉中，喜鹊妈妈依然在捉虫觅食喂食雏鸟，每一趟衔虫归来，总引起一窝雏鸟情不自禁的欢呼哗然。四伯公告诫大家，千万不要伤害益鸟喜鹊，他宁愿自家墙体损坏，也不会去损伤喜鹊一家的一根毫毛。老人的爱鸟情怀着实让在场的男女老少感动不已。

蝙蝠像黑色的闪电在弄头上空翩翩飞舞，辛勤捕食蚊子。个别蚊子潜伏在我们身边作乱，回击它们的是一声声蒲扇的扑击声。墙角蟋蟀的长鸣声像给炎热夏夜里纳凉的人们吟唱催眠曲，可我们一点睡意也没有。

过了一会儿，飘来一股香味，紧接着是六婶端来刚从蒸笼里拣拾下来的热馍馍，笑盈盈来到我们中间，请我们品尝她家新炊的香馍。大家更不愿散场“打道回府”，谈兴更浓了……

夜深风起，丝丝凉意夹杂着从田野里稻谷的飘香气味一股脑儿闯进弄子，让乡村夜生活更有滋有味。此时弄头里弥散着农家乐食品的香味和久久盘踞在人们心头驱之不散的弥足珍贵的乡土人情味。

消解掉一天劳动累积在身的暑热后，身上也有些凉飕飕的感觉，大家方才自愿回屋休息。有时碰上调皮的孩子不回家，大人也会讲述妖魔鬼怪的故事吓唬小孩，逼使他们乖乖跟着大人回家睡觉。但此招也有不灵的时候。

多么接地气接人气的弄头小聚，一幅幅景象活灵活现，仿佛就发生在昨天，那么亲切惬意，不觉让我顿生怀念之情。而今城市高楼里的笼居和农村别墅的高墙截然阻断封闭了当初弄头的人文景观，衍生出一幅幅单门独户不便往来的尴尬图景。居家空调和电风扇让乡亲止步客厅落座沙发，造成当今夏季弄头景观的萧然消失。此时此刻，不能不让我格外怀念那曾给上辈和我辈营造出一方和谐温馨氛围的远逝了的故乡的弄头景观！

2016 年 6 月 4 日

拜年的记忆

拜年的记忆令我终生难忘。

20 世纪 50 年代到 60 年代期间，我曾作为寒假回乡学生追随本村干部率领的拜年队伍去向村上军烈属拜年。参加慰问军烈属拜年活动是自愿参与的，其中以寒假回乡干部和回乡学生居多。大家一路鼓乐齐鸣吹吹打打，挨家挨户给军属烈属拜年。每到一家，就燃放鞭炮，领队的村干部给军烈属献上贺年信和数张年画，寄托大家对军属烈属的问候和祝愿。然而一张拜年年画却深深定格在我脑海深处，那是一张牛郎与织女七夕相会图，无数翩翩飞翔的喜鹊衔着树枝争相为牛郎织女搭建鹊桥，牛郎织女这对恩爱夫妻正是在万千喜鹊的帮助和祝福声中走上鹊桥执手相会。吉祥如意的寓意不言而喻。军属烈属在拜年长龙到达时就端出果盘笑脸相迎，答谢乡亲给予他们的尊重和荣耀。给军烈属拜年拉开了一年一度的正月初一声势浩大的拜年的序幕，接下来的是家庭内和乡亲朋友间的互拜。

我清清楚楚地记得 1961 年春节，自上海同我姐姐一道南下来到我们老家过年的姐夫，在正月初一早晨双手作揖向父亲大人拜年，他的拜年贺词是“新年好”，他拜年的姿势是上身前倾、双手举至胸前抱拳作揖。姐夫毕恭毕敬的拜年情态充分体现了一位新女婿对泰山大人的无比敬重。在一旁悄然观礼的我们，也从姐夫憨厚的拜年礼节中领略到“礼”所具有的作用和意义。满面笑容的父亲用生硬的普通话连声回应姐夫：“好，好，大家新年好！”

感人的翁婿交流的一幕就这样温馨地深刻地影响着当年尚未成年的我和我的弟弟妹妹。

20世纪70年代，集体向军烈属拜年一事多被村干部们在年底里包揽完成了，村干部一班人马带上慰问品或慰问金登门给军烈属拜个早年，拜年的形式也由大张旗鼓转而微服出行，目的是为了让大家在正月初一都能腾出更多时间走亲访友和相互间串门拜年。时值改革开放年月，乡亲们相互拜年更为频繁，村道上像走马灯一样流动着拜年的人群，你唱罢我登场。落座客厅，畅叙今昔，展望未来，拜年的话题更为广泛，不但局限于一两句的寒暄和吉祥语，更要相互介绍一下一年来闯荡外面世界的成果和心得，和交流谋划新年的奋斗目标。此时，借改革开放的东风，拜年的果盘也丰富得多，名牌香烟、各地特产也为当下拜年增色不少。

1982年春节，我虽来到县城中学教书，可我还是精心准备还乡过年的拜年果品，我特地买回各类农村孩子们心目中喜欢的名贵糖果，给正月初一来我乡下陋室拜年的小朋友以独特的感受和启发。2016年2月，我在家乡碰上当年曾到我家拜过年的乡亲，时过34年，当年小姑娘如今已为人母，她还是那么津津乐道满怀深情向我讲述了当年到我家拜年的真切感受："有一年初一，我就是到了你家拜年，才有口福第一次认识并吃上巧克力糖果；正因你家糖果好，我们一群拜年的男孩女孩在初一早晨曾先后多次上你家拜年，师母一点也不嫌弃吝啬，照样热情地给我们分发好糖果……"乡亲数语，让我体会到家乡人对美好事物的深深怀念。的确，当年大家舍得用名贵糖果装盘款待上门拜年的小孩在村上并不多见，招待小客人更多的是诸如花生瓜子一类的坚果；农村小孩平时少吃糖，只有在男女结婚场合和华侨衣锦还乡之时才能分到免费糖果，我置办各类高级糖果的目的并不是为了自我摆阔，而意在让他们通过吃糖，激励他们努力向上的动力，促进培养他们更加渴望了解外面精彩世界的愿望。也许吃过糖的小朋友并未读懂当年一位教师内心深处所蕴含的殷切美妙的良苦用心。

初一例行拜年，农村小孩很主动，初一起得早，扎上红头绳穿上新衣裳臭美臭美，特殊的时候总该有个特殊自我良好的感受才是。大人也一样，平时素装成性的大嫂也一反常态烫起头发穿起高跟，平时深藏于胭脂小匣的首饰也敢于拿出来佩戴于公众场合显摆显摆；甚至连老实巴交的老烟民也抽起高档香烟在年轻人面前神秘兮兮吞云吐雾，以致小伙子们刮目相看。人人都希冀在特殊时日应该有特殊展现，竭力在渲染体现新年的进步和富有，不负这大好时光大好年华。正月初一携儿带女走亲戚回娘家向父母拜年，也成了一道乡村亮丽的风景线，用不着“左手一只鸡，右手一只鸭”的劳顿，轻轻松松常回家看看，人到礼到，向父母拜年的底气更足。

我在 1982 年 4 月就举家进城，极大疏远了农村依然热火朝天的拜年习俗。当下单位里的拜年也由原来登门拜年渐渐演变成由工会组织的正月初一早晨集体团拜了，老师们个体间的拜年也多以电话、短信、微信、视频为主。而最让我快乐的是来自天南地北天下桃李的问候，五湖四海的学生纷纷来电给我拜年，更多会扎堆在除夕那天，手机电话声此伏彼起不绝于耳，让我应接不暇，这跟他们起初采用寄贺年卡给我拜年的方式截然不同，应该说更便捷更环保。天涯成咫尺，足不出户的拜年已成举手之劳。远在他国异乡打拼发展的学生们将一句句火热的拜年语言通过电波亲热传到我的耳中，呈现在我面前手中可视可感的视屏上……拜年绵延着师生情谊，宣泄着久违的想念。

但我在大年初一，总会格外想念传统形式的拜年，有时还会特地亲自驱车应邀回到故乡，拜会兄弟姐妹、父老乡亲，与他们唠家常、道平安，实现面对面的促膝谈心的情感交流，零距离的拜年似乎让我的内心更熨帖更温暖！面对“恭喜发财，红包拿来”的相见不相识的童稚时，理所当然会乐于回应表示一下吧！即便爱不发声，也会早早有所准备，带给小可爱们的自然是一份长辈给予他们的一丁点儿殷实的新年纪念、新年期盼和新年记忆！

拜年是中国民间的传统习俗，拜年的类型固然多样，但其精神内核依然鲜明，它传递着儒家遵从的长幼有序、尊老敬老的美德。续写着家族邻里、亲朋好友间以礼相待的情谊。在辞旧迎新的时刻，相互表达美好祝愿的拜年方式必将代代传承、经久不衰！拜年的一举一动犹如构建和谐社会和谐家庭的一砖一瓦，默默铺设出一条条人际交往中人心相向而行的康庄大道。

2016 年 7 月 9 日

梨园快餐

1976年，我被抽调到漈头果林场劳动。炎炎盛夏，为躲避酷暑，场长把队伍拉进梨林除草。梨林与果林场小楼相隔300米，周围被油茶树围得水泄不通，里里外外的油茶树掩盖了群山脚下幽幽山谷里的一片梨林，造出起起落落的一方幽美的梨园风光，要不是身临其境，也难以读懂“梨花一枝春带雨”“落尽梨花春又了”“粉淡香清自一家，未容桃李占年华”“白锦无纹香烂漫，玉树琼葩堆雪”的四时景观。

夏天的梨园，舒展的片片梨叶交相掩映，遮蔽了蓝天白云，绿荫匝地，我们果林场队员就躲在梨树下锄草，鸣蝉也躲在梨树树冠里，给我们唱起千年不变的古老歌谣。我们一边锄草，一边欣赏来自头顶树冠音乐厅里小小音乐家卖力的歌唱。梨林底下无风无阳，比起梨园外的别的地方，总算清凉了许多。

午后锄草劳动，虽算轻活，但盛夏口渴难受，大家不时坐在树下稍加休息，有的队员拿出卷烟消遣，有的队员倚锄消困养神，有的队员举头仰望树上，一天比一天长大的翠冠梨充满诱惑，队员们希望天上掉馅饼的可能性几乎为零，几位老队员打开话匣子议论纷纷：“回忆去年里美村老俞来我们果林场承包桃梨，几次亲自投桃送梨给队员们尝新消渴，承包活动结束，还请全体队员共进尾牙宴。他们的客气大方也得到回报，感动了天天在桃树梨树下劳动的队员，大家不忍心随意去动人家承包的果实，完全没有‘近水楼台先得月’

的私欲邪念。罕见今年本乡本土承包商，个个吝啬透顶，收完桃子，连一根桃毛都不留下！上几次摘桃，他们连挂嘴吃桃的话都不敢说。一声不吭一心只顾多捞些钱财，根本看不起我们穷光蛋。可恨今年桃梨比起往年更有望丰收，真是越吝啬越发财，真见鬼！”梨园里充满老队员的满腹牢骚和怨言。场长刚抽完一根烟，又续上一支烟，他拿着一根小枯枝在刚锄开的梨树地里画来画去，似乎在思考如何排解眼下新老队员心中愤愤不平的情绪，又像是在评估近年各家承包商的经商之道。终于场长自己也按捺不住激动的情绪插话进来：“往年外地承包商审时度势，收买人心。有的承包商还将果林场屋前几棵桃树作为献礼划归我们队里所有，不纳入承包范围。去年承包商老俞善解人意，他跟我讲：‘要是看到队员摘果子，我总唯恐躲闪不及呢，生怕队员看见我不好意思。’他还说：‘几粒小桃小梨能值几片小钱，就怕请人家尝尝都请不到，还能不给人家面子？我一双眼睛怎能比得上你们十几双眼睛，你们本地人对果树分布位置等情况比我们要熟悉得多，要偷摘果子应该说是易如反掌。老俞这人就是老实巴交，为人厚道，心诚至极，人情味浓烈。承包时除了山上野猫糟蹋几粒果子外，我们队员一粒未动……”场长一席话，强烈对比，观点鲜明，但暗藏杀机，极富煽动性，不知将会引领队员走向何处？但也不知在场的树上的翠冠梨和知了们也能听出场长大人感言的弦外之音吗？而我却闻到话里散发出来一股幽微的火药味。

梨园锄草已两天，大家情绪一直欠佳，大家也不爱交谈，死气沉沉默默劳动，手动口不动，像是被关了禁闭一样。第三天，天气更热了，林场劳动地点依然选在梨园。午后，有的队员吵着口渴。场长伸手摘下一粒梨，扔向喊渴的队员，这颗划着弧线的翠冠梨就像一枚升空的信号弹，向大家明白传达了心领意会的即将发起的冲锋陷阵的信号，大家纷纷紧随场长其后开始摘梨，场长坐镇梨园神态自若并无制止意思。梨园接二连三响起噼噼啪啪的摘梨声，大家大快朵颐，场长也不例外。梨园顿时成了快餐厅，大家无需别人端上食品，只顾自己动手随心所欲信手拈来快速就餐，大家一言不发，尽情享受“免费午餐”，再不要像先前一样拘拘谨谨望梨止渴了，现场的气氛异常活跃。我被眼前突如其来的景象惊呆了！当在大众中蓄积已久的抑郁情绪一旦被点燃的时候，就有一种一触即发的燎原之火接踵而至。我在队友的暗示启发下也开始尝试伸手摘梨解渴了。笨头笨脑的我还以为场长肯定已预先与承包商通气商量过，要不然怎敢如此轻率如此毫无顾忌在承包商一个都不在场的情况下先斩后奏解除禁令？

连续两天，队员一到果林场时就问场长劳动地点，场长说：“你们说呢？”大家众口一词：“罐头厂！”。“看来你们口还渴着，走吧！”……

连续三天，我们美美品尝着我们曾为之付出汗水的梨树结出的香甜果实。我们队里有一位老队员接连一周时间呆在家里、有事没来果林场出工，他也是承包今年场里果树的一个合股人，他的缺席给全队队员畅通无阻地吃梨行动提供了极大的便利。

在大家吃梨的第四天清晨，老队员伙同他的承包商一伙出现在林场路上，他们正满头大汗纷纷肩挑翠冠梨出了梨园下了山坡，道遇早晨陆陆续续上山到果林场出工的队友们，大家心照不宣视同陌路擦肩而过。我们抵达果林场楼下坐定，很为今天承包商临时清园行为心存疑窦，有位队员开口了：“看来有内奸，还以为人人吃梨有份，不至于这么快就走漏风声，真是世事难料人心叵测……”老队员的一位堂侄正坐在对面墙角故作镇静默不作声……

“场长，今天工种？”大家话转正题。

“上山拾棕，马上出发！”场长命令全体队员移师山顶。

大家应声步行上山去捡拾前不久砍下已经风干的松枝。一路上，关于承包商今晨清场梨园的话题还在发酵，有的队员说：“承包商得不偿失，我们10个队员一天能吃多少梨？而几百棵梨树在成熟期一天的增长量岂止几粒梨的重量！平均到每棵梨树，得失就更加显而易见。”

上山路上，我在不断思考的倒不是承包商的得失，倒有自我道德层面的检讨：“梨林深处好乘凉，又有翠梨润口舌，天掉馅饼人丢德，豪求强得成何规？”一场不是你情我愿的霸王餐终于随着清场行动的结束戛然而止。

梨园梨树上翠冠梨不见了，它们尚未熟透就被一群承包商早早摘下赶运到集市上出售，宁愿贱卖，也不愿被人侵吞，那怕是一丁点儿的利益也不能放过，真正实现了他们坚定不移厉行的“有利必争”的经商信条。梨树上醒来的知了看到采摘后的梨园一片狼藉景象，到处残枝败叶，它们原以为台风来袭，但地上没有落梨，方知非为天灾实乃人为。无奈之下，报以数声长叹哀鸣，鸣蝉的哀鸣声回荡在梨园，传遍附近山岭，正在山上拾棕的队员听到发自梨园凄厉的蝉鸣声也很伤感。蝉犹如此，人何以堪？

幽美的梨园的活力和生机有待恢复，也许明年又会迎来一家明智慷慨的承包商，不至于让翠冠梨在未熟透之时就早早群体落枝，夭折在承包商斤斤计较的算盘下。

果林场有位队员在承包商承包结束分红到手时，半开玩笑提及例行的尾牙宴，其中一位承包商正言厉色回复：“早被你们吃过了！我们叫场长协同看管，他却开放梨园……”承包商的刁钻语言也为其重利轻情一毛不拔的经商理念打上注脚，作了淋漓尽致的诠释。

当年梨园快餐从一个侧面显示场长敢作敢为的气魄和体现他善于洞察看透社会上形形色色吝啬鬼真面目的极高智商和能力！但我不能不对人们在涉及各自利益关口时突发的人性扭曲的现象深感困惑，如今回味 40 年前梨园快餐真有点不是滋味，与其说是贪吃免费午餐，不如说是一次集体发泄怨愤的错误之举。

2016 年 7 月 10 日

品味雪片糕

回想少年美食，雪片糕应当算是我的最爱。20 世纪 50 年代，雪片糕还称得上是款稀有食品，它不是普通寻常百姓人家的孩子都能想吃就吃的。

每当父母上街偶尔给我和弟弟带回数片雪片糕，往往让我们馋涎欲滴；糕到手中，如获至宝，欣喜若狂。我们便安安静静坐下，先是静观那酷似一本袖珍的无字书，我们斯斯文文小心翼翼扯开一层又一层雪片般的“书页”——糕片，慢慢品味起来，颇有小绅士的风度，一改平日里狼吞虎咽的粗鲁吃相。偶遇邻居小伙伴靠近，我们也会毫不吝啬扯下一片与其共享美味。雪片糕层层薄片叠加，自上而下拿了一张又来一张，给人一种层出不穷取之不尽的错觉，也便于我们慷慨大方来与同伴一起分享。分享雪片糕，也能起到促进我们小朋友圈内的交往和更有利于播撒友谊。

一边正经八百美滋滋地吃糕，一边端详着白生生的仅有父亲用于卷烟丝的一方白纸大小的雪片糕，我们小伙伴们的小脑袋又冒出许许多多疑团。疑团犹如片片雪花漫天飞舞：究竟是何种原料合成雪片糕的美味？雪片糕白色粉末原料是米粉还是面粉？如果让我们饱餐一顿，该会吃掉多少雪片糕？作为高档食品的雪片糕，久而不吃会不会变质？……纷争叠起，困扰少年。但在争议面前还是有一点共识，就是雪片糕里必有糖的成分，那黏在糕面上的黑点是黑芝麻。

许久许久找不到答案，我们渐渐长大成人，为人父母，为人祖父祖母，也淡忘了少年疑问。当年吃过糕的同伴大多浪迹天涯天各一方，见面时也不会谈及这无关紧要的话题。直到最近一次逛超市，我买回几小袋包装精致的散装雪片糕与孙子一起品尝。仔细察看，一个小塑料袋里装着 8 张状如名片的雪片糕，我取出袋内其中一片雪片糕量量长短，得知一片糕长约 8 厘米、宽约 4 厘米、厚约 0.15 厘米。8 片同样大小的雪片糕整齐叠放一块，组合成一本厚仅 8 页的“小书”，“书脊”部分没有切开，切开的是各张“书页”，“书页”被装订在“书脊”边上，其实加工切开糕片成形时，并没有完全切断各个“页片”，特意留有一点余地，才会形成能固定“书页”的所谓“书脊”。“书页”可以轻轻翻动，“书脊”则不动。“一本书”就这样安放在同一个小塑料袋里。有的工厂生产的雪片糕为了更方便食客取用，也有完全切断各个“页片”，散装叠放在小塑料袋里。出厂的雪片糕撑起独具特色的知名品牌，游走于四方商场食铺。我还借助放大镜很仔细地察看过印在透明小塑料袋上由厂家标示的一排排说明文字：

产品名称 切片糕——芝麻味（熟粉类糕点）

加工方式 冷加工

配料 糯米粉、糕粉、白砂糖、食用植物油、食用盐、芝麻、食品添加剂（脱氢乙酸钠）

保质期 120 天

还有袋子上印着的营养成分表、产地、生产日期及“温馨提示”等内容。

除了“饱餐一顿，该会吃掉多少雪片糕”这一问题依然无解，其他所谓疑难则不难，厂家已经如实提供答案公示于此。吃糕量应该说因人而异吧，也和其喜好程度和食量紧密相关。况且也没见过将雪片糕作为纯主食来食用的先例，小小雪片糕也不过是充当人们旅游途中和茶余饭后的休闲食品而已。如果有人把小小雪片糕当主食，我看那将无异于“老虎吃苍蝇”一样贻笑大方。

但无论如何，疑问还是有的：当我如今年近古稀再度品味雪片糕时，全然找不到少年享用雪片糕的美妙感觉了。是雪片糕的质量出了问题，还是我年老舌尖对味觉反应不灵敏？是当今丰富的食品早已夺走雪片糕的专宠地位，还是缺少少年吃糕时的好感激情和必要的情调氛围……这一切真让我百思不得其解，一时也难以说清道白！起码得承认，人的味蕾，在天天忍饥受饿和经常享用美味的不同情况下，截然不同。

我想，大概任何事情都有其最恰当的“保质期”吧，从我品味雪片糕一事大可获得印证。正如60年后的我已远离少年时，已融入当今的老年群体。对事物的喜好厌恶也会发生变化，评判事物的标准甚至会大相径庭或不可思议，体现在舌尖上的对食品感觉也会有所迟钝，更何况一个人的审美疲劳和人生阅历经验也会在一定程度上影响着对世间万物的重新感知和认同，对雪片糕缺少从一而终的好感也是在情理之中吧。

2016年7月25日

漫忆薯片加工

20 世纪五六十年代乃至 70 年代，福清主要粮食作物为水稻和番薯，在我的家乡北西亭村就大面积种植水稻和番薯，基本上能满足当时百姓一日三餐主食的需求量。水稻加工成大米，俗称细粮；薯片加工成薯片薯米，俗称粗粮。一年四季，乡村百姓主食以粗粮为主，细粮为辅。

番薯加工多种多样，有切擦成薯片的，有擦成薯米条的，有机榨成薯粥洗出薯粉的。但当年用切擦薯片手工加工番薯的模式，至今仍给我留下极其深刻的记忆。

手工切擦薯片并非人人都会，且快慢悬殊，有的人用一只手擦，有的人两边手轮番并用，左右开弓，切擦薯片的速度大大提高，快手切擦薯片时如行云流水流畅，哗哗哗就是一大筐。我的母亲和我的妻子都是手工切薯片的能手，不像我等毛手毛脚，出手维艰，生怕拿番薯的掌心在擦切时被擦刀刮擦。记得当年生产队收成番薯，切擦薯片就在田间进行，敢大大方方坐上擦板去擦薯片的那些女社员都是快手，她们信心满满底气十足，一颗完整的番薯一眨眼就立马变成十几片纷飞薯片落入箩筐，此起彼落的切擦声响成一片，劳动美在一双双手握番薯的巧媳妇粗大的手掌不停的滑动中扑朔迷离地闪现。

切擦好的薯片，要将湿薯片挑到溪埔空地晾晒，此项工作多由男劳动者去做。先把适量薯片倒入畚箕里，两手握住畚箕两个藤条耳朵，不停摇晃，薯片就跳跃到地面上。接下来就是摆薯片工作，将撒得不甚均匀的薯片摆放均匀，将重叠的薯片分开摆好，让每一片薯片都能一起被风干晒干。如果天公作美，经三天两夜野外晒干风干的薯片就可拣拾回家，放在埕中继续晒干，这时的薯片呈坚硬块状，即可收起放入木楻或缸里等容器中贮藏。

但加工薯片往往遇上麻烦：一是天不作美，下雨，此时只能眼睁睁看着刚刚切擦下的薯片泡在雨中。有时遇上大雨，薯片吸水后膨胀，只能捡拾起来卖给酒厂酿酒，或将部分浸水薯片充作三顿或饲料，当年靠天吃饭在农民收获番薯加工薯片时表现尤为明显。二是回收较慢，一旦天气有变，有时深更半夜都得起来到野外收薯片，且要一片一片地拣拾，与老天争夺时间，往往出现欲速不达情况，薯片未收好雨就来了。提高收拾薯片速度或改换薯片晾晒方式，都有待早日实现。总之，薯片加工呼唤着农业技术的提高和进步，只有现代技术突飞猛进，困扰农民收成中的问题就不成问题了。

在粮食匮缺年代，稻谷小麦要颗粒还家，而于薯片，则也要片片不弃，那怕小如铜钱。小薯片可加工成粉末，炊出薯片糕或充作饲料。农家的一草一木、一粥一饭都在厉行节约中，薯片也不例外。

回想加工薯片情景，总觉我当年务农还留有未补全的农艺“短板”。而今想来，只是纵然有再精湛的手工切削薯片技术，当今也无用武之地。大片种植番薯在我的家乡已成历史，薯片擦也已成了古董，擦刀不见天日锈迹斑斑。真是由于番薯种植面积大幅度萎缩，再加上人们饮食习惯的大大改变，如今有的粗粮地位反而高于细粮。过去农村里“大碗吃薯片”司空见惯的普遍现象已无法看到。人们追求健康饮食，热捧五谷杂粮，薯片身价倍增，甚而跻身休闲食品行列。人们出售薯片已不像我当年肩挑薯片担子进城一样，一担就是不下百斤，如今买卖薯片几乎到了数片交易的地步，家庭加工薯片也更趋向贵族化了：用菜刀慢慢切好薯片，炊熟，然后放在竹屏上晾晒，一尘不染，一片不漏，金灿灿如金币，可目可口。

回忆薯片加工及其与之相关的一些现象，本人一直为当年粗加工薯片时农民所承受的加工条件的制约而忧心忡忡。但此一时彼一时，三年河东三年河西，忧虑大可烟消云散，新的饮食模式也让家庭手工加工薯片的方式看上去更为优雅，但也更趋慢工细活，也更环保健康。但民间薯片手工加工并不多见，人们更愿意买回未经加工过的番薯，拿回家中蒸煮烤或掺进稻米煮番薯粥；大量的薯片加工也被移入厂房由机器代劳，机械化的加工模式让产品更精美更卫生也更受人欢迎。

2016年8月8日

无可奈何说再见

我穿上梦寐以求的皮鞋始于1979年，至今整整37个年头了。之前10年，我穿着草鞋、解放鞋，甚至更多是打赤脚在广阔天地里摸爬滚打，大把大把地挥洒青春和热汗。再追溯到我更前的中小学和童年时代，也经常是打赤脚或穿上拖鞋垫垫脚底走路跑步，就连渴望穿上一趟回力鞋的梦想也难以实现，更不用说想穿皮鞋。

人们都说“种田和上大学是穿草鞋和穿皮鞋的分水岭”，两种截然不同的境遇在我69年的人生舞台上都曾先后激情上演，我与之相遇相亲，演绎了一出出荡气回肠的活剧。我认为穿草鞋与穿皮鞋，也只不过是为劳作之便或职业需要而做出的更佳的穿鞋选择的两种不同方案而已，并非如人们夸大其辞极力炒作的那样沸沸扬扬惊世骇俗。

顺便举个生活中的实例来说吧：20世纪70年代，我村小学有位外聘的中年民办教师倪老师，他每周周末干完家里农活，于周日下午3时许赤脚步行赶往30里外的我村小学，临进村过溪时，在溪边洗完脸和脚，从随身携带的背包里取出旧皮鞋穿上后才进村。周六周日他在家下地干活连同来回学校途中，只赤脚或穿穿拖鞋。因为在没有接触同事和学生的场合，也不太讲究礼仪风范，穿鞋不穿鞋无所谓，但即将到校之时，却郑重其事擦洗脸面、洗脚换鞋。倪老师在角色转换之际稍事梳洗，无非是在维护一位农村教师起码的自身形象吧。倪老师以不同的装束完成了自我形象的不同设计，应该说是以此来应付不同的对象和职业是恰如其分、无可厚非的，从中也体现了一位普通劳动者的自尊自爱和对他人的尊重和礼貌。

我历来就不把穿皮鞋和穿草鞋加以绝对硬性的严格区分，也从不机械地从穿鞋的角度来界定穿鞋人是脑力劳动者还是体力劳动者，是工程师还是工人，是老板还是职员。更何况告别贫困后的国人，人人都有天天穿上皮鞋的福分了。眼下，由于穿皮鞋蔚然成风，也带动出一大批擦皮鞋的女工亮相街头，为市民（为主是退休老年人）有偿擦鞋。市民和擦鞋女脚下同穿皮鞋，锃亮锃亮的，晃乱了公园里街衢边大众的目光。在职业多样化的今天，当下皮鞋不皮鞋，确实并不代表身份和职业，也不能作为识别贫富的绝对标杆。穿鞋类别更多与个人的喜好及职业和生理需要有关。

想当年，在为理想而奋力拼搏的岁月里，说实话，皮鞋曾一度令我魂牵梦萦，成了自己心目中不懈追求的目标，我也曾为了有朝一日能穿上皮鞋默默努力、苦干实干。而今，梦想早已成真，在与皮鞋相亲相守过 37 个年头后，即将步入古稀之年，却突发左脚后跟生骨刺，疼痛持续了将近半年，医生嘱我换掉皮鞋，该穿运动鞋了。是到了忍痛割爱、该与皮鞋道别的时候了，也是到了重新认识结交新朋友——运动鞋的时候了。

记得 1964 年，我入福清侨中高一年级读书，报名参加那年学校举办的秋季田径运动会 60 米跑步项目，比赛中，看到隔壁跑道的同学脚穿白色运动鞋，真好羡慕，当时能穿上回力鞋就顶不错了，就甭提那洁白柔软舒适的运动鞋了。还有个别校运动队队员穿上钉鞋（为当时竞技跑鞋）崭露头角现身赛场，我多多少少为自己赤脚上阵而心存自卑。但我拼尽全力，发挥了个人最好能力跑进决赛却与获奖名次失之毫厘。当时我想：要是有双舒适的运动鞋，让我跑得更快一点点就能拿到奖项，恐怕也不算是一句出言不逊的空话吧！

时过境迁，在 20 世纪 60 年代，能穿上运动鞋，算是幸运儿。如今倒觉得拥有运动鞋不再是件稀奇事。普通的运动鞋甚至为年轻人所不齿，他们追求更新更美更高档次的新鞋款式。人们生活质量在不断提高，选鞋的标准也水涨船高了。但我没去盲目追“新”而甘于故步自封，从不在穿鞋上锱铢必较。在三尺讲台前我一站近 30 个春秋，陈旧的皮鞋陪伴我，让我舒适，但也丝毫不影响我传授知识时的吸引力……

大家公认，能合脚的鞋就是好鞋。实用性被排在首位，应该佩服大众的敏锐目光，不单纯以美观中看的外表来评鞋，我也认为强调突出实用性是合乎逻辑常理的。总不能把会啃脚的鞋或会伤脚的“漂亮鞋”奉为好鞋吧，也不至于提倡穿着时髦的高跟鞋去跋山涉水吧，更不至于神经兮兮穿上草鞋在舞台上跳起高雅的芭蕾舞吧！活动场所的变更，导致穿鞋状况的应时改变，应该说是在情理之中的事儿吧！

如今，我因身体状况的剧变，心悦诚服地采纳了医生的建议穿上运动鞋，虽然外观一时看上去还有点不顺眼，但其柔韧的护脚功能却胜过坚硬锃亮的皮鞋很多很多。我也认为：老人脚有毛病，不应该固执己见一味只穿皮鞋而拒绝穿运动鞋。去年我到湖南旅游，在历时 10 天的游山玩水中颇感足下轻松，其主要原因是我选择了舒适合脚的运动鞋；而在 20 年前我到武夷山的一次旅游，一天攀登天游峰，在上山路上崴了脚，就因为我当时不识时务自以为是，竟然穿着一双不合脚的新皮鞋登山，才导致脚踝受伤。

在此，我应该很抱歉地与皮鞋说一声再见，我的皮鞋们，我永远爱你们！记住你在我大学生活、教学生涯、退休日子里忠实的陪伴、无私的奉献！

此时，我记起我国一位伟大的文豪曾说过的一句话：“贾府里的焦大，也不爱林妹妹的。”我想，那是无奈的选择，其实焦大也爱林妹妹，只缘自己身为一介地位低贱的老仆人，怎敢胡思乱想动心思去爱府上的千金小姐？焦大的第一紧要事是要在贾府好好安身立命罢了。“焦大不爱林妹妹”，看来还是个明智的选择。

皮鞋，我何曾不把你看成始终像林妹妹一样可亲可爱和美到极致的啊？而且我还敢爱敢说，也许这才是真正的爱——只因我年老病足，难以带你一路同行，但我还是想着你、念着你、爱着你！请你接受我的无可奈何的对你一时还难以启齿但终究要向你告白的一句伤心话“再见吧！皮鞋”……

2016 年 8 月 25 日

悦读老照片

记得 1978 年春节刚过的那阵子，村上便来了一位城里照相师傅，趁着农村过年的最风光的热闹气氛尚未消散，就巧妙地送来迎合大众爱美的需求的服务——便民照相。在照相师傅的鼓动招揽下，人们争相照相，生意还挺不错。照相给寂寞的农村注入一股涌动的新潮，潜滋暗长地唤醒人们爱美的意识。妻子也心动，要我们一家子也来照一张，刚好儿女也都在我的身旁缠着要照相，于是我也很爽快破费（时价一张 2 元），一张在家乡青青麦田前的全家福便诞生了。年轻的父母的双手分别轻轻地搭在年幼的女儿和儿子的肩膀上的那张合影就这样留传下来。一直保存到如今。

为了保护好这张农村生活的全家照，1981 年我把相底拿到县城照相馆冲洗出 6 寸大小的照片，把它置于我的床头柜前，让我时时悦读，伴我温馨回忆，顾影生情，总幻觉自己依然年轻如初依然秀发满头依然浑身充满力量，一度沉浸在爱意浓浓的中年农耕岁月里和和美美的家庭情境里而不可自拔，竟不觉时光早已飞逝老已至矣、子女早已成家立业、孙辈也已远走高飞。

老照片也能给我带来新力量，它又能无声提醒我那逝去了的值得纪念值得回味的事情。于是我又把家里一些没有完全损坏的老照片从相簿上取下来，请人帮忙，录入电脑，老照片历经岁月洗礼磨损，修复后的效果虽然也不见能完好如初，然而大体上总算能留住当年的美丽和难忘的瞬间。偶尔心血来潮乐见于彼，也觉得心满意足，我总将其视为家宝，格外珍惜那些难得的寥寥无几的老照片。

我的手头又有一张老照片是我姐姐在福清卫生学校读书时，邀约在城里读初中的二哥和在乡下读小学的我和弟弟一道在县里照相馆照下的。擅长收藏的姐姐还特意把这张老照片进行过电脑处理，作为礼物，分给我们三兄弟，当我收到50年前与亲人合影时的黑白照片时，心情非常激动。明媚的春光照进我们心坎，岁月曾厚赠给了我们手足如斯温情！

应该谢谢旧时照相馆的老技艺催生出我们当年意气风发的音容笑貌，捕捉到我们少年时的一表善良和清纯心思。如今，二哥已逝，姐姐瘫痪，我和弟弟均已步入老年，回看当初悠悠岁月里相濡以沫的姐弟情，总让我留恋不已！同时也萌生出不胜感慨岁月的匆匆流逝的无奈之情。

以上照于20世纪70年代后期和50年代末的黑白相片总算得以传世，而另一张国内大家庭全家福相片却在1964年火灾中葬身火海毁于一旦。

1956年，我的大哥在印尼谋生多年，格外想念家人，要我父亲寄一张全家福给他。为此父亲大人郑重其事，全家总动员，家长为我和弟弟借来新衣新鞋，尽量让我们打扮得光鲜整齐一点，带上我们自20里外家里步行到县城去照相。当时小妹还小，由父母轮流背着；我和弟弟一路随行，到县城后与姐姐二哥会合。

这次随同父母进城照相是我平生第一次，很是新奇。而且听父亲说是要将相片寄到南洋给大哥看的。那时刻心里既紧张又兴奋，很想在大学教授大哥面前留下一个好形象，越想照好，动作越不自然。只见照相师傅躲在“黑幕”里摆弄了好一阵子，露面时，一手摇着铃铛，吸引小妹注意力，一手按下“橡皮球”，算是照好了。我闻铃声，如听号令，站姿过于拘谨，留下一副笔挺僵硬的形象；姐姐不知何故却照歪了嘴，丧失了她天生的美丽；父亲母亲慈眉善眼，极具温和恭谦让的仁者风范；二哥弟弟小妹也都照得很从容。照片整体排位也很得体：父母坐前排，母亲怀里抱着小妹，我和弟弟侍立父母两旁；姐姐二哥站在后排。虽然这张6寸相片早已失传，但它留给我的记忆却是不可磨灭的，它记录了我人生岁月的少年时段，时至今日它在我的记忆中依然熠熠闪亮永不褪色！我那自出机杼的笔挺呆板的站姿总能令观者捧腹。我也只能任其越洋而去直通通地呈现在大哥面前，后来听父亲说大哥看过相片回信还特地表扬三弟聪明，我也无从探究兄长结论因何而出，反正我没照好。

三张老照片，分别讲述我的少年和成年的往事，成为不可复制的遗产定格在我记忆的深处。同所有包含着“时间”的旧物一样，影像无声传递着岁月，寻找着历史，给岁月增添注脚。老照片于无声处唤起我们对尘封岁月的回忆，让我回味找寻当初的感觉……

现在照相大为普及，连手机也能拍照，甚至还能自拍。当前彩照盛行，取代黑白照片，能够更自然更便捷更直观呈现美的色泽光彩，这是它的优点和魅力所在；但却少了黑白相片的神秘感和更为深邃遥远的想象空间，同时老照片还兼备特定的历史时期所呈现给人们的特有风貌和特殊价值的思考。

悦读老相片，感怀逝去的年华，留下难忘的回忆，促使人们回忆的不单是影像本身，还有与老照片形成的前前后后的相关联的一切事情和涉及情感诸方面的东西，真可谓“一石激起千层浪”，它既钩沉了尘封的故事，又激荡起人们心中情感的涟漪，起到追怀纪念之作用。这也许就是我们不离不弃情有独钟老照片的原因所在吧。

2016 年 10 月 15 日

“三老”琐忆

在福清陈氏源流文化研究会有三位德高望重的老人——陈祖宽、陈曾康、陈鸣泉，他们都有缘参与了《福清陈氏大宗谱》的编纂工作，就在《大宗谱》编写告竣前后不久不幸相继逝世。他们享年都在80岁以上。他们凭着对传统文化的热爱和尊重，在人生暮年，积极参与福清陈氏源流文化的研究工作，发挥余热，尽其所能。他们兢兢业业的工作态度给编委同仁们留下深刻印象。当笔者追忆与其共事相处的一幕幕，心情总是难以平静。

陈祖宽老师，是我小学时的严师。我退休后应邀到研究会参与《福清陈氏大宗谱》的编纂工作，他见我加盟研究会无比欣喜，一见面就说：“还好你来了，我们对祖先文化的研究工作才不至于断层。”他很器重我这位“小学生”，指导我，总让我多动笔。

我还发现他是一个很会维护学生声誉的人，对我褒奖太多，无论在公开场合还是在私下相处。当我要出版第二本散文集《白桦树皮》时，我送给他20篇散文，请他挑出8篇入集，他居然选了16篇，告诉我都很好。还特地交代我没选到的4篇文章千万不能丢！再出书时还可以用。

他爱看我写的散文，我送给他的第一本散文集《山花笑影》，他告诉我每篇都看过。一本30万字的书，从头到尾都看过，对于一个80多岁的老人不是件易事。2009年4月10日，他还特地给我打来电话：“书中三首七绝诗写得好，很符合诗歌韵律。在诗路花雨那一辑里有现代诗有古诗。样式齐全。”说实在，我并不擅长格律诗写作，还是处于初学阶段。被老师一说，真的汗颜不已。在研究会共事的日子里，他总催我多写作多发表，让他多看看，那时我也勤于笔耕，新作不断，极大满足了老师的心愿。只可惜我的第二本散文集《白桦树皮》在2012年7月出版，他在2011年7月就已仙逝，该书迟出1年，他无缘就读，还好大半原稿他早已先睹；令人遗憾的是他没等到我们一起编写的《福清陈氏大宗谱》正式出版（2012年9月）的那一刻就离世了。

尊师已殁，师恩永存。85岁的高龄成就了陈祖宽老师人生不朽的丰碑，生于印尼，长在中国，著有《秋水长天》《秋水晚晴》《秋水吟草》，一生历任小学老师、中学老师、老年大学老师，他的一生热爱教育事业，博览群书，兴趣广泛，参加不少协会，成就不少事业。

他还投入很大精力研究《红楼梦》，对红学很有见地。他送给我的著作和文章中就有相关评述《红楼梦》这方面的内容。他虚怀若谷，满腹才情，对格律诗领悟颇深，他是一个在文化苦旅中永不停歇的跋涉者，前行前行，直到生命最后一息！

兹录先师遗诗一首，与同仁共勉：

陋屋孤村竹数竿，柴扉两扇不胜寒。

红楼一梦惊天下，血泪辛酸归大观。

——选自《世界环球旅游诗词精选》

陈曾康老师，《福清陈氏大宗谱》编委之一，他是编委中唯一较少露面的一个。每当来研究会送稿，一送便走，疏于与大家见面。但2011年10月市文联组织到绿星（福州）居室用品有限公司观赏寿山石雕作品时，陈曾康老师年已84岁，但他依然欣然前往，我与他同行，亲密交谈，抵达公司后，融光诗社社长提议诸位以公司“绿星”二字打头、要求大家现场作折枝诗一首。参观结束，参观者为东道主现场作诗80余首。而我对格律诗知之甚少，虽也吟好诗句，但总觉不满意，拿不出手，日后道遇陈曾康先生，我便出示诗稿请教于他，他边看诗稿边念念有词，只是称可认同，并无修改之意。这大凡是老先生们对后辈的通常作法，总存爱护包容之心。

以后我也多次见到他，每次会面，他对我都很热情，像是遇上知音，总爱打开天窗说亮话，海阔天空地谈时事聊人生，涉及文化涉及诗词歌赋，我也不知不觉地融入他的自我天地。

我拜读过他的一首长诗《悼念亡妻吴秀珍》，感触颇深。谨录数言于后：

哀哀失偶意痴迷，花落初秋在武夷。
宿世姻缘情未了，时常梦呓总牵思。
在世强人破浪舟，归天摔碎万斛愁。
妻如化作相思鸟，石上望夫叫啁啾。
声声句句寸心驰，我似孤单笔一支。
写就招魂催泪卷，挥成泣血断肠诗。

——选自《诗词联选集·第三集》

凄凄切切的悼亡诗，诉说着无尽的悲思和痛苦，足显人世间情爱无价，诠释生死不渝的爱情。陈曾康老师是离休干部，他给我的总体印象是品行刚正，心直口快，畅所欲言。

陈鸣泉老师，研究会的“常驻代表”，因患肺癌医治无效于 2013 年 1 月病逝。我们强忍悲痛送别这位儒雅的长者，久久沉浸在不愿相信他已离去的这一痛苦现实的感觉中。他清瘦的身影依然在我们面前闪现；他生前的言行举止人格魅力，总让我深感望尘莫及。

陈鸣泉老师对研究会工作专心致志，他每天准时上班下班，接听各方来电，收取各种材料，俨然一位大管家，管理好经办好研究会的大事小事。正因有了他的坚守，研究会才会收集到更多更全的有关陈氏大宗谱的资料。正因有了他的坚守，来研究会办事的宗亲才有了“春风一家”的温暖感觉。

虽然年逾 80 高龄，陈氏各次下乡活动他从不退避，就连上福州对稿也在所不辞。在陈鸣泉老师身上，蕴含着长者垂范的榜样力量。他为人温良恭俭让，处处可见其真诚友好、顾全大局的一面。即使在被人误解蒙受委屈之时，他也能不伤和气委曲求全。他的宽容品格实在令人钦羡。

我与陈鸣泉老师同为福清北区人，他经常给我讲述陈氏族人可歌可泣的历史故事和鲜为人知的妙趣横生的民间轶事，我的许多篇文章的素材均来源于他耐心细致的讲述。

陈鸣泉老师早年供职于福建师大，年轻时热爱闽剧写过剧本，几年前编过本族《昌言陈氏族谱》，4 年前来福清陈氏源流文化研究会工作，直到逝世前几个月。在我的心目中，陈鸣泉老师永远是一位质朴平和宽厚仁爱的长者，他为陈氏研究会忘我工作。领导体恤他年老患病，要他在家休养，可他还是难以割舍心中那份爱“会”情结，身在病床心在会所。他具有顽强的意志，终于等来 2012 年 10 月《福清陈氏大宗谱》隆重首发之时，总算圆了这位八旬老人平生一个重要梦想。

《福清陈氏大宗谱》的出版，是对福清陈氏的源流、名人、祠堂以及涉及陈氏内容进行的首次全面大盘点大梳理，他给后人研究福清陈氏历史提供了一份具有一定参考价值的宝贵资料。《福清陈氏大宗谱》的出版，凝聚了全体编委的心血，它的出版同样离不开乐善好施的陈氏贤达的热情支持。但更让我们难忘的是在“三年磨一剑”的编纂工作中，有着“三老”的携手相伴。

今当《谱》出，知情者莫不为之动容，现提笔撰写琐忆，谨以此作为对“三老”远行的深切的缅怀和纪念。

2013 年 7 月 29 日

黔山闽水话当年

2005年秋天，林先生刚从香港归来，便兴冲冲前往西部贵州旅游，因为那里不但有着优美的自然风光，还有着分别50年、当年在福清银行共事的秦女士和宋先生。在列车抵达贵阳时，秦宋二人已在车站恭候多时，故友重逢，喜出望外。秦女士好激动，握着林先生的手说：“你真好，说来就来。”宋先生接着说：“福建贵州都好，我们这些老同志难得一见。”林先生情绪激动，对着亲自到车站迎接他的老两口满怀喜悦地说：“是感情，是义气，也是机会，让我来看看你们，不来就怕以后没有时间了。”

他们三人并肩走出贵阳车站，乘车前往秦宋一家。林先生凝望车窗外疾闪而过的景物，思绪又回到50年前与秦宋携手共事的情景中去……

秦女士，山西人，她年少投身革命，1949年随军南下，在南下途中因表现突出被组织吸收入党，历时半年，到达目的地福建，分配到福清永福银行工作。因其年轻貌美，加上她的精明强干，善于团结同志，人缘很好，全行上下都亲切地称呼她为“小秦”，雅称“解放花”。她这位银行人事干部以极大的政治热情投入到银行日常工作中去。

1950年初福清永福银行共有30多名员工，多为年轻人，林先生刚从文光高商学校毕业，被保送到永福银行，与秦女士及另一名山东南下干部宋先生关系密切。他们间感情融洽无话不谈。

解放初的银行工作千头万绪，有时工作需要，干部要到外地出差调查，还得配备一名党外人士陪伴。而“解放花”在用人方面目光敏锐不拘一格，她不忌讳和排斥与家庭出身不好的同事一起共事，在“三反”“五反”运动中，多次推荐一名出生不好的“福清哥”小林一道出外办事，她尤其看重的是一个人的人品和能力。因他们每次外出，都能出色完成工作任务，因此组织上也默认了这对铁杆的“黄金搭档”。一有出差，小林总随从“解放花”一同出征，鞍前马后鼎力相助，成了“解放花”出差履职时的好帮手和地道的“护花使者”。这无形中也大大提升了小林的自尊心和自信力，频频的出差也招来一些同事的种种猜疑和议论，但“解放花”固执己见，依然不改初衷，依然亲近小林器重小林。

1952 年春，当“三反”运动进入后期时，5 月份组织开展向党交心活动时，要求全体职工讲清本人和亲友的社会关系，林先生心事重重，疑虑多多：自己家庭出身，组织已经了然，这个好交代。但对社会关系、海外华侨关系不甚了解、无从说起，给自己背上包袱，前思后想，当夜林先生失眠了……

“交心”活动还在进行中，一日，善于观言察色的小秦找到小林谈话。小秦单刀直入：“看来你有心事，要相信组织，比如我本人，我是富农的女儿，也有过一段不愉快的婚姻经历，在南下时，我向组织交代清楚不就都没事了，出身不由己，道路可选择……”在小秦的开导帮助下，第二天在全行交心大会上小林向组织说出自己所知道的的社会关系等问题。会上，小秦一直用鼓励的目光注视着这位鼓起勇气向党交心的好同志。领导当场表态：“小林今天讲出来，很好！觉悟提高了。说明他相信共产党，那么党组织也会相信他了。”

“三反”运动过后，小秦小林同时提职，月薪定级在 70 元档，二人共事一股，主持侨汇储蓄和信贷工作。

福清是侨乡，海外亲友时有汇款回乡接济家庭，我县侨眷汇款是通过老华侨戴祥滋老先生经营的“振声侨汇庄”来派送的，与其有直接业务关联的几个代理处设在印尼和香港，中华人民共和国成立前夕，香港代理处挪用侨汇买卖黄金大搞投机，致使侨汇积压，广大侨眷无法按时收到亲友汇款。事发当时，香港侨汇代理人反而捏造事实，把责任推给资方戴老。银行为澄清此案，领导派小秦小林到戴老家落实情况，请他下山，因戴老家住云中洋村，从福清县城去往戴老家，要步行40华里，要攀登陡峭的天吊岭。早春二月，风萧萧兮高山寒，小秦小林不避艰险，到达戴老家，道明来意，戴老以年老患病为由婉言拒绝下山。翌日又通过村政府去说服戴老为支持银行工作应该屈驾下山，戴老还是不肯下山。第三天小秦小林又到戴家大院拜访戴老，请求老先生帮忙，小秦态度温和，轻声请求："戴老，我们俩专门上山请您，您不下山，我们完不成任务，我 没办法把你的事情澄清办好。"于是这位德高望重的老先生终于答应下山。三请戴老，以诚相见，在戴老亲自出马协助工作下，才理清这桩侨汇案。

戴祥兹老先生系福清县首届人大代表，为闻名福清的老华侨，是位明理人士，他禁不住"三请"诚意，决意下山时真诚感言："共产党干部真好，还爬山越岭来请我。"他也本着要澄清事实真相的决心和信心，才从容下了山。下山那天，由村政府派出了八抬大轿护送戴老下山，小秦小林尾随大轿步行，一路护送贵人……

在戴老协助下，银行终于理清这桩侨汇案。香港代理人也因为挪用侨汇买卖黄金进行投机而受到法律应有的制裁，戴老的声誉也得以恢复。

就在成功三请戴老的一周后，上级又派小秦小林二人上省带回一名旧银行出纳庄某，他在福州人民政府成立前，私自打开国民党省行办事处银行国库纵容集体分赃。当天秦林二人奉命将他带回融城……

中华人民共和国成立初期，福清支行可谓多事之秋。

1954年夏，一个天高月黑的晚上，福清支行发生一起震惊八闽的银行国库被盗案，被盗数额2500万元（旧币），福建省分行派出监察室主任坐镇福清破案，成立5人专案组，由省分行、县支行、县公安局三方人马组成。支行由行长和小秦共同协助破案。经反复揣摩分析内外情况，最终将作案人员锁定在内贼行警身上。三个月来，小秦经过细致周密的明察暗访，发现警卫蔡某近来生活较前大有起色，日常开支宽绰大方毫无节制，还时时向家中汇款。种种反常迹象都引起小秦的警觉。

一日下午，蔡某突然回永泰老家，小秦怀疑其中必有问题，即告公安派警车追赶，当警车到达福清南门车站时，开往永泰的班车已开走半小时。小秦催促警车加速追赶，力争在途中截获，终于在琯口和镜洋路段拦截到蔡某乘坐的班车。小秦率先冲上班车，扫视车内，见蔡某坐在后排，小秦直奔后排，责令蔡某把行李拿出来检查，蔡某从座位下取出行李，当小秦当场翻出行李袋中 20 匝（每匝 100 张）钞票时，蔡某顿时失色。

小秦问："多少？"

蔡某答："2000 万。"

小秦又问："何来？"

蔡某垂头丧气低声回答："银行的。"

整车乘客个个愕然。在小秦搜查盘问蔡某期间，公安人员始终控制"硕鼠"蔡某，不让他有丝毫反抗的余地。最后他们给蔡某戴上手铐押解回融归案。历时 3 个月的福清永福银行国库被盗案总算彻底告破。小秦突出的侦察能力和当机立断的处事决策和智慧大大加速了破案的进程。

"三反"运动过后不久，"五反"运动也在 1952 年初接踵而至，其后期工作是对私人工商业户进行全面的清产核资。福清县委财贸部组织挑选 20 人组成的一个核资小组负责此项工作。在指定正副组长一职时，小秦小林相互谦让，小秦不肯接受正组长职务，要让贤给小林。最后张部长敲定：既然小秦谦让正组长职务，那就由小林担任正组长，小秦多作政治发动工作，小林多注重业务落实。他俩在工作中配合得非常默契。

有一次，他们同时经历过一位资本家送礼而被他们拒收的事，秦林二人在彼此都不知情的情况下，居然不约而同相互道出拒收贿赂金一事，显现秦林二人间的信任和默契，也表现出党的好干部不为金钱所诱惑的坚定立场。事后，县里财贸部张部长在大会上表扬拒贿一事。事发之后，小秦深有感触地说："糖衣炮弹好厉害，要坚决堵住。我们都是从'三反'运动走过来的人，该如何处置外来利诱，大家都心中有数。"

开展爱国储蓄是银行业务部门一项主要任务，小秦小林等人积极投身到宣传发动工作中去，还把工作做到城乡居民、当地驻军中。1953 年，开展"华东区有奖储蓄"，以购买贴花形式发行，福清军民热烈响应这一活动，由于福清县宣传到位，群众购买踊跃，奖面宽，头奖 2000 万竟花落我县，全县奔走相告，受到莫大鼓舞。从而也大大促进了福清县侨汇储蓄的快速增长，两年间，该县城乡存款余额跃居全省之首，且跻身福建省侨汇储蓄重点县。

在银行工作方面，小秦小林多数能获得领导表扬和肯定，但在“反右”运动中，小秦小林各负责一个小组，发动大家鸣放并批判右派反党反社会主义言行，他们两个小组因为都抓不出一个右派。过后领导批评他们两人领导不力、思想右倾。小秦小林也很委屈，小秦思想也很不通。但他们对党事业高度负责和对同志爱护的精神也赢得大家一致好评。

小秦和小宋夫妇出色完成南下福清15年工作的使命，于1964年奉命调往贵州省金沙县支边，他们依依不舍离别朝夕相处的同事，这对党的好儿女时刻听从党召唤，重新踏上新的工作征程，去履行党赋予他们的光荣的新使命。

到达金沙县后，小秦升任金沙县县委财贸部长，小宋仍然任银行行长一职。他们依然秉持在福清工作时密切联系群众的好作风，在本职领导岗位上发扬优良传统，尽心尽力埋头工作。在那“天无三日晴，地无三里平”的黔北一待又是15年，凭着支边干部的好人缘，即便在“文革”期间也没受到多少冲击。

十一届三中全会拨乱反正，组织才把他们调回贵阳，老宋调任安顺市贵州省银行干校校长，老秦任干校工会主席，离休前她曾被评为贵州省总工会先进工作者。此时远在福建福清的老同事老林也早已退休赴港定居，与其在港三家儿女团聚，尽享天伦之乐。在秦宋西去金沙县支边的15年间，老林与秦宋一家书信往来不断。当获悉他们已落脚贵阳，老林便欣然命笔，写下《七律•忆西行》一首，以表对老同事生活的关切和想念之情。诗曰：

滚滚惊雷噪暮鸦，风沙迷漫走天涯。
西征战士鲁南子，南下红颜战地花。
十载玉融知己谊，半生塞北孺子夸。
银鹰分手相思日，安顺桑榆夕照霞。

（注：银鹰系当年福清永福银行工会的别称）

2000年夏，秦宋一家南下厦门旅游，不忘拜访林家，并期待看望当年银行同仁。其年，适逢老林从香港回福清小住，他便召集当年银行的老同事10余人，前去车站迎接，车门一打开，秦女士率先喊出林先生的名字，其他到场迎客的老同事的名字则被秦女士淡忘了。

是夜，他们欢聚阳光酒家为秦宋一家子接风洗尘，席间，秦女士无比兴奋，发表聚会感言："实在太高兴太激动了，我们永远忘不了福清这地方！我老了，但感情永远不会老的……"

第二天，老同事们同游东张水库石竹湖，湖光潋滟，游船竞渡，在山青水秀的怀抱中，他们仿佛又回到激情澎湃的岁月里，那说不完的往事又掀动起重重尘封的面纱，让一群老人回味无穷……

秦女士凝望着水面被游船划出的一排排浪花，很有感慨地说："岁月如流水，一晃几十年！"林先生也见景抒怀，接过秦女士的话，动情地说"是啊，我们还在河上游……"美丽的景色，舒适的荡舟，愉悦的好心情，是对为国理财的人们当年鏖战后的褒奖。他们把曾有过美好的青春岁月奉献给了祖国和人民……远方岸边的游客，隐隐听得见游船上传来的欢声笑语，他们恐怕也深有所感吧——原来快乐源自心态，不在乎年事。

第二天晚上，秦宋答谢宴会席散后，秦宋趁兴夜访林家。月色溶溶，三位故友再叙别后情缘，一起追忆飘逝的往事，感慨万千……

往事如烟如梦，往事如歌如泣，百年修得同船渡，这不能不说是一种缘分啊……林先生沉浸在对往事深深的回忆中，几乎失神。

车子安然到达秦宋家门口，秦宋二人打开车门，请林先生下车，林先生如梦初醒，笑盈盈下了车，当年出生在福清的宋家大小姐也闻讯"有客自远方来"，早早等候在门口迎客，彬彬有礼地把林伯伯请进家门，一声声"林伯伯，林伯伯"，叫得林先生乐开了怀。上次随父母南下厦门旅游路过福清 ，她亲身感受到父辈间牢不可破的同志友谊，次日，为报林伯伯对她幼年的呵护之情和不久前赴厦门旅游途经福清作客时的接待之恩，她许诺明天她一定要亲自驾车陪同林伯伯游览黄果树瀑布……

如今，被秦女士女儿尊称为父辈的一班人，均已步入耄耋之年，但他们亲历的激情岁月却已深深嵌入灵魂深处，更令他们难以忘怀的，是他们当年播洒的同志间的纯洁友谊。

黔山苍苍，闽水悠悠。无不在见证和诉说着20世纪50年代一批老干部以党的事业为重的奉献情怀，以及他们间历经岁月考验的永不消逝的高尚的革命情谊……

2014年12月10日

老有所乐话剪报

初春的早晨，我怀着浓烈的兴趣，走访了我市两位老人：83 岁的原福清一中退休老教师陈祖车和 77 岁原福建省第六地质大队退休老干部陈元茂。早有所闻，他们退休在家，都有一个共同的爱好——剪报。据说经他们日积月累剪辑的报刊已达到“制作等身”的程度。为一探究竟，我欣然约访了两位老先生。

走进向高街陈祖车老师的家，推开虚掩的书房门，里面的报纸像飘落的雪片散落在案头柜上床中，挤挤压压在一块。一下子就让我闻到新旧报纸浓烈的油墨芬香，我仿佛来到落英缤纷的百花园中，体验一种“春城无处不飞花”的感觉。

我拿起印着已剪和待剪的一张张报纸，目不暇接地观赏。有《人民日报》《福建日报》《福州晚报》《福清侨乡报》……这些已经被挑选出来的报纸精美雅致，图文并茂。

陈老师是福清一中有着 40 年教龄的老教师，后 30 年在福清一中物理实验室工作，制作了 2000 多种 6000 余件的物理教具，没想到原先从事无线电专业的他在退休后会专门移情别恋去剪报，剪出叠起的张张剪报高过头顶，致使剪报汗牛充栋，从而也让他着迷其中难以拨冗。陈老师痴情剪报让我尊敬，但更让我深感吃惊的是：陈老师竟然把我历年来发表在《福清侨乡报》上的文章一一剪贴在一个专集里，真不知他是出于老乡情结，还是出于喜爱我所写的文章使然？我想，他追求剪报，其中不乏渴求知识、追求老有所乐吧！

我又驱车前往位于福清创园大酒店附近的福清地质基地陈元茂老先生的新家。在他整洁的套房里，书籍剪报一尘不染，伸手可及，都被他叠放得井井有条。

陈元茂老先生退休前是一名地质工作者，他把当年制作地图的精准技术应用到剪报中去。2006 年他开始剪报，他当初是为“找乐”才拿起剪刀，怎么也没想到“一剪而不可收”，并迷上剪报，在剪报中，他收益匪浅。在他所写的老年学论文中经常引用剪报例子，致使文章论据充实、论证有力，有的还荣登获奖榜。

陈元茂老先生对剪报进行分门别类——老年集、保健集、书画集、摄影集、景点集、寿星集、社会集、诗文集、综合集……十年辛苦不寻常，他已累积 16 开本剪报 60 余本，剪贴各种图文资料万余条。除了归类，陈元茂老先生还给每张剪报空白处补上插图、小诗、字画，让整张剪报更加美观。这些剪报既是他家的物质财富，又是他老人家一笔不菲的精神财产。

当我沙沙掀动着陈老先生制作的一本本剪报的页片时，眼前仿佛翩翩飘过片片云彩，令人赏心悦目美不胜收。当我静心享用陈老先生精心制作的文化饕餮大餐时，一股感恩又感动的情感油然而生：“不知细叶谁裁出，二月春风似剪刀。”

当我问及陈老先生对剪报的心得和体会时，他坦然回答：“我不会电脑，靠剪报积累资料，增长知识；剪报会帮助我与时俱进，跟上时代，不至于落后。”他朴素的表达道出了剪报的真谛。他还把剪报当成一项培养休闲兴趣、促进老年健康的心理养生的功课来做，按他的话来说，就是 “忙碌每一天，快乐度晚年”。

剪报，是一项文明的文化活动，它是老年人心脑并用的劳动，它能增进健康。它是通过对现成报章杂志的再取舍，选我所需，选我所爱，对心仪文章书画再度排版、集结成册的全过程。于己而言，也多多少少给人一种“再创作”后的成就感，特别是一旦遇上发现新亮点，也会萌生获得新知时的快感。

老年朋友们，留意身边的报纸，拿起剪刀，剪来精华，剪下美好，把明媚的春光留下，把最美的晚霞装进胭脂小匣，拥有一份美美的好心情吧！

2016年3月25日

回眸手艺人

20 世纪五六十年代靠手艺养家的人不少。他们漫游乡村，叫卖手艺。

“磨剪刀，磨剪刀！”的叫声经常回响在大街小巷，“染蓝染青”的印染工人挑着染料担子沿村叫喊招徕生意。

手艺人的嗓音宏亮，他们悠长的召唤声，引来乡间妇人和小孩，也让平静的村庄增添了活力。小孩天性爱看热闹，俗话说：“做戏不落打锣仔。”手艺人也乐于小孩围观奉陪，好扩展服务对象。

跑手艺人有外地人和本地人，如弹棉的则来自浙江或平潭，补炊具晒具则来自兴化一带，补锅补盆多为本地人。

一旦弹棉师傅进村，该是秋凉冬令时节。农家总要把多年旧棉翻弹一遍。弹棉师徒多人结合成班组，有的纺纱线有的拆棉被，在大厅里用两块屏风门拼成一个工作台桌，放上被剥去旧纱布的棉花，师傅身背一个弯弯的弹子；弹子像一把弓，弓上有“弦”，这“弦”是用牛筋做成，黄黄的，很坚韧；师傅背上背着“弓”，一手握“弓”，另一手拿着弹棉锤子不停地敲打着接触旧棉絮的牛筋弓，让弓发出“嘭嘭咻咻”的声音。旧棉就在锤打弓的瞬间散开再散开，台桌上的棉花经师傅这么一弹变得蓬松起来，师傅又要把弹松的棉花先缀上棉线后再压实，是双手操持碾盘在成形的棉床面上来回搓转压实，看着师傅不停扭动身子转动碾盘碾压刚刚翻弹好的棉床的样子，真像是在表演慢功。

小孩用他机敏的眼睛，搜索着弹棉的全过程。特别喜欢师傅下棉线时像钓鱼的姿态，“钓杆”末端有孔，棉线穿孔而过，“钓杆”点一下，对面师傅抓住棉线后轻轻掐断后放在蓬松的棉床上。有时为了美观起见，师傅还在白线中穿插使用红线，这样让新弹出来的棉面更好看。

师傅们吃在东家，干活在东家，晚上也睡在东家大厅的门板上，刚好用当天自个新弹的棉来垫身。手艺人四海为家，吃穿住并不那么讲究。

现在弹棉一律机械化，快是快了，但质量显然比不上手艺人慢工细活精心制作出来的加工品。

手艺人一般劳动态度都比较温和，因为在乡村干活，总会引人相互传说，一传说做工好，家家都愿意把损坏的东西拿出来修理。

有的嫂子补了一个箩筐，拿回去了又再拿出来，说这里还差一点、那里又差了一点，手艺人不厌其烦，再修再补，直到大嫂满意而去。

孩子们总是爱新奇。一旦来了补锅，个个总拥挤着，想站在第一排。因为小子白操心，生怕铁匠把邻居大婶的锅敲坏。直到补丁全钉好了，大婶来拿锅时，才如释重负般地松了口气走开去。

孩子们最欢迎的是爆米花师傅进村，选在一块埕中或墙角空地，大家从家里量来大米，小师傅摇动转炉，转炉中放着大米，等到火候到位，就取下转炉，套上麻袋，砸开转炉，爆好的米花散发着新鲜的气味，孩子们最爱听砸炉时的那一声巨响，因为它宣告了大功告成，米花出炉。

有时表演艺人也进村。孩子们总是要看，赞扬艺人心灵手巧。有的艺人还带来动物，像猴子一类，让动物也演演节目，小孩子们看后总是哈哈大笑不已。

乡村，它是手艺人活动的大舞台，在这“大舞台”上上演的每一出“戏”，都饱含着智慧。俗语道：没有三两下，也不敢到乡下！

回眸当年手艺人下乡劳动，对乡村的孩子而言，都是了不得的新鲜事物。手艺人以手艺为手段进行谋生，却对广大的乡村孩子们起到良好的启蒙益智作用，这是手艺人所始料未及的！

2014 年 7 月 24 日

回忆名师

1979—1981年我在福清师专福清分班学习，有幸接触到福清老一辈名师，他们的传道授业、言行身教对我近30年的教学实践均产生过重大影响，甚而不同程度影响到全体大专班同学的为人处世和工作态度。

林学杜老师，他教我们现代汉语。他备课认真细致，写在教案上的文字端端正正，字里行间凝聚着这位老教师辛勤劳动的汗水和心血。几十年如一日的教学生涯，养成了他一丝不苟的认真习惯。但他还是谦称：“在教学上还有许多不放心的地方。”

林老师尊敬前辈老师。记得当年中文班全体学生集中梯层教室听陈云官老前辈文学讲座，林老师也跟学生一起坐在教室里安静听讲，黑板前陈云官老师板书已满，无处可写，正要拿黑板擦去擦时，林学杜老师从座位上起立，快步来到讲台前，拿起粉笔擦，帮陈老师擦掉不用的板书，让陈云官老师能更为从容地一边精心讲解，一边板书。林老师尊重老师的行动让在座听讲的学生深为感动，他的谦谦有礼，为我们学生竖起一面师德旗帜。

还记得一次福清文代会，入场时邂逅林学杜老师，见面时他对我出书一事赞不绝口。我从他的表情和言语中读出他对知识的尊重和对出书的渴望。林老师是福清融光诗社会员，写了不少古诗，且精通书法，他虽高寿，只惜诗集在他逝世几天后才印出，林老师无缘目睹正式出版的诗集，固然是件遗憾之事，但诗集却成了林老师人生的绝唱和一笔不菲的精神财富，留予我们精心研读，让我们得以从中探寻他的不平凡的人生轨迹和无比丰富的情感世界。

学生献给你的褒奖词是：你犹如一支粉笔，为了摩擦知识的火花孜孜不倦日渐消瘦。消瘦的是你的身体，但延长了的却是宽广的知识道路。你把你的人生悲欢和诗文墨宝浓缩入诗集，留予后人欣赏，但更让后人欣赏的是你高尚的尊师情操！

施修藩老师教我们古典文学，备课时句句咀嚼，字字推敲。他同我说过，当年他在福清师专教《望洞庭湖赠张丞相》一课时，为解释“涵虚”二字，翻阅参考了不少资料，甚至为了这个词语的更为稳妥精确的解释，还特地暂延这一课的教学，直至彻底弄清“涵虚”含义后才再转教这一课。其认真程度不言而喻。

施老师对学生极其爱护，我经常拿着古文里难以理解的词句去请教他，他总是认真作答，记得我曾就“流苏”一词提出不同见解，他很乐意回答。他对我也有过很多鼓励，在大考中我的《古典文学》成绩多为满分，他不像有的文科老师对待学生高分总要扣去一两分，因为文科评分比起理科更富弹性。但施老师对该给的分数照样给，又体现出为师者对学生作答的认同感。

我出版第一本散文集，送书给施老师，2009 年 6 月 11 日年已 91 岁高龄的施修藩老师给我打来电话，他在电话中说：“你给我的《山花笑影》这本书已经收到。我已看过书中“自序”及几篇文章，写得很有内容，进步很大。你给我的印象是肯读书、肯看书、肯写作，既勤奋又认真。能著书不是件容易事。记得在大专时我还教你们古典文学这一科，你考试常常得满分，我给学生打满分是极少极少的。至今我还记得你，也谢谢你还记着我、关心我。”听着听着，一种如沐春风的感觉油然而生，愈发催生我不断进步的信心和力量。

学生献给你的褒奖词是：你甘当一艘渡船，接送着一批批过往的客人。你精心操纵你手中的罗盘，聚精会神一丝不苟，把握着最精准的航线，带领着莘莘学子驶向知识的彼岸，目送着他们远行远行……

董观潮老师教我们写作课程（中文1班），他修改学生作文堪称有“妙手回春”之功，只因功夫到位，经他修改过的文章朴实自然、文理畅通，读来朗朗上口。他是一位培养过福建高考作文满分考生的老师，知名度很高。在我的印象中，他是一位名副其实的严师。记得有一次，我在作文中写了当下百姓过着安居乐业生活的一大段溢美之辞，他在这段文字下冷冷旁批三个字：“不见得！”显然他对我夸大其词的描写并不认同。他的实事求是的精神让我铭记在心。他对我的每篇作文评语都很中肯，我入学的第一篇作文《我最熟悉的一个人》得了80分，总评8个字：“百尺竿头，更进一步。”我的作业《读〈黄钟与瓦釜〉》一文还被董老师推荐作为范文印发给中文班全体同学。老师的肯定无疑给了我莫大的鼓舞和鞭策。而他对我在作文中的为数极少的错别字也改得认真——要我严格区分“学子头”和“党字头”的写法。还有对词语词性和用词也是严要求的——“宝贵”是形容词，“宝贝”是名词，不讲“很宝贝”，因为名词不受副词修饰。第一次错了，董老师写出错因，再错时，他就会写上“又错了”让你自个闭门反思去。大到整篇文章的立意谋篇、小到遣词造句、标点符号，都在老师关注之中。讲评作文，更是透彻深入，让人茅塞顿开。老师的认真教学，敦促我严谨治学，让我学有所得，我的写作也在不断进步中。毕业后，我多次发表文章，出了书，多想送书给董老师，只惜董老师已驾鹤先去，我再也不能当面聆听他的指导。但老师生前的教导，总让我牢记在心并付诸写作实践。

学生献给你的褒奖词是：你是一支永不熄灭的蜡烛，照耀出高考作文状元之路。严师出高徒，这是福清语文界同仁对你的由衷赞美和公正评价！还因了你的心是正直的，你才能成为从头燃到脚的红烛。

方家章老师，时任教中文2班写作课程。

1981年的春天，因各校师资紧缺，福清大专班在学学生提前分配到各校边实习边教学，我被分配在福清侨中实习，语文组方家章组长是我的实习指导老师，他对我精心调教。他认真批阅我的实习教案，他多次随堂听我讲课，我总是用心聆听他的有关教学高见，学习他宝贵的教学经验。让我教学进步较快。

实习结束，我留在侨中工作，又仰赖方老师多方指教，我常常去听方家章组长妙语连珠的讲课，学习他从容不迫的极具亲和力的教态，学习他有条不紊的教学步骤，学习他精炼简明快速别致如行云流水般的板书，学习他“紧紧抓住学生心思不放松”的生动形象的教学，学习他丰富多彩的师生互动的教学手法，学习他驰骋教坛游刃有余的教学才华，学习他忠心耿耿诲人不倦的教书育人的理念。站在大海边，滴水也沾身。

方家章老师的特点是多才多艺，他始终乐而不疲地从事着富有创造性的工作。校门口的校刊是他宣传文学知识的窗口，曾吸引过无数学生、校友、家长驻足观看。他的博学他的热情一直感召引领我努力教学，他经常安排我去开观摩课，给我提供更多锻炼机会。

退休后，我依然把发表在报刊杂志上的习作送给方老师审阅，请他提意见，借助师长慧眼博识，提高自我写作水准。

学生献给你的褒奖词是：你的多才多艺众口皆碑，你不单毕业名校学富五车，你还拥有儒家传统美德——“温良恭俭让”，你博采众长，传道授业，日复一日。如今你依然犹如茫茫学海中栉风沐雨的一面帆—— 一面迎风飘扬的旗帜。

当我们历数着一位位为培养学生而呕心沥血的师长时，无不为他们崇高的敬业奉献精神心存感佩之情。他们言传身教给我留下的许许多多美好而温馨的回忆，他们兢兢业业的工作态度和认真工作的精神对我们这一代乃至我们的后代也将起到潜移默化的教育作用。

2015 年 8 月 31 日

黄鼠讨柴去求仙

黄鼠，福清融城北门外黄典村人也。家贫，以耕田讨柴为生。

一天，黄鼠肩扛扁担钩索、手握柴刀上黄典岭讨柴。至山上，见两位老人围坐在巨岩石桌前对弈。两位老人须髯飘飘风度翩翩，正聚精会神慎重下起棋子。黄鼠平素下棋成瘾，见状心动，忘了当下讨柴劳务，乐呵呵地凑合了上去陪侍二老用心观棋。

两位老人也不以旁人加入观棋为累赘而影响自个下棋，仍一本正经继续专注下棋。只缘棋逢对手，一时难决高低。这时，双方都觉有点口干舌燥，其中一位老人便差遣黄鼠去烧点茶水来解渴，黄鼠为博老人好感，欣然从命。

黄鼠顺着老人指点的一扇岩洞之门走去，进到里面，听到仙乐响起，俨然一座洞天石府，宽敞舒适。黄鼠脸上的汗也干了，精神也爽朗许多了。他想起领命烧茶之事，不敢耽误，盛来清冽甘泉烧起水来。过了一会儿，水壶里的水开了，啵啵地冒着热气，黄鼠马上从茶罐里取出茶叶，冲泡好茶水，倒在两个翡翠茶杯中，置于茶盘，出了石洞，缓步向着端坐在巨岩石桌旁的两位棋手走去。

“两位师父请用茶。”黄鼠彬彬有礼举案齐眉。

两位师父端起茶杯一饮而尽，把空杯放回茶盘。这时黄鼠正要退下，抬头望去，只见两位师父化为清风远去。黄鼠疑是一时眼花，揉了揉眼睛，证实只有石桌巨岩如初，老者杳不知其所踪。想想柴担空空如也，也该马上动手讨柴……无奈心神恍惚，回看扁担钩索柴刀已烂成一堆废物，心中不禁涌起一阵悲凉几分伤感。

面对突变，黄鼠悔恨交加：恨己不该贪恋观棋不务正业，更不该受人驱遣贸然答应煮茶延误了正经事儿。但心仍有不甘，即便讨柴工具遗落腐朽，也应回到山下到家问个究竟。

黄鼠回到黄典村，所见都是陌生人。向村上长老打听请教今天发生的令人费解的稀奇事，皆言今天不曾发生黄鼠讨柴事，村上根本没有黄鼠人氏，只是传说数百年前，村上有位叫黄鼠的穷汉进山讨柴，遇南斗和北斗两位仙人下棋而流连观之，并接受仙人差遣点化而羽化成仙不归。听罢老人言，黄鼠自忖："莫非村上长老所言数百年前的黄鼠就是自己？莫非我早已成仙？"

"天上一日，人间百年。村中长老言辞属实！"黄鼠已心知肚明，顿悟之下就无须刻意求证，他悻悻然离村而去，直奔前程，化为一阵清风消失在茫茫天际。呜呼！黄鼠无缘人间烟火，永远远离讨柴的艰辛；而他有缘步入仙界，拥有观赏仙人高超棋艺的福分。

如今的黄典村和融北民间依然留传着"黄鼠讨柴去求仙"的代代相传的美丽的神话故事……

2017 年 2 月 10 日

光头猪头豹头

在龙岩开往福州的动车上，光头猪头豹头 3 人恰巧坐在同车厢同排的座位上。他们正在海阔天空地侃大山。天文地理人情世事无所不谈。

车到泉州站，上来一位眉清目秀的美女，上身着时髦白领衫，下穿黑色短裤，更衬托出那双玉腿的光洁照人，但更引人注意的是她那双流连顾盼的会说话的双眼，和后脑勺黑发梳出的一束时尚小刷辫。美女身挎一个背包，浑身上下带电，一上车就有“山雨欲来风满楼”的气势。

光头猪头豹头 3 人随着美女现身车厢，神色不安，都忙着帮美女寻找座位，刚好在他们的前排有 2 个空位，美女在光头猪头豹头热情指引下稳稳落座。坐在后排的豹头抢了先机，换位前排，与美女挨着坐下，搭讪起来。美女开朗，来者不拒。

美女落座，“三头”间的平衡瞬间被打破。

豹头先问美女芳龄，再问婚否，得知美女年已 27，待字闺中，后排光头终于找到了插话的最佳时期：“我的同事老刘有一子，尚未成家。今年 30 出头，老刘夫妇正吩咐熟人，帮忙物色对象；美女才貌出众，倘肯相亲，老夫愿为牵线搭桥。”在座乘客也猜不透光头闷葫芦里卖的是什么药。

美女先是有所警惕，不敢搭理，但光头毕竟“聪明绝顶”，站起身来，手把前椅靠背，口似悬河，对他自我提供的帅哥对象极尽歌功颂德之能事，简直把刘家公子说成完人。心诚意切，也或多或少感动到那位美女，在光头凌厉强大的外交攻势下，美女心灵防线也渐渐疲软崩塌下来，开始静听默记光头唠叨的现成条件，还略微伴有心动情绪，当然她还是在质疑揣测光头所言的真实性可信度。

豹头颇有点不悦。光头老头老调重弹喋喋不休口若悬河，眼看他马上就能捕捉到美女芳心，获取长时间地与美女的交谈权；我一表人才，就不能“近水楼台先得月”吗？他把光头和美女的话题强行支开：

“姑娘贵姓？”

“姓刘。”

“缘何在泉州上车？”

“到南靖旅游两天，看土楼去，顺便也看看那里的朋友。今天赶回老家平潭，赶着周一公司上班。”小刘很热情回答她身边的豹头的提问。

“好极了，我们同路在福清站下车，你在福清站下车后再转车回平潭，是吧。”

“是的。”

“太好了！”豹头高兴得快要跳起来。没想到美女还是理解我这位“护花使者”的一本心思，你光头算什么，人家只是礼节性地叽叽咕咕敷衍一下，你还以为用媒人作为诱饵，就能轻易钓上一条“美人鱼”，想错了吧，光光头，没戏！

正当豹头如意算盘打得正响之时，与光头同坐的猪头也不甘示弱，不再保持先前沉默。他开始向美女大献殷勤，掏出身边仅有的一些点心转身递到前排给美女，美女也算领情，接过分予周边乘客。糖衣炮弹总算有了成效，美女头后的发束越发后仰，几乎触碰到站立的猪头的宽嘴大脸，猪头顺势迎上，接受头发丝“刷子”一阵阵无意间的免费按摩。猪头宽嘴里喷出的溢美之词伴随着口水一并洒向美女脑后的头发，一场免费的润发细无声也在悄然进行中……

虽属陌路相逢，三男一女交谈的气氛格外亲切，美女也从挎包里掏出一袋干果，回请在座的男同胞。大家边吃边聊，气氛越发融洽。

豹头谈兴更浓，美女回应也很不错。畅谈间，他们的声音渐渐低沉下来……

坐在后排的光头和猪头正为他们的谈话做起比比划划的动作，充当同步翻译，破解谈话密码，用的是高难度的哑剧表演技巧。他俩表演极其投入，光头猪头一来一往心领意会，努力感悟前方传送过来的难以意会的信息，把人家静止的慢声细语的“口动”，源源不绝化为活生生的“手动神动口不动”的同步打手势翻译，呈现给好奇的侧目观赏的身边身后乘客。但光头还能随着剧情的发展矜持表演，只因搭档猪头演到关键节点，竟喷出笑声，惊动了前排美女和豹头，他们随即料到后排2人在“做手脚”搞小动作，意识到此时光头猪头躲在后头“搞破坏”，对他俩颇为亲近的谈心不怀好意心生妒忌。

豹子头不再秉持逆来顺受的处世风格，他站起来维权，对猪头说：“要是你们有兴趣，你也来跟美女坐一会，我们交换位置。”

猪头有点不好意思，连忙说：“还是你们谈得来，我就算了吧！”

豹头也不计前嫌，继续聊天。

“……有新情况，在交换微信号，建立长久联络，”猪头凑近光头耳边一阵私语，“有好戏看了……”又是一阵窃窃私语。

人们都说“三个女人一台戏”，没料到3个男人也能凑上一场戏，我看还是必须有女人的参与，戏才会演得好看。

美女在，助人为乐的事也更加容易随时随地发生，连美女的终身大事，车上居然涌现出好几位男人纷纷端出美女爱吃的“菜”任其挑选，只是难见美女有一丝一毫倾向性的表态。

“两三个对象——特味菜，又端了上来，”光头又来劲了，“看看美人鱼上钩不上钩？”光头晃动着明晃晃的头颅得意洋洋。

“黄了，又黄了。一个太矮，一个太黑，一个太胖，虽然他们都有钱。”猪头为美女对大家提供给她的介绍对象无一适合而颇感意外，“俺老猪当年可没这么高调。凭缘分找对象，不挑不拣，像踩着西瓜片一样滑到哪里认定哪里。”

这时光头接过话头：“小猪弟滑到高老庄也就认定高老庄。”

“去你的，电灯泡。”

光头愈挫愈勇，又鼓起勇气把一月前一位离休老干部老赵托他为其孙子做媒的详细过程隆重推荐给美女，无奈美女又不买光头推销的“富三代”帅哥产品。真是“有心栽花花不开”。

"又黑了。"光头像当头被美女浇了一盆冷水，又被小猪弟取笑一番。他甚至怀疑莫非她就是一位"不食人间烟火"的另类，堪比小猪弟在天宫遇上的嫦娥？光头一时茫然……

"见鬼的，漂亮又没钱，有钱又像猪，有钱有势也不要，真难找！还是她自己去找，我们都是瞎帮忙。看来这位美女注定要成为单身贵族不成？"猪头强忍一肚子难消的怨气，不知是为同伴还是为自个的"好心不得好报"而生气？

"尽量找，缘分一到，一拍即合。"还是豹头与众不同，只是在座信心大挫，元气大伤。都怪美女太美，眼光太高，条件太好，一时对象难找。

……

由南靖开往福州的本趟客车已开过莆田站了，福清站马上就要到了，有的旅客起身拿行李准备下车。

最后由光头做总结发言："无论成与不成，在座热心可嘉；日后姑娘要是看中哪位，请客喝喜酒勿漏我们几个热心的福清贵宾。"但光头转过光秃秃的脑袋，郑重其事宣告："虚拟相亲到此结束，车到福清，还请小豹护送美女还乡。"

话音刚落，豹头吼了起来："废话，还是小猪送，他家有车。"

"我不送，我不会开车；会开，也不揽着这份美差事，还是小豹来！"

美女说："我自个乘车回去，谢谢大家旅途关照，后会有期！"

光头猪头很想说："是关照吗？一场戏说玩笑而已。姑娘，你不会不明白吗？"但话未出口，马上被豹头"一路保重"的临别祝词淹没了……

旅途邂逅美女，车厢里刮起一阵美女旋风，"三头"身处风暴中心，一时也被吹得晕头转向、身不由己。但如此"外遇"着实让"三头"年轻许多：光头更敞亮，猪头更痴迷，豹头更大胆；再说人家美女多开朗，应对突发难题，临阵不乱，任凭风浪起，稳坐钓鱼船，真不愧为一位才貌双全知书识礼的见过世面的现代白领女性！

2017年4月30日

福清理发业今昔

理发业自古以来最贴近百姓生活，在不同的历史时期，理发业总伴随着社会的发展而悄然变化。

20 世纪 50 年代，我住在福清北门外北西亭村。6 岁时常随父亲上西亭街理发店理发。当时西亭街理发店一共有 5 家，是清一色的“单干户”，家家理发技艺不相上下，正因如此，家家都在服务上下足功夫，争取拥有更多客源，生意较差的年轻师傅还时时拎着理发箱离店下乡便民理发。

1958 年成立了手工业联社，从事理发、打石、木工、缝纫、打铁、制饼诸项手工艺的匠人按工种联合营业，不再单干。理发也自成一系，但各工种派系均属供销合作社管辖。理发也由“单干户”转身为“集体户”。这时北西亭 5 家理发店合并成 1 家，5 位师傅每天按时到店，顾客可以自由挑选师傅，理发师的技术、服务态度、服务质量都会影响到自身的生意和收入。20 世纪 60 年代，由于百姓缺钱，总尽量减少理发次数，有的两个月也才理一次发；还有不少是赊账呢。那时理发师收入实在有限。

“文革”开始后，“造反”不断，动乱不断，各行各业都严重受冲击。福清手工业联社到 1969 年已经散尽，理发师傅自寻店面，各自进行个体营业。

到 20 世纪 70 年代后期，改革开放大潮涌动，福清理发业蓬勃发展。坚守旧业的老师傅自立门户，开设家族式的理发店，急急忙忙着手“传帮带”，急速培养理发后继人才，主要靠传承的老手艺和人情世谊撑持门面，客源多数是中老年人。改革开放后新兴的以美容美发为目标开设起来的理发店，装修豪华，环境优越，服务周到，剪发技艺多种多样，发型新潮时髦，但摒弃了拿剃刀刮脸和用棉绒杆扒耳朵等老手艺。新兴理发店做成的发式名目繁多，有染发焗油等，连传统的坐着冲洗头发也改成躺着洗头洗脸。美容美发店的技师们除了剪发洗发，还会一手按摩，让顾客身心舒适，其收费比传统理发店要高，一次理发几十元到百多元不等，显然贵出一大截。此时，各种理发模式各自满足了不同消费群体的需求。福清理发业的大市场很快就形成，且大有向高档层次发展的趋势，理发师收入也在水涨船高逐年增加。

随着老手艺人的逐渐老去，传统理发店也在渐渐萎缩。传统家族式的理发店对新兴美容美发店并不构成威胁。因为前者顾客来源主要是老年人、中年人和少数儿童，而后者客源主要是青年人。激烈竞争在新兴美容美发店中展开。

说到理发价格，变化可大。大体说来，1958 年至 1968 年间成人价大约几分至一毛钱； 1969—1974 年成人价 0.10 元，5 年间价格基本稳定；1974—1984 年成人价 0.15 元—0.20 元—0.50 元—1.00 元，逐年上涨；1984—1998 年成人价 1.50 元—2.00 元，升幅不大；1998—2000 年成人价 3.00 元，随市场物价提升；2000—2013 年成人价 7.00 元，升幅偏大；眼下多数个体理发店成人一次理发价格大体在 20 元不等，是 44 年前的 1969 年的 200 倍。（以上列举为男性理发价）

说到理发称谓，有的称之为剃头或剪头；清朝前蓄发；清朝时剃去头上前半部头发留下后半部头发梳成大发辫，谓之曰留辫；辛亥革命后剪辫留短发，称之为剃头或剪头，剃头和剪头乃当今福清人沿用前人对理发的最通俗的叫法；而今所谓美发则是今人赋予理发一词褒扬之义；还有习见于妇女口头对理发的通俗叫法，如“做头发”“烫头发”“剪头发” “电头发”“染头发”……

今昔相比，福清理发业从业人数在激增，理发师的队伍更加年轻化、理发师容颜相貌更趋端丽；消费者遍及男女老少。当代青年理发师学习和掌握新型理发技术很快，其创新能力更强，不带旧套路，该继承的果断继承，该引进的大胆引进，更愿意也更容易与国际接轨。他们心理素质更好，不像旧社会理发老师傅一直走不出自卑自贱的心理阴影；理发队伍女性从业人数在明显增加，人们不单为清洁而理发，更为个人仪容仪表的美丽和自身形象的美好以及在社交场合上更富有魅力和信心而理发。

回眸福清理发业，由漫长的民间闲散的个体户到1958年成立的手工业联社，再走上改革开放后允许多种经营模式并存并进的新路子。理发业的发展不断迎合了大众的审美观念和提高了人们的生活质量，其中也透视出理发价格与人们生活水平、理念间的微妙关系。

2013年10月9日

追忆露天电影

我很少出入影院欣赏影幕带给我的艺术享受，特别是在中老年时代。但我在少年时代和中小学时期堪称是一位地地道道的小影迷，曾经迷恋沉醉在露天电影带给我们青少年强烈的内心震撼和艺术的陶冶洗礼的氛围中。

当我们置身在夜色笼罩的大操场或空地里，头戴月亮星星，脚踏乡村黄土地，与萤火虫一起放飞梦想的翅膀，把目光聚焦在那张偌大的露天银幕，黑夜不再寂寞。乡亲们早早搬来家里椅子，占位场子，等候露天电影开映。

场子中央用一根竹竿支起电线，接上一盏明亮的大灯泡，电影放映机就放在灯下桌上，两位放映员正在摆弄着机器，从木箱里拿出缠满胶片的胶卷固定在放映支架上，大灯泡熄灭，胶卷在缓缓转动，一柱类似夜间探照灯的光柱，径自瞄准投射到前方系在一家农舍的大墙壁上的一面银幕。这时场内嘈杂的谈话声小了下来，唯余高音喇叭传来电影演员的对话声和场景道具发出的声响。场下人人都是维持公共秩序的督导员：“别大声讲话！”“会哭的小孩先抱回家，别影响大家看电影！”“有椅子的请坐下！”……临场互相监督让秩序基本良好，大体能保证大家都能看清电影听清声音的程度。

遇上中途“换片”（一部电影需要放好几卷胶片，放完一卷要再换一卷），大灯泡亮起，放映员忙于操作，很快又继续放映。露天电影，放映中也会碰上电影拷贝断了，放映员急急忙忙及时接上胶片，由此会造成电影放映中断和电影内容情节的不连贯，农村社员通情达理，都会体谅放映员，并能耐心等待他们修复。有时因片源紧缺，同一晚上不同地方都放映同一影片，那么各放映点只能采用“跑片”，倘如此，等待时间更久。这时放映员会播放一些悦耳的歌曲，帮助观众放松心情免于急躁。一旦“片到”，全场欢呼，那情景真让我想起唐诗“一骑红尘妃子笑”诗句，观众对露天电影的渴望丝毫不亚于杨贵妃对荔枝的渴求。

记得第一次看露天电影是在小学操场，由于观众太多，我们小孩看不到，一伙人相互扶持，跃上小学围墙，坐在墙头上，占据制高点，拥有“天时地利人和”的优越感，高高在上无忧无虑津津有味欣赏起那晚战斗片。把银幕上在硝烟炮火中不畏牺牲的战斗英雄的形象铭记在心，给当年幼小心灵早早播下为正义敢于冲锋陷阵赴汤蹈火见义勇为的种子。

记得离现在最近的一次看露天电影是在1986年，不觉也过去31年了。

那年，我的大哥自20世纪50年代离开浙大教学岗位前往印尼，走出国门一晃34年，首次回乡，为答谢故乡亲人盛情，8月2日晚上，我的大哥请乡亲们一起看一场在家乡大埕中放映的露天电影。那晚，本村和邻近几个村庄的男女老少闻讯都来观看电影。我陪同知识渊博的大哥，自始至终看完电影。大哥从未看过如此接地气的露天电影，我自离家求学工作在外也是很少有机会看露天电影，更何况那晚还是与鸿儒兄长一起观看，倍感荣幸。此后直至大哥逝世，我们兄弟再也没有过一次一起看电影的机会，幸好那晚露天电影成全了我们兄弟依偎在故乡的热土上与民同乐的心愿！在乡音袅袅的大庭广众中，洗不掉悠悠岁月刻下的印痕和独特的故园情愫，露天电影无形中也触碰到“乡音无改鬓毛衰”的兄长深埋心中的敏感的乡愁……

露天电影愉悦乡下百姓心情，是农村高尚的娱乐活动，具有广泛的宣传教育和感染观众的作用，同时也成为乡亲们用于交际应酬时的文明优雅的表达。哪家有喜事哪家发了财，哪家孩子高考金榜题名哪家新近华屋落成，放映一两场电影庆贺庆贺，也觉得脸上有光。东道主还会邀请多方亲朋好友来家做客、欢聚银幕前，品味难得的文艺大餐。

放映当晚，现场门庭若市，电影放映空余时间，观众既可畅谈国事家事、联络亲朋好友感情。场边临时摆放着各色夜市摊点，又可热销甘蔗、花生、香烟、饮料、水果，还有小朋友们馋涎欲滴的糖葫芦、橄榄串以及各式玩具。露天电影既给乡亲们带来眼福，又送来乡亲们各有所需的实惠，饱了小贩钱袋，甜了小孩的嘴巴，这大概是露天电影平台产生的另一附加值。尤其小朋友，最欢迎露天电影，它几乎成了美食节，眼福又口福。

露天电影，你在我人生成长路上，堪称是一页页尚未翻篇的珍贵影像，至今还在我记忆的屏幕上不停放映，周而复始地。我看过诸如4D电影等由高科技支撑起来的样样逼真的电影，纵然获有恍如身临其境惊险刺激的意外感受；但我总觉得它远不如露天电影带给我的心灵的震撼和熨帖，以及那份一言难尽的亲切感、温馨情……

2017年8月6日

农家院落晨曲

东方发白，陈老伯早早起床，他步履蹒跚地走向廊下大门，用他那布满老茧的手哗啦一声拉开大门的铁栓。开始了他这位一生忙碌的老农民新的一天，他算是彻悟“一日之计在于晨”要义的地道的庄稼汉，充分利用好每一天早晨时光，把宝贵的清晨赋予他的最棒精力奉献给农事劳动。他正要巡视田园去了。

居住在院落里的外勤人员随着响亮的鸡鸣声响起也陆续起床了，闻鸡起舞的男子汉们先后出动了，去早早做好出工前的预备工作。纷纷离开屋舍走向田畴。

内勤的工作按部就班进行，家家户户几乎是同步展开，“兵马未动粮草先行”，农家如兵家。各家主妇都在量米淘米下锅忙于晨炊，她们在灶台前忙碌一会后，紧接着是灶下生火做饭，直至早饭将熟，为节约柴火，暂停加热，随后还有两三次短时的继续加热，早饭才会熟透。趁着暂停加热的间隙，主妇们还加进家务小插曲：有的帮忙打扫大众庭院；有的拎着提桶水桶，去往水井汲水挑水；有的把鸡笼鸭舍里的家禽放出门外，让它们到野外活动觅食；有的到屋前小溪里清洗小孩尿布和家里被单；有的把家中的谷物挑到附近埕地里晾晒。晨光映衬出农村劳动妇女勤劳能干的身影，农家院落记录下她们的飒爽英姿。

最后一批起床的当是钟爱赖床的小男孩，他们不知天高地厚，还没有体味到生活的压力和艰辛，总爱在清晨高枕无忧睡大觉。大抵少年们早晨总以为自己早起没用，最大的任务也莫过于吃早饭罢了，甚至有睡不吃也可以；即便如此，但他们依然会在父辈的呼唤声中被叫醒起床。

起床后的小男孩最大的关心莫过于屋后园子里的篷遮蓉花蕾绽开了没有，老屋后边大榕树上的喜鹊窝里的小喜鹊开始试飞了没有。他们从睡梦中醒来匆匆下床，揉揉眼睛不穿上衣，赤膊出了后门溜达去了。来到菜园里，找到墙角昨夜已绽放笑容素面朝天的篷遮蓉。篷遮蓉见小主人清晨到访，格外友好朝着他们笑脸相迎。这些睡眼朦胧的小家伙见状心里甭提有多高兴，同篷遮蓉一阵眉目传情后，还驻足观赏留意选美，伸手摘下一朵心仪的羞涩的花朵，轻柔地攥在手上，准备带回家中慢慢欣赏。他们还不忘举头望古榕，评估树顶鸟巢里的小喜鹊是否已经起床，它们有否进行晨练飞翔，有否从高高的树上摔下受伤。看来少年的心事也还蛮多。他们的爱心已超越人类自身延及自然界中的花木飞鸟。早起的喜鹊妈妈嘴里衔着一条虫儿回来，小喜鹊们欢叫声响成一片。爱管闲事的少年才放下心来，慢慢回家吃早饭去。他们天真浪漫的爱花爱鸟情怀，给清晨大自然涂抹上一笔亮色。

身为人母的前辈们是绝对不能容忍留在家里的小公主们娇生惯养长睡不起成为“懒虫”，更绝对不允许她们不修边幅我行我素。清晨伯母婶母姑姑姐姐即便家务再忙，也会注重仪表，这已成为大院所有女人的很好习惯。清晨她们个个独占一隅，开镜梳妆，认认真真梳理着各自银白的发髻或乌黑的长辫短发后，还亲自动手帮家里小丫们打理头发编织辫子，搽抹上农家自产的化妆品茶籽油，还督促她们早饭前洗脸洗手，同时不忘给她们下达了打扫房间练习洗衣的任务。在家教方面，前辈们似乎更注重小女子的仪容仪表和行为规范的养成。从一天之晨就紧抓不放。但不知她们是不是在顾虑家里小丫们当下的形象和将来大事，才致如此紧盯着一时还不到谈婚论嫁而还得久久待字闺中的她们，就如此动用心思从小就开始严格培训她们每天必做的功课流程，丝毫不敢懈怠。

陈家大院各家袅袅的炊烟早已在清晨明朗空中越变越稀，模模糊糊写下传达“开饭”讯息的几缕稀薄的象形文字，召唤着空腹外出清晨干活的大人和即兴云游的小孩回归农家院落共进早餐。

陈老伯回来了，他菜篮子里放着刚采摘的空心菜和茄子，青菜上沾满晶莹的露水。陈大哥回来了，他已把耕牛牵出牛圈、提前喂以番薯藤，为早上他下地犁田用牛做好准备；他还顺手在路边草丛里摘回一大捧草莓和几颗通红的狗屎葫芦，算是给大院里的孩子们捎上一份意外的惊喜。被大人从睡梦中催醒溜出家门的小子们也回到大院，他们有的手上拿着洁白篷遮蓉花朵，欢蹦乱跳进屋来，把浓郁的花香带回家中。有的小孩还把美丽的蝴蝶和蜻蜓擒拿回家据为己有作为私家玩伴。大院人家带回的大自然馈赠的礼品各不相同，但也诠释了不同年龄的农家老少对生活的各自不同的意会和理解。让刚刚开启不久的清晨一幕充满情趣。

接下来是清晨用餐，农家的早餐出奇简单：稀饭拌番薯，家家如此，下菜料一律为农家自酿的豆豉和自种的各色青菜。因为当年居住在乡下大院人家的生活都不宽裕，不是逢年过节，大家几乎舍不得松手破费购买鱼肉。大家就餐的方式也是极其简单：院里厅上虽摆有 2 张八仙桌，但很少有人落座，大家更喜欢自由用餐，就着院落走道石椅石桌，或坐或立或蹲，一手握筷一手拿着一大一小的 2 个碗（饭碗菜碗），边走边吃，边吃边聊，并不纠缠早餐味道，但求果腹。

小狗狗蹲在小主人脚边，可怜巴巴望着主人饭碗，希望分得一瓢羹。通情达理的小主人从碗里夹起一块番薯扔在地上，狗狗津津有味享受着，还不时摇头摆尾谢恩不止。活泼好动出户觅食的鸡群意识到院落里有利可图，也赶了回来参与“分红”，这可引起小丫们高度警觉，尤其是去年那位被公鸡抢走碗里唯一一块肉的小姑娘率先站立起来，并把碗托到肩部。鸡群见“分红”无望，只好在人们喝叱声中悻悻然撤退。在大厅房梁和院子屋垄上活动的麻雀，无法得到小孩们慷慨的施舍气急败坏叽叽喳喳，但凭着它们敏锐的小眼睛和敏捷的飞行能力，也会猝不及防俯冲至用餐人的面前，捡拾他们不慎掉落地上的饭粒和菜梗。早餐席散，人和动物均已离场。看似食物早已瓜分罄尽，没想到来了一群微型动物——小蚂蚁，凭借着它们特有的嗅觉功能，还会在空空如也的就餐地面找到食物屑粒并高高兴兴搬运回隐蔽的蚁穴集体享用。

大男人们一般不会与小孩和妇女呆在家里共进早餐，他们手端饭碗，走出院落，到得村上大路旁一棵枯瘦的鸟梨树下，边吃边议农事边派工。院里院外，农家的粗菜淡饭为即将出征的劳动大军输送能量。

早饭后，大家出工去，青壮年男女下地干活，少男少女赶着羊群到山上放牧，年龄更大一点的孩子，穿上草鞋，带着柴刀，扛着扁担钩索去到山上砍柴。唯余缠着小脚的女人和高龄老人留在家里照料孙儿孙女，多子女的老女人脾气特好，她们把多家的孙辈哄得服服帖帖，不辞辛劳，尽量做到家家满意。她们不单照看小孩，手牵怀抱；还帮忙干点力所能及的家务，诸如喂养家畜家禽、洗刷盆碗、分拣韭菜、洗菜烧水等杂活。儿媳妇们出工去，家里一大堆事情都要她们来帮忙。有时她们一人要疲于在各家奔走，要煮好几家午饭，但她们依然躬行不误毫无怨言。充分表现了农家老一辈妇女坚忍不拔隐忍耐劳甘于奉献的精神品德。

农家院落的晨曲是一天正式劳动开启前的序曲，催人较快进入一整天的劳动状态；它铿锵激越，颇富感召力，冲垮一切疲惫懈怠的意念，唤醒催促了院落里的男女老少不误农时各司其责；它和谐优雅，潜藏着榜样的力量，润物细无声；它大爱无疆，营造出尊老爱幼团结友善一派欣欣然的农家乐的氛围。

回忆当年群居一处院落的七八户人家 40 多号人口，大家礼让相处，春风一家，年年岁岁共同谱写着农家院落的和谐晨曲，至今犹有许多可圈可点的感人情节值得我铭记在心！实在应该感念当年芳邻一如既往的温情博爱、相敬如宾、和睦相处，让我度过那段难忘的时光。回味当初，总觉作为农家院落里的一员，有机会耳濡目染庭院里平民百姓的正直善良勤劳质朴，并与同龄人团结友爱一起成长，深感今生有缘和荣幸！

2017 年 9 月 2 日

四 生活雨丝

错　位

生活中少不了阴差阳错的现象，有的是历史的误会，有的是人为的干预。但可以这么说，绝大多数的错位本就不是人们（当事人）的初衷。

“文革”让20世纪60年代正处青春年华的高中毕业生们卷入“十年动乱”的漩涡，白白错失了上大学学习的机会，直到粉碎“四人帮”后的1977年全国恢复高考，这些有了家室有了子女的“老三届”学生才有机会重返高考考场。当他们圆梦高考之时，这批考生多数都已步入而立之年　。但迟到的春天依然让他们心花怒放。当有些人幸运考上大学时，他们的子女多数也已就读小学，他们是同他们的子女一起背着书包上学的。这不能不说是中国教育史上的一场史无前例的大错位。

在当今家庭教育中，不服管教的小混混，他们不尊重父母，不服从父母管教，我们甚至可以看到有些缺乏教养的小孩与其母亲扭打的场面。这不能不说是无视或忽视家庭教育所造成的长幼错位啊！

在农村，也还有婆婆地位远不及媳妇，在反对封建社会传统习俗的求平等观念时，总不能无视长辈婆婆的人权。有个别媳妇对婆婆竟敢大胆谩骂甚至虐待。这般违背社会道德的错位行为不是我们所愿意看到的。更有那些不孝子，不负起赡养父母之责任；一旦分家产则强调要皈依传统做法，斤斤计较：长子长孙份额，一样不能少。而谈及分摊责任，似乎于己无关。这样的责任和利益间不相称的分配错位实在要不得。尊重长辈赡养父母天经地义、责无旁贷。关心老人，也是关心明天的自己。那思想观念和行为准则上的错位折射出的正是一些人膨胀的私欲。这些因人为而导致的错位实为道德所不容！

人为的错位有的是出自政治目的或家族利益个人得失的纷争。诸如《红楼梦》中的宝黛爱情却被掉包扭曲成宝钗凑合，家族利益剥夺了青年男女的恋爱自由，封建家长制的铁腕权势谱写的一篇篇骇人听闻的悲剧常令人揪心令人发指！

日常生活中的错位有时也会令“几家欢乐几家愁”，表面看来似乎是命运的安排和捉弄。

30年前的一天，一名姓李的乘客在福州汽车站买票候车待发，而另一名乘客急匆匆进站来，说他有急事，需要上本趟车方可来得及赶回福清办事。老李见状，把自己手中之票让给他，自己改乘下一趟车回家。他想回家迟了一步不碍事。相隔不到半小时，老李所乘之车追上了上一趟车。上趟车因车祸已瘫倒路旁多时。那急匆匆赶车的乘客却因抢先一步上车却遭遇了飞来的横祸，而李某的一次无意“错位”，却避开了一场旅途车祸。错位有时就发生在一瞬间，而且始料未及。

2008年闽东一个村子突发泥石流，有一个老爷爷的家正好住在那里。每晚孙子都要来爷爷家住宿，当晚突发的泥石流冲毁了爷爷家的房屋。清晨从不远处赶到现场的父母目睹泥石流冲毁并覆盖房屋的惨象后，为人亡屋毁而号啕大哭。这时从远处走来一位少年，一个幸存者。原来昨晚他到游戏机店打游戏，玩了很晚才到爷爷家，见房屋被锁——因为爷爷也以为他今晚就睡在父母家，不来住宿了，所以才锁上门。少年又折回到游戏店，通宵玩游戏。他有幸地躲过一场自然灾害。这恐怕要算是歪打正着的错位吧。阴差阳错，竟捡回一条小命，给蒙难的家庭和悲伤的父母留有儿子存活的惊喜。

在我们现实中也有歪打正着的例子。例如一美人脸上一处凹陷的小伤疤，正好不偏不离地落在酒窝处。伤疤当酒窝——正成全了这位大美人——美上加美。小学老师曾给我讲过一个故事。一位织绣的老太太，日日夜夜在赶织一幅风景画，以致心力交瘁眼中出血，而这滴鲜红的血正好滴在绣布正要绣上去的一颗果子上。滴血非但不成败笔，反倒成了一处恰到好处的点缀。生活中歪打正着的事例还多着呢。例如乒乓球比赛的幸运球——擦边球，让对手猝不及防。但毕竟纯属偶然性，并不具有普遍意义。这些原先意想不到的意外错位的到来却恰恰帮了人们大忙！

我们为人处事都应该尊重客观规律，要克服侥幸心理，凡事要有思想准备，尽可能让一切事物都能顺从正常发展的轨道有理有序地运行。这才是人心之所愿啊！

2009 年 3 月 22 日

别样情趣

一位老人牵着 6 岁的孙子在看画展，孙子在一幅漫画前停了很久。老人拉着他继续往前看，他就是不肯，神情越发专注，看来他对这幅画怀有莫大兴趣。爷爷也把注意力投到画面上，左看右看，也看不出什么名堂来。它就是一个圆洞，一只猪娃把头伸到洞口，也不知它要做什么。孙子马上脱口而出："爷爷，小猪在看妈妈煮饭，好香啊！"

多么精辟的一句童言！这是孩子眼中的画面内容。超强的想象力让他的爷爷感叹一番："永远找不回孩儿时的情趣了。"

童言童语听起来似乎极其幼稚，但它恰恰道出了纯真的童心童趣，展示了儿童时代一片晴朗的天空。不同年龄段的人群，他们的性情、爱好、情趣迥然有别。为了追求真实，难怪导演王扶林在拍摄电视剧《红楼梦》时，就大胆果敢地启用那些没有表演经验却有着纯真情愫的少男少女。为的是让表演更逼真，让少年情趣表现得更自然更充分，让观众有个耳目一新的感觉。

说到在表达自己对身边事物的感悟时，大人小孩就是不一样，真可谓云泥之别。而它所折射出来的性情、志趣、情调、趣味当然也是大相径庭的。

一天， 9 岁的孙子慌慌张张地走到我的书桌前向我报告："爷爷，我们家成了动物园。"好夸张的语言让我大吃一惊。他立即指着墙壁上的一只壁虎和书橱下一只探头探脑的蟑螂给我看。

正因观察外界事物的角度方法与众不同，加上诉之语言的尺度分寸乃至表情达意的神色又大不相同，这些都跟各自年龄段的人的不同的心理息息相关。不同的表达显现出各自不同的情趣。儿童天真描述客观事物的幽默性风趣性在某种程度上是成年人难以企及的。

儿童对外部世界充满好奇，在他们眼里，一切都是那么新鲜有趣。他们是在用简洁的语言原生态地快捷地毫无保留地去努力描述现状和尽力表情达意。而大人们表达时则把所见所闻的信息加以综合甚至掺杂进个人的思想倾向后才“发布”出去，其中被大人认为司空见惯的现象和内容一般都被省略掉。而小孩遇事少见多怪，芝麻西瓜一把抓，其浓烈的积极感悟事物的盎然情趣通过一言一语一笑一颦一举一动显现无遗，真可谓“天然去雕饰”，何况他们也不知何为雕饰，也不理解为何要雕饰。于是“童言无忌”就产生了。

随着年龄的增大、阅历的增广、对外界感知能力的增强，成年人往往陷入处事不惊甚至冷漠处世的状态。特别是老年人更容易出现这样特点，外部世界对他形成的引力在降低，自己对生活的热情和情趣也在一点一点地淡化，见怪不怪，这时的情趣当然比不上青年人了。

就拿我 2009 年 5 月里一次看表演来和我 30 年前一场看戏相比，真是一样热闹两情趣。当年正处古装戏被禁演的年代，为了能看到一场古装戏，一群年青人披着夜色跋山涉水赶到几十里外的山庄祠堂站着看戏，一站就是一两个小时，高涨的热情兴趣，无可比拟；而 2009 年 5 月里的一天我接受友人邀请前往某旅游点观看演出，由村干部陪同舒舒服服坐着看戏，才看 10 分钟我就想起身一走了之。事过境迁，今非昔比，心境显然发生很大变化，真是“此一时彼一时”也。不是 2009 年露天演出不好，而是缺少了当年强烈渴求看戏的心情和兴趣，即便再好的演出一旦遭遇缺少情趣时，观赏的效果必将大打折扣。

但我们还是应该感叹赶上了盛世，祖国处处遍开文艺之花，人人都有机会看戏，我也希望自己看戏的情趣不要因工作的忙累而减损；自己要更加热爱更加关注文艺，努力钻研，不负众望，辛勤创作，写出更多的为人民群众所喜闻乐见的优秀作品。

爱好和情趣很多时候是源于主观发自内心，因人因环境而异，难以强加于人。在丰富多彩的世界里，让我们多一点良好的爱好和优美的情趣，同时也要努力培养和百般呵护儿童们在成长路上表现出来的别样情趣。愿美好的情趣如影随形，伴随大众一生一世；让我们的情趣与日俱增，愈显广泛愈加浓烈；祝我们的生活有滋有味，处处充满明媚的阳光！

2009 年 5 月 29 日

“喝咖啡”断想

一提及节约时间，总想起鲁迅先生的一句话：“那里有天才，是我把别人喝咖啡的工夫都用在工作上的。”

的确，一个惜时如金的人，没有把宝贵的时间尽花在休闲上，而更多是把有限的时间投放到他毕生为之奋斗的事业上。

如此说来，并非休闲不可取，也并非不给休闲留有时间。人的一生要有劳也有逸、劳逸结合，只是千万不能好逸恶劳，白白浪费时间，耽误了人生大事要事。

显然，咖啡并非不可喝，咖啡馆是可以进去的。凡与“喝咖啡”性质相类似的一切休闲活动，也都还是可以根据个人的爱好和需求予以酌情选择实施。正如适量饮酒，只要不超量不过度，都在可取之列。

因为人体并非机器一架，也有其疲劳的时候，也应该有休整的时刻。不顾人体实际承受能力而过分加压加码，也会损害健康无补身心。而适当的调节、适时的整修，倒会促成工作成效的提升。

休闲看似停止工作。其实不然。“磨刀不误砍柴工”，休闲之中甚至正是开启智慧之门的最佳时刻。古希腊著名学者阿基米德在洗澡时不就发现了浮力了吗？且不说如此惊天动地的发现，就说休闲过后，一切烦恼被抛到九霄云外，一身轻松，精神饱满，思路畅通，心态良好。在这样情况下投身工作，自然也就功效大增。

肯定了“咖啡”可喝，并非一味整日整夜泡在咖啡馆里，坐饮不起。无端地空耗时间是不可取的，过分地追求享受更是无补于事，不论是身体，还是精神。

一旦过分贪图休闲享乐，就会丧失了起码的“吃苦”精神，总依赖总指望多“喝咖啡”，少干工作，这样无目的的消遣，无形中也是在自我麻醉自我损伤自我不思进取，从而导致本该属于你的机会悄然从你身边溜走丧失，岂不惜哉！

我们所说的“喝咖啡”，指的是正常休闲，是工作劳累后的休憩。让柔和的灯光营造出一种宁静安闲的氛围，让朋友的良言益语松弛你紧绷的神经，让你的身心在悦耳的琴声、提神的饮料和绵绵的情语中归于宁静愉悦。这样的休闲，给了你充沛的精力，让你的工作更起劲更出色。也不至于终日皱着眉头苦干，仿佛与自己永远过不去似的。

我很少“喝咖啡”，现已作别往日“天天赶路”的生活，但仍“退”而未休。而今方能从繁忙中脱身且能初识休闲之意义，于是乎写作本文，以明“不懂得休息也就不懂得工作”之道理。并借此与仍在风尘仆仆马不停蹄不辞羸弱的跋涉者们共勉。让我们解鞍歇马步入驿站，一起去美美地喝上一杯咖啡吧。

2009年8月21日

话说“适应”

都说改变自己既定的生活习惯是件难事，我也曾如此认为。但现实生活中，一切也并非都能按照个人意愿行事，大多时候也还得服从客观实际，去努力尝试适应新情况。

我在乡下念小学时，高小就开始住校晚自修，晚自修后统一在学校留宿。当时我们是睡集体宿舍，宿舍设在祠堂戏楼边上，墙上挂着一架挂钟，每隔半个小时报时一次。留宿异地，我怎么也睡不来，直至钟敲3点，我仍无眠，只好起床，推开祠堂大门步行一里多路回到家中睡觉。夜深回家，父亲觉得奇怪，我讲述自己的苦处，反倒得到父母安慰。三番五次尝试，就是适应不了漆黑一片的祠堂楼上宿舍，每晚总当逃兵。

这种易地难睡的坏习惯延续了很长时间，经久不变。至今外出出差的第一天晚上易铺睡觉总难睡好。习惯中的惯性作用与环境的改变总让我难以适应。我常常为自己适应外界能力差而深感苦恼。

说到适应，也有强制自我适应的时候。外出作工，住在四面通风的草棚中，在民工吵吵嚷嚷的环境中也能呼呼入睡，那是时势所迫啊！过度的肌体劳累让灵敏的条件反射迟钝，但这并非是在自然状况下的“适应”表现。

有人开灯能睡，吵闹能睡，甚至肩挑担子也要小睡一会。我真佩服他们随遇而安的适应能力。

因场合不同，其适应能力或多或少有所不同。同理，工作与休息一样，也有惯性作用，也有它的适应期。比如天天早起的老人，你叫他一下子要睡到中午也不现实；而没有午睡习惯的小孩，强迫他午睡也只能是“竹篮打水”。

刚满 60 岁，退休在家，过上不要教书的日子。但我总是适应不了这突如其来的变数，总难舍那朝夕相处的讲坛，总盼着那天天面对的万千学子。清闲下来总清闲不下来，总觉得丢失了什么，走也不是，站也不是，坐也不是。血压在升高，情绪在暴躁中失控。我常问自己：你本该拥有的起码适应新生活的能力到哪儿去了？只得委屈自己，强忍自己，去适应新生活。俗语说“强扭的瓜不甜”，但面对不是你情我愿的严峻现实，也只能“削足适履”。我真不明白我的适应性干吗就是不如有的人，人家一退便休，很快进入角色，我真佩服他们具备 “到什么山唱什么歌”的适应能力。

在适应性方面，我还得经受艰苦的磨练。要是生活中的某个链条突然断裂，就会造成我情绪上的失控。我孝顺母亲，视她为我生活中不可或缺的亲人。可她走完 94 年人生路离我而去时，我悲痛欲绝。那年那月我天天六神无主、食不甘味、睡不成眠，仿佛生物钟一下子被彻底搞乱。我有时也责怪自己太过于多愁善感，太过于执著一念，因此现状一旦改变，自己总难及时调整情绪，总陷入束手无策自我折磨的境地，严重地影响工作，影响健康。

看来适时调整好心态是培植适应能力的关键。

人生多变，生活多变，环境也在不断地改变。这就要求大家都来适应多变的人生和多变的生活。且不说得那么严重——顺者昌，逆者亡，但一个人最起码的适应能力还是应该具备的。倘能如此，面对新生活也能有思想准备，也能积极响应、及时应对。那么，有了应变能力，穿惯了平底鞋的农村大妈也敢穿上高跟鞋，睡惯了床板铺的大爷也乐于睡在“席梦思”床上，甚至连吞云吐雾的老烟民也能一改坏习惯与烟草来个彻底告别！

说到“适应”，“心态”固然在起作用，但个人意志更是培养适应能力的重要条件。没有意志的支撑，三天打鱼，两天晒网，何日能让“适应”到家？

对于好的习惯、进步的新生事物，我们应奉为“圣旨”，尽一切力量去适应它，服从它；而对于不良恶习和新冒尖的歪风邪气，则应横眉冷对，与之格格不入，非但跟风不得，还得自觉逃避它远离它，免受其害；甚至还得千方百计地去揭穿它改变它。

2009年9月25日

透视遗憾

20 年前，老林出差福州，买了一张下午 4 时 30 分的返程车票，他却嫌到福清家中太晚，硬是要换成下午 3 时回家的车票。可万万没想到伴随着早归的却是一场车祸，公交车出站半小时，中途翻车，老林同车上乘客都身受重伤。非但不能早早到家，反而住院治疗。

老林在病床上反思：不换票，就不会有车祸。当时自己心太急，为了赶时间才去换车票。当时想自己到家时，而那位给他换票的乘客都还在福州车站呢，心里甭提有多高兴。可如今事与愿违欲速不达，代人受难追悔莫及，深感遗憾。

董老是我市一位大名人，在一场特殊的运动中，一天，他被通知到机关开会，帮助领导建言献策，会后备有招待午餐。因董老临时有事，没能与会，于是他很快想到叫好友林老去顶替自己开会，目的是为了让好友林老也能获取一次“打牙祭”的机会，好好享用一顿午餐。好友林老果真顶替董老赴会，讲了很多话，吃下那顿饭。当然林老对董老的看顾也是心怀感激。不久，因林老在会上言辞激烈，便被戴上“右派”帽子，直到 20 年后这桩错案才得以改正。

董老一直心存愧疚，留下终生遗憾。缘自好心好意的借花献佛——请林老吃饭，却给好友留下不可弥补的人生一大遗憾。自己虽逃过一劫，但闯入朋友及其家人的人祸也同样给董老留下刻骨铭心的遗憾。

20 世纪 50 年代我家叔父和我家大哥在印尼雅加达合开一家织布厂，因经营不善，工厂不断亏本濒临倒闭。恰逢此时，有人要接手工厂，我的大哥建议叔父立马将工厂转让他人经营，至少还可以收回过半资本，叔父就是不肯放手，我的大哥也只能屈从叔父的一己之见，最后织布厂破产倒闭，血本无归。

本该可以避免的一场更为惨重的巨额损失却在一次错误的拖延中铸成无可挽救的败局。商业头脑可不能患上“痴呆病”，一旦“病”发，发财的美梦就会落空，大量财产的流失将不可避免，遗憾便落落大方翩然而至。更让人遗憾的是原本和睦的叔侄关系也因生意场上的失败蒙上阴影，叔侄两家形同陌路。

一对恋爱中的青年，小伙与姑娘的约会总不准时，责任都在男方。最后一次约会，让姑娘在雨中多等了 10 分钟，过了这约会时刻的 10 分钟，依然不见小伙出现，姑娘便心灰意冷扬长而去。

仅这么短暂的 10 分钟，却让女人的心破碎，在姑娘的眼中，10 分钟已被无限放大；在男人眼中，这 10 分钟的重量确实不菲，真是“一寸光阴一寸金，寸金难买寸光阴”！要爱情、要幸福，就得算计好时间，为了赶赴“特别的爱”的约会，赴会时间一定要留有提前量，且要精确再精确，可千万别采用“子丑寅卯”那样粗略的旧时计时法。

某山林突发大火，即将殃及建在密林深处的千年古刹，而寺中一位陈老汉却熟视无睹，无视众人相劝，就是不肯走出他的小屋。还说：“又不是没见过山火，少说也有 10 来次，不也好好地活下来。”众人劝不动他，迫于火情危急，只好先撤。结果这场大火偏偏“光顾”了小屋，老汉烧伤了。命虽保住了，痛却挥之不去。

“宁信己，不信火”的老汉，不愿挪步，给人留下遗憾多多。不知他在饱尝了烟熏火烤的滋味后，是否真的已读懂了“水火无情”这句箴言。留点遗憾标记在身，也当作是“前事不忘，后事之师”的警戒吧。

古时候，有个渔人在修船时，无意间斧头脱手，误伤一人要害部位而致人死亡。此桩命案正交付衙门文书处，待其写好状文，县衙将择日审理此案。渔人深知文书笔墨重要无比。离出事 3 天后的清晨，渔人下海撒网捕鱼，捕到一条硕大无比的带鱼，他喜出望外，想巴结一下衙门文书，好让其高抬贵手网开一面，希望能给自己从轻量刑留下生路。于是他马上送礼文书家。文书妻子收下礼物。渔人刚回，文书急匆匆从里屋问话其妻：“渔人送何礼物？”

其妻应答："一条带鱼。"文书心中不悦，将桌面写好的状文又看了一遍，拿起毛笔将文中"溜斧杀人"的"溜"改为"持"，经文书一字之改，原先无意杀人变成了有意杀人。改后的状文交由衙役送呈县令大人。午餐时，文书见饭桌上一面大盘子里放着一段大鱼块，文书又问其妻大鱼块所自，其妻告之："乃渔人所送，一条带鱼重 30 斤，实属稀世之礼！"文书心中掠过一丝遗憾，口中称道："渔人必死无疑，此鱼要了渔人之命。"

草菅人命的文书在物质的刺激下，也会有良心发现的时候，瞬间即逝的遗憾也证明了封建官场腐败成风。

古今遗憾，举不胜举。介子推志焚绵山，令知恩图报的晋文公遗憾不已；沦为臣虏的李后主，亡国之恨难以排遣；勾践灭吴，令吴王饮恨九泉……滚滚长江东逝水，道不完的古人遗憾，写不尽今人的遗憾。要想少点遗憾，必须多点心计。

2012 年 11 月 9 日

问 雨

谁说黑夜最容易给人带来寂寞，我却说淫雨时节更让人愁煞心怀。雨的千针万线拉长了寂寞的长度。

雨，你依然自恋不已毫不顾忌人们的情绪，一味缠缠绵绵滴滴答答喋喋不休。你从天而降激起的雨声犹如一支支响箭穿透我的心胸，令我难受之至。

连日梅雨天，蛰居家中的感觉堪称无比寂寞，我试图通过雨中回忆来缓解寂寞，可是回忆也在下雨，处处有雨所形成的包围圈，我无法逃脱你布下的恢恢雨网。即便你肯放我一马，一片泽国，也令我茫茫然无所适从。

我想举步外出，又苦于无伴相随，孑然一身，何来雨中浪漫？我望雨息心，归于片刻的宁静，但回忆又很快抬起头来。回味，回味过往，回味的宗卷一页一页地翻过，都是雨打后的潮湿，不经意间都要挤出水滴甚至泪水。回忆既然不成，散步又不可得，我索性试图狂奔舞蹈于迷蒙的雨中，但老年的睿智堵塞了一时轻狂的想法。万事不成，只能，只能，只能静坐窗前，心不在焉望万里云天；只能，只能，只能耐心等待，等待一夜来风吹断檐前呕哑嘲哳的雨声。

雨中的寂寞总不肯松手，紧紧抓挠着我的心；淫雨不愿知足，还在大自然的大舞台上演着无聊的活剧。雨，你难道真的不明白要适可而止的道理吗？雨，总不能让如我一样的人去饮尽因你而生的长久寂寞吗？

2013 年 6 月 11 日

出发点

出发点不就是出发时的地点吗？普普通通。就人生而言，出发点是漫漫人生的起始站，也可把人生不同阶段的始发处视为出发点，走完一个阶段便到达一个终点。一个又一个的起点和终点组成一个完整的人生。试问人生有几个出发点？答案难以确定，因人而异。

出发点就是出发点，不足为奇。

天下风景无限，人生过往站点无数。负笈求学者，出外打拼者，多半胸怀大志敢走天涯，他们绝非宅男闺女自恋原地不挪步。他们虽知“寄蜉蝣于天地，渺沧海之一粟”，但还是具有敢于闯荡天下的旷达乐观精神。人生短暂，事业远大，容不得见难思退“归去来兮”。“外面的世界很精彩”，位移大有必要，脱离襁褓寻求成长，顺理成章。

出发点就是出发点，人生轨迹和各个事业之始点。

不论发自何处出自何方，要么繁华都市、抑或穷乡僻壤，要么名门世家、抑或寻常门第，一切都要看重出发后的表现，把握好正确的方向，一次次绽放美丽，管它春夏秋冬，一年又一年，不以起点高下作为包袱，唯把事业成就看成重中之重。倾情演绎精彩人生者，必将脚踏实地放逐青春梦想，为人生，为自己，为他人，更为未来，也为出发点增光添彩。

出发点就是出发点，出发点不相信眼泪。

出发后对“旧林”“池鱼”的忆念在所难免，不乏乡愁，不少离情。作别故土，多多少少会怀揣着对出发地的留恋和出发时的感慨，此乃人之常情。但理性深究一下，当日的出发不正是为了今天的发展和明天的辉煌吗？那么，少一点儿女情长、多一点英雄气概，勇闯天涯四海为家，不为脱离出发点后潜滋暗长的愁思所羁绊，而是超乎常人境界，顺从自我心愿做出的最合乎情理的选择，苦心经营刷新每一次出发后的风景，让人生精彩不断大有必要！“人往高处走”，“择其善者而从之，其不善者而改之”，远游者为创造美好未来毅然别井离乡，值得出发。

出发点就是出发点，人生无处不出发。

我们并不排除人们浪迹江湖后会选择再次回到原先和过往的出发点，但更有理由相信：历经岁月沧桑的人会把最先出发点的情感深藏心中，反复对人生路上最先的和途经的各个出发点加以审视，权衡利弊得失后，根据现有状况一路再出发。因为生命不息，出发不止。

2013 年 6 月 28 日

风风雨雨读书路

我的求学读书之路并非一帆风顺，但这丝毫不能消磨我无比热爱读书和写作的情怀。一路走来，我付出了很多，也收获了不少。于心无愧，体会深刻。

青少年时，我就嗜书成癖，阅读不少名著名篇。“十年动乱”，我失学回乡务农，但我仍想方设法借阅农友家中的藏书，甚至手抄书稿偷空阅读。“文革”结束，我考上大学，接触不少书。在从教路上和退休的岁月里，我更加珍惜读书机会，因为读书机会实在来之不易！

我因读书成瘾，天长日久，养成每天必读书的生活习惯。个人卧室和书房堆满书，床头桌面放着书，便于阅读。无论多忙多累，我都会挤出时间读书。在书的围墙中，我埋头工作、勤奋读书；在书林中，我静静地散步旅行，感受着书赋予我的灵感和力量。每天在缕缕书香熏陶中快乐生活。

我之所以酷爱读书，其中有受家庭环境的熏陶和影响。我的大哥是苏步青教授的得意门生，他 80 年如一日，手不释卷，刻苦学习。他的学识人品，深深影响着我。我酷爱读书，也有着历史的原因，加倍突显了我们曾被“文革”耽误学业的一代人胸怀振兴中华而自觉学习的主动性。

想想过往，读书的欲望在我心中一直表现得异常强烈。即便在 1962 年家庭遭受火灾的困境中和以后我交不起高中学费的拮据的境况下，我依然不愿放弃学业，一直坚持到“文革”开始全国停课为止。我宁愿饿死，也不能无书读啊！

初中高中在校求学期间，图书馆成了我必去的地方。每年放假，我总借回好多书，加班加点阅读。现在还能清楚记得我曾借阅过的小说，我还做了大量的读书笔记和卡片，摘录书中优美片段。广泛阅读无形中也惠及我日后写作能力的不断提高。

记得“文革”之初，我向同班好友借了一本《老残游记》，我如获至宝，一夜间就如饥似渴读完全书，欣喜之情不言而喻，我深深陶醉在文学带给我的美妙的感觉中。

“十年动乱”，我和弟妹都失学在家，可我求学之心并未完全冷却，农闲时期，依然看书动笔。“文革”结束，我作为“老三届”学生乘上高考末班车，圆了梦寐以求的“大学梦”。参加中学语文教学工作28年，培养了不少学生。2008年退休，退休后依然满怀热情发奋读书勤于笔耕。纸墨的芬香一直在我余生里绵延，给我的身心健康带来无比的清新、宁静、安乐。

我于2008年出版《山花笑影》一书，又于2012年出版《白桦树皮》一书。其中《毛毛雨》《那一篮渴望》入选福州市高中毕业班语文试卷考题。我还参与《中学生优秀作文选》《福清陈氏大宗谱》的编纂工作。我总将自己的习作赠送给各级图书馆和学生，让更多的人一起来分享读书的乐趣。赠人玫瑰，手留余香。我心快哉！

我曾三赴连江少数民族班和连江潘渡村，送书给畲族小朋友、福清侨中新疆班学生、学校的领导和同事以及退休老同志，鼓励更多的人加入读书的行列。为带动促进读书活动蓬蓬勃勃开展，在尽我的最大努力。我曾多次应邀参加与读书相关的全国性会议，我还多次应福州市教育局指派到6区8县参观、考察、调研、评估中小学文学社工作，也曾多次参加福州市读者协会举办的有关会议并在会上交流读书心得体会。

我做过许多与读书有关的工作和参加一系列与读书有关的活动。我曾在福清华侨中学担任蓓蕾文学社负责人20多年，在我任内，蓓蕾文学社曾获“全国校园文学社百面旗”“样板社刊报”、福州市校园文学社“春笋奖”“园丁奖”“新苗奖”“福州市中小学校园示范文社”。我本人被全国文学社团研究会评为优秀指导教师，被中国校园文化艺术研究中心授予“中国文坛之星”荣誉称号，被福州市教育局授予“福州市中小学校园示范文社优秀指导教师”。

我还向国内著名作家和文艺工作者及身边同事交流读书心得，虚心学习创作，取人之长，补己之短。我坚持每天读书，生命不止，学习不停。

所有围绕读书活动所作所为无非是让自己有机会多学习快提高，意在让绵绵的书香为和谐社会增添正能量。

读书给我的体会着实很深，它不单是个人爱好可有可无的问题，它关乎一个人文明素质文化涵养，它也是关系到整个国家、民族、社会乃至人类的前途命运的一件大事。

要说读书的体会，我以为读书应该做到以下几方面：

一、读书的习惯要从小培养。

众所周知，好的读书习惯一旦培养起来，就会终生受益。如果从小就接受诗词歌赋的熏陶，诵读《三字经》《弟子规》这些浅易的蒙学读物，由浅入深，从“起跑线上”就开始培养良好的读书习惯。由“好读书”转化为“读好书”“多读书”就相对会更容易一些。

二、读书最好要有人指导。

要因势利导，多读书，读好书。把主要精力放在主攻的方向上。有主有次，选择性阅读。有的书精读，有的书浏览，有的书研读，有的书圈读，读法不同，目的明确。

鲁迅先生曾被邀为友人儿子开列读书书单，这是请先贤指路的典型例子。各中小学文学社指导老师、科任老师的指点对成长中的学生造成的影响不可低估，家长的指教也是不容忽视。这些行为都会起到影响青少年对读书的认知理解和重视程度。

三、读书要善于利用一切可以利用的条件。

图书馆、阅览室、读报亭都是读书的好去处，文学社、作文园地、黑板报都是读写的“练兵场”和“检阅台”、纸质版、电子版丰富多彩的阅读材料给读者提供诸多方便。只要肯读书，就可以利用身边一切条件去读书，即便荒野破庙、茅屋孤灯一样可成就学子读书之美。

四、读书要营造读书良好的氛围和大气候。

要树立读书为荣、人人读书的社会风尚。社会、学校、家庭、个体都负有责任。要高度重视知识的作用和创新型人才的培养。构建全社会热爱读书、书香绵绵的大环境。

五、读书要与实践相结合。

读书的目的在于使用，学以致用 ，把学到的知识运用到写信、写作、科研等社会生产生活等实践活动中去；读书为的是汲取书中智慧，不是图虚荣和讲摆设。

六、读书要坚持不懈，持之以恒。

读书客观条件重要，主观努力更不可少。要不避寂寞，快乐读书，排除困难，终身读书。

读书话题千头万绪，一朝一夕难以言尽。

2015 年 1 月 21 日

（本文根据 2014 年福州市“书香人家”“读书明星”颁奖会上笔者接受《福州日报》记者采访时的发言稿整理成文）

讲究称呼

都说当代是看脸时代，外貌协会大行其道；都说世上最难是说话，外交辞令甚至关乎国计民生。与人交往与世界对话真的就到了这么难于应付的地步吗？且不说大的方面，就拿与人交往中对人称呼这件看似不甚起眼的小事情来说说吧。

与人交往，相见以礼，是必须的。但也有忽视“礼”而置“礼”于不顾或对“礼”孜孜以求锱铢必较的例子。先说一个故事：

胡咧咧与王得得是小学、初中、高中、大学时的同窗好友。大学毕业后，胡咧咧到一家研究院工作，很少与外界联系；王得得到一所中学任校长。胡咧咧首次在同学会上见到王得得就直呼其名“得得”， 王得得心中虽有不悦，但还是笑脸相迎。第二次见面，是在王得得校长室，胡咧咧依然直呼其名，这时王得得面无笑容，显得异常尴尬且流露出对对方冷漠的态度。第三次见面时，王得得校长已升迁为局长，胡咧咧走进局长室，就感到有一股官气凌人的感觉，他向王得得道明来意，王局长爱听不听，推脱有急事要办，便下了逐客令，自个扬长而去。

当胡咧咧扫兴归来，向本院一名研究员谈起三见王得得一事。同事说：“不足为奇，今日王得得并非昔日王得得也，千错万错就错在你对他非礼的称呼上。当他身为校长局长之时，相见之时就应以校长局长称呼他，不能直呼其名，特别是在办公室。”至此胡咧咧方才如梦初醒，长叹一声：“人事不可测。”

从此，藐视官权的胡咧咧再也不去拜访王得得老同学了。因“称呼”引发的成见深深扎根他俩的内心深处。胡咧咧以为同窗好友，称呼姓名就是一种亲切感的自然表达；而王得得则认为胡咧咧自高自大，故意在公众场合不给他面子，损坏他的威信。

毕竟是某些当官与某些为民见解的相悖，而致他们难以平等相处和好如初。官气凌人的官本位思想往往和过于随便无所谓的应酬产生的后果，极度损伤了二人间的友好关系，说来实在有点遗憾，有人官大度量也大，“宰相肚里能撑船”。 说来也有点可笑，一个够不上“七品芝麻官”的王局长，也毕竟太过于官气凌人了吧！连昔日的同窗好友习以为常的交游也不能宽容，实在让人有点费解。但在现实世界中偏偏不乏王局长这样小肚鸡肠的小官，他们把乌纱帽看得高于一切，而忘却了“友情价更高”的道理。

平民百姓都有选择见官时所采用的态度的权利，但必要的礼节礼貌还是应该有的，不要让理屈的责任先背在自己身上。不要连最起码的礼节性称呼也被省略掉，那就有可能造成因失礼而致“功亏一呼”的遗憾了！

称呼在交友过程中被忽视虽然酿不成大祸，但在外交场合可就摊上大事了。可不能在称呼上出差错闹笑话，以致损坏自我和他人的人格国格。称呼是礼仪的组成部分，重视称呼，是外交双赢的起点，可不能让一件大事就输在起跑点上吧。不管对方计较与否，都应还人以必要的礼节礼貌，接下来才有可能营造双方共同商讨协议的有利的谈话氛围。即便是一场外交舌战，见面时起码的相互尊重的礼节也是应该有的，也不能省略友善客套的称呼而陷入妄自尊大境地，那也不符合中华民族这个礼仪之邦的先贤先哲所倡导的知书达理的理念了。

2015 年 5 月 19 日

“六伯卖烟”与“好好评论会”

六伯是我村土生土长的庄稼汉，他与四乡八里的乡亲关系甚为融洽。他平日里除了从事生产队出工劳动外，还兼营卖烟这项小本生意添贴家用。六伯为人随和，每天大清早，挨家挨户逛村卖烟，当烟民问及当天烟丝质量时，他总以“今天（的烟）比昨天好”这句口头禅来告知大伙，此言也招来烟民们的嘲笑奚落：“在你手上的烟哪有不好的时候。”众所周知 “天无百日晴，月无百日圆”，明知含有几分被忽悠成分，但还是很乐意买他的烟，可能是看重六伯这个老实巴交的老烟民在进货时能严把烟丝质量关。

六伯的烟有了质量的起码保证，是卖烟生意好做的前提，但如果少了“今天比昨天好”这句能对客户起到“定心丸”作用的“万金油”般的口头禅，恐怕六伯的小本生意就不见得会做到天天顺畅。他每天新进的烟丝无一例外售罄，有时还入不敷出呢。

六伯自编的经商诀窍的口头禅帮了他的大忙，颇令眼见者心存几分纳闷。“王婆卖瓜自卖自夸”，显然起到促销作用；“会哭的孩子有奶吃”，显然说得也有一定道理。信息的传输显然很重要，不能再秉持“酒香不怕巷子深”自以为是的老观念，应该说“酒香也怕巷子深”。六伯每天在乡亲出工前就开始卖烟，“早起的鸟儿有虫吃”吧，烟民们要补足烟丝正当时。沿村叫卖，王婆卖瓜的吹牛自夸，被六伯恰到好处地运用自如，让他在生意场上商机频发、左右逢源、大见成效。

话又要说回来，买卖要讲诚信，只要不骗人，在买卖双方认定的成交还是可以相互接受的。小贩总想卖掉货物，对自己货物溢美一番，无可非议，我看也是可以理解的；要卖家把自己的要售货物说得一无是处恐怕也是不现实的。

但场所对象一旦发生了改变，就不能纵容胡言乱语了，倒要较真起来。

曾见过举行一场场文学作品评论会，常呈现评委和粉丝一律叫好的局面，似乎被评的作者和作品就是完美无瑕的，仿佛“此曲只应天上有，人间能得几回闻”。仿佛作者就是天才，作品就是经典，仿佛“仅此一家，别无他店”了。会上好话说尽，短处只字不提，总给人造成一种“只见树木，不见树林”的“一花独秀”的错觉。这样好话连篇的“好好评论会”极尽歌功颂德之能事，难道他就是大众所需要的吗？这样的“好好评论会”几乎成了许多评论会的一致的取向。怪哉！

这当然不是被评的作者的责任，这应该归咎评委们粉丝们毫无节制的有失分寸的“报喜不报忧”。这不禁让我想到旧社会市井小民的为人处世之道：“对人多讲好话，见人多作揖。”这比起六伯卖烟的“今天比昨天好”就更为可笑了。人家六伯一介农夫，说说自编自演的“营销用语”大众完全可以理解，并且还心甘情愿去买他的烟。而事关具有一定学术权威的认定怎一个“好”字了得？很多时候我倒是很质疑参会发言者可能是在借机显摆自己的博学清高，居高临下目中无人的作秀。评委是真的不懂文学，还是怯于情面懂了不说？是有意，还是无意？抑或是在讲了一半顺耳真话，而留住另一半逆耳真话？粉丝们自然也不甘寂寞、一哄而起，步评委之后尘，抒心中之赞歌……

笔者以为，既为评论会，就应该对作者对作品对参会者负责，开诚布公、平心气静地论价评价才有意义。

“六伯卖烟”，在我心里还没有被忽悠的不舒服感觉，而身临此类不问青红皂白的只顾“唱赞歌”的“好好评论会”，被评的作者在场想必心里也是不自在。笔者聆听激越的“赞歌”，心里总觉得怪不好受的，总觉得评论会干吗会变成连珠炮似的鹦鹉学舌，实在烦人，也倍感其浅陋和可笑。悲乎！原本正正经经的评论会却在一片大好声中失去信度。

原来言好不见得就能见好，透过“六伯卖烟”和“好好评论会”，不能不让人深思！

2016 年 6 月 3 日

留住瞬间美丽

夜间灵感来访，我借助笔杆和电脑，或纸上挥毫泼墨迅笔疾书，或敲击键盘快速打字，在纸上在屏幕上，将抓拍到一幕幕稍纵即逝的瞬间美丽画面和捕获到感人至深故事情节一一还原记录下来，并一次次予以更正，让美丽画面得以留存，让感人故事得以传世。

多少次夜深人静灵感来临，卷起千层浪，猛烈叩击我的记忆之门。敲门声一阵紧过一阵，不似“僧敲月下门”的温文尔雅，而如钱塘江撞头潮来势汹汹奔腾莽撞。叫门声惊醒了睡梦中的我，多情的灵感的浪花随即扑面而来，给我打个招呼，紧接着又拍击着我的心头崖壁，我怎能无动于衷？我又怎能无视灵感的造访而闭门谢客蒙头大睡呢？我在迷迷糊糊中迅疾披衣起床开灯迎客，生怕与灵感这位贵客失之交臂。我沿着她引领的路径继续前行，畅畅快快还原延续梦中的景象，并毫不迟疑把我梦境里最初始最真切的感受和梦中邂逅的最深刻最感人的一幕诉诸笔端、藏入电脑……

东方发白，字幕已成。密密麻麻的字幕工工整整，记录着梦中的奇景，复述着梦中的奇遇，道出主人公内心的的喜怒哀乐酸甜苦辣：字幕犹如蓝天里悠悠飘过的朵朵美丽云彩，招人驻足招人喜爱；字幕犹如一群仗义除害的绿林好汉，举着伸张正义的义旗，行进在除恶路上，气冲霄汉气贯长虹；字幕犹如一江春水向东流，泛起几多哀伤几多忧愁，令人伤感令人悲悯；字幕犹如春天原野里盛开的百花，盎然生机笑迎从寒冬里走来约会的对对恋人，一派欢欣一派欢腾……字幕上的美景一一呈现，字幕上的形态逼真，无不挥洒着人间真情，诉说着悲欢离合。字幕还乐于接受我一遍遍的检阅，听从我一声声的号令，闻声而动，令行禁止。几经调教，终于排列组合、再度列队定形，神采奕奕于我的眼前。

啊，我亲手制作修订的字幕，我情感铸就的有声文字，我的新作在夜深人静的灯下悄然成文呼之即出，与东方的朝阳一起升起。一个曾经的创作者因了又一篇作品的降生，心情格外爽然惬意。美妙的心情犹如初升的朝阳明媚耀眼，又如早晨草叶上的露珠晶莹闪亮。早起的小鸟闻讯悄悄飞抵我的窗前，乘我不备，借助晨曦，探头引颈偷窥分享了我写给一日之晨的恋歌。

多少次感谢灵感的拜访眷顾，多少次讴歌许许多多不辞辛劳加班伏案的写作人，是大家夜幕下“扶犁拽耙”的劳苦笔耕，才有了走向报社和出版社编辑部源源不绝的文稿，才有了人民大众手中争相传阅的“精神食粮”，才有了不断更新的网页内容的精彩纷呈！

谁能想到，深夜里灵感来访，却让文思井喷文采飞扬？谁能料及，深夜却让撰稿人文稿成形美文现身？黑夜一旦被写作人书桌前的台灯点亮，就意味着一件件充满活力的作品就要蹦跳出地平线，亲切热吻拥抱清晨的阳光和空气。

热情留住摸黑儿悄然造访文友的美丽灵感吧！那怕灵感突如其来的脚步来也匆匆去也匆匆，只有瞬间片刻，有时甚至近乎悄然无声；但绝对不能让她轻易从我们眼皮底下悄悄溜走。为己为人，为传播一切美丽，欢迎灵感的频频眷顾，随时随地。

美丽自远方来，不亦乐乎？虔诚恭候灵感的赐予，乐为人间真善美纵情放歌。为准确记录褒扬一切美好事物，我当无怨无悔、心甘情愿、竭尽全力、奋笔疾书、笔耕不辍，此乃吾人生之一大乐趣矣！

2016 年 7 月 30 日

砌墙·牧羊·作文

我曾砌过墙，我曾牧过羊，而今我更是常常动笔写作。渐渐地，我发现砌墙和牧羊与写作间竟然有着相通之处，试以阐述之。

一位经验丰富的泥水匠在砌着一堵墙，他面前摆放的不是整齐划一、规格统一的砖块，而是一堆奇形怪状、杂乱无章、大小不一的石头，要用这些石头垒砌起一堵表面平整、笔直坚实的墙体，合理选用石头就大有学问可言。

在基本不用太大改变石头现有形状的情况下目测、辨别、尝试、选定石头，挑选与在砌墙体相匹配的石头很有必要。在砌墙体凹处，来一块凸起的石头补上算是合理砌法。倘若邻近几块小石头放置不牢，则要来一块近似长方体的长条石来码住下端凌乱摇动的石块，让墙体一部分坚固起来也算正确选择。在追求墙面平整美观时，外墙面相对内墙的用石应该更讲究平整，而填充内外墙中间的石头稍差一点则关系不太大。

作文时选词造句入文犹如选石砌墙一样，将最适当的词语安置在最适当的位置上，使遣词造句形成的文章的意思更明了，不至于产生歧义，尽量使文章文脉畅通合情合理。使用词语也如砌墙，须从实际情况出发，按需选料，以最大限度遵从适用为原则。无论砌墙还是写作，它们间都存在一个“度”的标准，达不到或大大超越这个“度”，其作品均为败笔。

小时在家，我常随邻居小羊倌们赶着羊群上山放牧，每天大羊群在山上往往组合成不同的图形，散布在犹如绿色地毯的山坡上，简直就是一幅幅精美绝伦的画卷。而今想来，描绘当年山间美景的材料取决于山羊间的排列组合，而美景能否出现又得取决于各家小羊倌们手中的牧羊鞭和他们的口令的指向得当与否。

我想，我们写作不也就是如羊倌在放羊吗？只不过写作人是在放牧文字，用笔杆来驱使万千文字听从我们的指令组合成形，而不是用羊倌手中的“鞭子”和他们惯用的“口令”，但事在人为，道理是一样的。

汉语词汇丰富，文字精美，犹如一群温顺的毛色不同的山羊，高高低低大大小小动动静静各不相同，但它们俯首听从自家主人调遣，或左或右，或上或下，或高或低，或前或后，或近或远，或快或慢，或动或静。写作就如牧羊，大可漫不经心任其游走，亦可专心致志把控有度。人人都想写出臻于唯美主义的好文。但这一切能否如愿以偿全看你驾驭文字的个人天赋和自身的文学功底。我们脑瓜子里储藏的语汇正如一个庞大的山羊群体，时刻待命任尔驱遣。一篇文章只能使用有限的语汇，每位作者的构思立意谋篇布局和个人喜好不同。对选用处理文字的手法也各不相同。看似静止的文字材料和动态的情感材料到了每一位作者那里，他们设想出来图景绝不雷同，其艺术效果也会大相径庭优劣不等：有的一经作家艺术化组合出来的文字就会大放奇彩吸人眼球，有的平平淡淡味同嚼蜡；有时也会出现百花齐放各有千秋的局面。看似文字在助力，实乃作者智力所致。

一块石一只羊，难成景，搜集许多块石头就能组成一堵墙，放牧许多只羊就可组合成一幅各不相同变化多端的生动活泼的图景。胸中有墨水，美与不美，全凭一支笔。如果把作文也比做“砌墙”和“牧羊”，最终还是作品最有发言权。例如唐代诗人诗句“白日依山尽，黄河入海流”，“大漠孤烟直，长河落日圆”，静止的名词与动词或形容词一经完美组合，雄浑的景象和壮美的意境就呼之欲出妙不可言，真真切切展示在读者面前独步千古。此乃高超的放牧文字所产生的经久不衰的魅力啊！

“搜集文字”“放牧文字”大有学问，应该说是字字千钧。“溜斧杀人”与“持斧杀人”，一字之差，关乎人命，一为无意一为故意。至于习见的同义词存在词义差异，即便有的差异微乎其微，但选词时也应该多加留意，诸如同义词中词义轻重程度不同、范围大小不同、具体与概括不同、感情色彩不同、语体色彩不同、适应对象不同、搭配关系不同，也应经反复推敲仔细甄别后方可妥加使用，才能避免出错或词不达意的毛病。选词用词应掂量再掂量，像砌墙时挑选合适的石头；像牧羊时让每一只羊都能处在构筑风景的关口上一样。

一切无非为创造美而辛勤劳动努力工作，甘于长年累月孜孜不倦劳体劳神从事写作，一切皆源于笔下生花的美好愿望。为自我写作水平的提升，理所当然应该虚心借鉴学习各行各业劳动者的聪明才智和成功之道，触类旁通，领会要义，大胆创作。特作《砌墙·牧羊·作文》一文以自勉之。

2016年8月13日

反　哺

壮美动人的乌鸦反哺的故事历经代代口授心传，已家喻户晓。听后颇令人肃然起敬。它之所以感人至深，是因为它宣扬了“孝顺父母、学会感恩、知恩图报、重情重义”为人之本的道德理念。

人生是一场苦旅，养育子女是父母的责任，孝顺赡养年老的父母理应成为子女义不容辞的天职。有了洋溢着生命气息的反哺情结的养老爱老敬老，也便有了和谐的家庭和社会。

翻开中国史册，“二十四孝”堪为“反哺”的典型事例，古往今来它被奉为传颂不已的孝子标杆，激励着后人见孝思齐、争相尽孝。小时候母亲教我盘诗——“关帝七岁去当兵，观音七岁去修身，安安七岁去送饭，沉香七岁救母亲”，诗里的小英雄们就有一腔报答家人报答社会的善心壮举。慈母的教导让小小年纪的我早早萌生情比孝心少年的“反哺”情结。直到我成家立业，更读懂“反哺”所蕴含的孝顺父母回报社会之要义，追思往昔，自己在侍奉双亲方面尚有不周之处，至今依然令我汗颜愧疚。

先父劳苦一生，培养8个子女成才，古稀之年不幸逝世，有生之年未能尽享儿女孝敬，令为儿深感遗憾；然而依然难以冷却我心头深藏着的感恩反哺之情。20世纪70年代末，我结束了长达10余年漫漫的农耕生活，考上大学，己未清明，我备下先父生前喜爱但却因其过于节俭一生总舍不得享用的好烟好酒佳肴美食，上山祭拜：“三拜长跪在墓前，骨肉相隔咫尺连。九霄飞魂请降临，权受祭品通心情。”（选自《拜祭》）举行了一场隆重的超越时空的特殊尽孝仪式，经历一次绵延未了的“反哺”父爱的真情宣泄，彼时我耿耿于怀躁动不安的炽热孝心，青山作证，苍天可鉴。

我的母亲是位宽厚慈祥的农村老人，她享年 94 岁，我在她有生之年有了更多向她尽孝的机会。我抓紧时间让母亲的劳苦功高得以回报，我尽我所能孝顺母亲大人，虽无锦衣玉食，但也温饱快活。我也曾像春秋时期的孔子学生子路一样“为亲负米百里之外”，却没有留下子路富贵时 “虽欲食藜藿，为亲负米，不可得也”的浩叹；但我忙于城里工作，难免存在侍母不周之瑕疵，依然留有没能“涌泉相报”的自我检讨。母亲离世，我曾“蘸着血泪／寻寻觅觅／喊出／《妈妈，您在哪里》”；在《“孝”不停步》这首诗中，我曾感悟“母爱原本是一座坚固巍峨的丰碑／更是一部万古流芳的巨制鸿篇”。我为伟大的母爱而歌，我为失去行孝的机会寂寞悲痛、彻夜难眠……

回想父母养育之恩，真可谓父爱如山母爱如海，父母之爱无私无求，此乃其伟大之处。子女即便无所回报，父母依然无怨无悔。越是如此，作为子女，可千万别让“反哺”父母成为一句空话。反哺是儿孙献给父母乃至爷爷奶奶最高贵礼物，如甘露，似温泉。奉献长辈，快慰自我……

天增岁月人增寿，随着岁月的推移、四季的更迭，当年将儿孙搂于怀中的“将雏”景象已转换成一幅幅长大的儿孙推着轮椅的父辈祖辈陪游街市巡看景区的画面。付出的回报何等合情合理，又何等感人温馨，它诉说着绿叶对根的情意！那婴儿车里的幼小生命又被时下正当年轻父母和亲人的双手所呵护所扶持。家庭里给老人让饭喂药、公共汽车上给老人让座、当年的孤儿不忘“还爱心妈妈一个幸福的晚年”……爱的传承长盛不衰。寻常百姓家的“将雏”与“反哺”，已不再局限于一家一户；“老吾老以及人之老；幼吾幼以及人之幼”的孝爱精神在发扬光大。

当你用心去体会大千世界千姿百态的“将雏”与“反哺”，内心总会有所触动：沾亲带故的“将雏”“反哺”固然可敬；而超越血缘和故友之情的非亲非故用爱心谱写的“将雏”“反哺”善行尤其伟哉！一时一地的“将雏”“反哺”固然可歌，而无时无刻不在呈现的“春城无处不飞花”的美好景象尤其令人欢欣鼓舞！

应该感恩所有富有爱心的人，将爱幼的篇章续写在春天里，自己在步履蹒跚的黄昏时分又能荣幸被尊老的光芒所笼罩……

2016年3月22日

刍议生死瞬间行

常听乡间老百姓热议 “一样生百样死”，细想一下，百姓所言系生死时的情态吧。其意谓“生” 之样式单一；“死” 之形式百样。姑且不管民间关于“生死情态”评说，我却将“一样生百样死”作别一解读，即“出生来到世上赤裸裸，死时遗留各不同”。今且赋予“生死间”以“一生”之含义，那么又将如何看待和度过人的“生”的起点到“死”的終点这段人生一瞬间呢？

众所周知，生者有呼吸有心跳有思想有能力，死者一了百了万念俱灰，无怪乎宋代大诗人陆游曾感叹“死去元知万事空”，但也有人超脱认为“死只不过是永远地睡着了，生也只不过是在世上留有活动的痕迹而已”。长睡也罢，活动也罢，毕竟生死有别，而且“生”与“死”还是存有截然不同的本质差别呢，且成就事业也只能在生时，特别在身心俱佳的年龄段！

从哲学的角度看，“生”与“死”是矛盾的对立面，相互依存又相互对抗。不妨在“生”和“死”两点画上一条连接线，就构成由生的起点到死的终点的人的一生轨迹，平直也罢，曲折也罢。其也当告知世人“人生天地之间，若白驹过隙，忽然而已”提醒人们应该格外珍视这活在世上的每一分每一秒。

自然，没有生，也无所谓死。没有死，也容不得生。生与死始终在鏖战，生死不休。就其个体的“生死之战”而言，“死”无疑是占了上风的，成了“胜利者”，个体之 “生”总为“死”所挫败；但通观人类发展的整个历程，一个个曾经的“生命体”的倒下离去，并不能阻挡一个个新的“生命体”的诞生崛起延续，生命的洪流依然奔流不息勇往直前。“生”是永远的胜利者，保证了人类的繁衍以及物质财富和精神财富的代代传承，而且一代更比一代强；也为有志之士成就个人伟业提供了可能和机会。

在生的滚滚洪流中，孕育并诞生了无以计数的英雄豪杰、天才哲人，他们与所有活着的人一道推进了人类历史的进程。在生的滚滚洪流中，也泛起并淘汰了渣滓和败类。历史在前进，社会在进步，生命也在优胜劣汰，生命的乐章永不止息、而且越发优美。

在生死观面前，不能以生命长短论英雄：有人碌碌无为、长寿一生，有人贡献卓著、短命一时。究其生命价值而言，贡献者更为伟大。司马迁言道：“人固有一死，或重于泰山，或轻于鸿毛……”就其生命质量而言，为一己之利而生者，生命意义不大；为绝大多数人谋福利者方为人中之豪杰，其有限的生命所焕发出来的影响力作用力远大于他自身的生命的存在价值。特别是彪炳史册的思想家、文学家、史学家、科学家，他们为人类文明和进步奉献终生，其一生更值得人们颂扬和敬仰。

在面对信仰信念和生死抉择，有人为真理为信仰选择“宁为玉碎，不为瓦全”，他们生的光明磊落，死的坦荡无悔。此又彰显其人生怀揣的舍生取义的崇高节操，其人虽殁，然其凸显出人生观无不表现出寓于生命体里的精神力量的无比强大，是生是死在怀揣理想者面前，显得无足轻重。这恰恰是对因何而生因何献身的行为做出完美的诠释。

有位现代诗人坦言：“有的人活着，/ 他已经死了；/ 有的人死了，/ 他还活着。”……“有的人，/ 他活着别人就不能活；/ 有的人，/ 他活着为了多数人更好地活。”不一样的“活”和不一样的“死”，揭示了生死的不同意义：有的人生时无所事事形同行尸走肉，有人死后留名虽死犹生……有的人是统治者反动派，有的人是劳动者保护神。可见，生并不完全是为一己而生，死后能否留名世上，也就取决于你生时所作所为，并非完全取决个人意愿，历史自有评说。

生，可以成就很多事业，也可让人一事无成。“三十成名，四十成家，五十威震天下”不是不可能的，关键要看你的意志能力和生时的付出。我们应该在有限的生命里奉献上无限的激情，才不至于枉来人世间潇洒走一回；可别等到太阳下山、满目夕照时，依然两手空空，对空嗟叹！

一个人赤裸裸来到这个世界，总不能赤裸裸的离开这个世界，总应该给这个世界留下一些值得后人纪念回味的美好的东西吧。因此，要抓紧时间行走好在生之起点和死之终点所形成的这条人生旅程的瞬间时段，力争不断去获取自身生命的最大值！

2016 年 9 月 7 日

潮汐留痕

走出陋室，放眼山水，那些熟悉的风物总带着笑颜唤起我绵绵不绝的回忆。记忆让我与眼前所见景物相互勾连，眉目传情间便有了一种他乡遇故知的默契和冲动。

我珍视与自然界中的一山一水、一草一木、一花一石的邂逅，哪怕是一阵风、一片浪、一朵云、一只鸟、一条鱼的自由运动，都会激起我心中的涟漪，引发我自觉而又轻松地与昔日时空的完美对接，涌动着心底不息的情感潮汐。

我常为景所迷，我常为景而狂，我常观景有悟，我很想为景代言、对景抒怀，为眼前的景观，为逝去的场景。情景让我沉思，情景让我吐露真言，情景让我唱出心中的歌，情景催我欣然命笔。

往事今事，家事国事，潮涌潮落，在情感的漩涡中任凭风浪起，我无所拘束地记人记物忆事忆情，记我所要记，忆我所要忆，写我所要写……看似乱如芒草信手涂鸦，实则条理清晰言归正传。因为那是情感理念留下的印迹，那是灵感风暴催生的礼物。

我在乎情感潮汐留下的印痕，我留意与世间万物共鸣的回声，当一切重归安详宁静，我会蹒跚着年迈的身影，重回海滩，捡拾岁月留痕的贝壳……

感谢晚风夕照，依然赐我灵感，感谢潮起潮涌，让岁月留痕。我为自己的晚年的创作感到一丝慰藉，毕竟我的有生之年曾在这片辽阔的海滩上走过……

2016 年 9 月 27 日

落箨[1]之思

俗话道："笋由落箨方成竹。"此言道出笋"成竹"的关键一步。可想而知，如果竹笋日日夜夜都固守着那黄色的外衣，何时又能成竹呢？

由笋的落箨引发我诸多思考。

其一，落箨须有勇气。正如要拔掉穷根，就要有不能固守"君子固穷"的旧观念，而要敢于迈出致富的第一步。这同要探索征服太空就应该有不怕牺牲的精神一样。

其二，落箨需要选择恰当的时期。一事之成，往往讲究"天时地利人和"，我想落箨也不例外，时期未到或错过时机都有可能导致功亏一篑或前功尽弃。

其三，落箨需要有强大的力量积蓄。没有力量，要想落箨，根本只是一句空话。正如要想火箭上天，没有强大的推力做后盾肯定不行。落箨固然为人所期盼，要使其成功，就得有充足的实力。

其四，落箨必须论证其可行性而后行。不是一切事物都能"落箨成竹"的，举个例子，鸡蛋可以孵出小鸡，而石头则不能。即便温度这个必要的外因条件具备了，而内因潜质不对，照样不会奇迹发生；只有在内因外因二者齐备的情况下，方能"化茧为蝶"华丽转身。选中对象非常重要，切忌不问青红皂白对牛弹琴。

其五，落箨不能半途而废，必须持续发力。当竹笋还只是刚脱去一层皮之

①箨：tuò，竹笋上一片一片的皮。

时，就指望自己马上能成为一棵挺拔的竹子，那也是不现实的。只有不断果敢甩掉包裹束缚自我的皮壳——也许它在你幼小时候曾起到保护你的作用——方可完成全新的蜕变，历经由量变而至质变的全新飞跃。迎来崭新的新我！

叶落知秋，箨落竹成。从“笋由落箨方成竹”这一发生在我们身边的自然现象，“一石激起千层浪”，激发我思绪飞扬，故为斯文。当我面对世间万象，总是会迸发出不息的思想火花。总是在努力感知、探究、思考、理会事物发展过程中所隐藏着的某些规律性东西。

2016 年 6 月 20 日

密植漫议

提起密植，对于一个曾经当过农民的我来说是深有体会的。“大跃进”时期，种植农作物强制农民密植，一亩小麦居然播下 80 斤麦种，这比正常的一亩播种量 12-15 斤超出好几倍，可想而知，在见缝插针的麦地里密不透风，空气水分养料都得不到保证的情况下，小麦绝收在所难免。一厢情愿的密植高产美梦在实践中彻底破灭了，这是过分密植留下的历史教训。眼见过当年浮夸风盛行时的胡作非为的老农们至今还对过分密植心怀怨恨。

尊重科学是种庄稼必须遵从的正确态度。种植小麦要合理密植，种植水稻、花生、黄豆、油菜、甘蔗、青菜同样也要合理密植，连植树造林都要合理密植。既要节约用地，又要确保不过分利用土地，让植物在一定的空间里生长。密植，绝非越密越好，要把好分寸，讲究尺度。

由密植，我想到人口问题，人口过度膨胀犹如在地球上撒下过多的“种子”，而这些“种子”又迅猛地衍发出“子子孙孙”，以至地球“不堪重负”；而且在“僧多粥少”状况下，人口的高质量也无从谈起。但人口太少也不行，那就会缺少了改造自然的力量，有的边疆海岛，人烟稀少，亟待“密植”人口。有的繁华闹市，人满为患，人口密度太大，造成住房、交通、就业、管理等一系列问题的出现。因此如何引导安排人口合理迁移、合理构建均衡的人口分布是政府工作的重要议程。

由密植，我想到 20 世纪 70 年代后期席卷我国城乡的开店风潮，那时政策刚刚放开允许个体开店，老百姓经商热情很高，“忽如一夜春风来，千树万树梨花开”。有一个人口不足千人的村子，就开起七八家店铺，因人口有限，消费有限，生意萧条，优胜劣汰之下，不多时，只剩下村头和村尾的2家店铺。看来开店也要考究地缘人缘及其市场需求等相关因素，光凭热情还不行，想“密”也“密”不了。

由密植，我想到架桥，同一河道上的桥不是越多越好，过多的桥梁反而干扰视听，影响水上陆地通行；由密植，我想到楼距，商品房的楼距，不是越靠近越好，节省用地固然重要，但居室安全舒适明亮也不可忽视；由密植，我想到超载，限定坐30人的客车竟超载了20人，乘客的安全被抛到九霄云外。不该密植处千万不可一意孤行，倘也敢碰密植高压线，那就等于自我种下祸根，等待他的必将是迟早都要到来的恶果！由密植，我想到果树的剪枝，剪去多余的枝条，从而保证了留下的枝条能得到足够的阳光养分，果树的产量和质量比起剪枝前更高更优，这是果农敢于打破密植状态后所带来的种果甜头。

过分密植，只能作茧自缚，甚而自取灭亡。恰如其分的密植，于己于人、于个体于家庭于社会均有益处。

要否密植，与人们追求美和讲究提高生活质量不无关系。比如人之头发，浓密固然漂亮，但头屑在其中作怪就会令人难受；在脱发的人士中，根根头发都如金条一样宝贵难求。当然头发的生长并非完全如人愿人为那么简单容易。人人都希望拥有一头秀发，亮丽的头发是健美的体现，为美，假发也上阵。少发者渴求植发，多发者这又不希望头发狂生猛长。看来为美容美发，人们不忘殚精竭虑地设计出头顶发丝理想的“密植度”。

在交友中，有人希望多多益善，广交朋友；有人希望知己一二，心满意足。有人渴求朋友间频繁往来，有人只求“君子之交淡如水”。拥有朋友数量多少不同，或密或疏，犹如“萝卜白菜，各有所爱”一样。看来密植尺度有时也因人而异，并非一成不变；即使这样，万事万物中所蕴含的密植规律依然要得以遵循。

密植带给我们的启示何其多也！它辐射到社会的方方面面。大则要求决策者要有战略眼光，比如合理调配利用水资源，不能让水源充沛的地区出现“水上加水”江河泛滥成灾的现象。也不能眼睁睁地看着高度缺水和需要水的地方又干巴巴地滴水不到。引水调水无非在起到调整水源的均衡分布和合理分配作用。

总之，强调密植有度，是呼吁办事要遵循客观规律，疏密合理，要时刻保持清醒头脑，讲求实事求是，注重科学论证，反对盲目激进，让我们所办的大事小事都能朝着可行性合理性的方向行进！

2012年6月16日

驼美小议

昨天傍晚，在西圣公园的草坪上，人们正围着一只趴在草地上的骆驼争相照相。看上去，骆驼显得那么安详。许多小孩轮番骑在它的背上拍照，它居然和颜悦色，千依百顺。那稀疏的浅棕色的绒毛在夕阳下闪着金光，那高高隆起的驼峰引人注目。它头挂大红花，身披红绶带，无疑是经主人乔装打扮过的。我想，大概因其远道而来，物以稀为贵，才博得众人好奇的围观。

这一现象，让我脑子里涌现过一位文豪批评中国人喜欢围观的积习；但我更多地突发奇想，想起许许多多在劳动中累弯了腰的朴实的劳动者。

我的大姐是一位普通的家庭劳动妇女，姐夫因病早逝，留下五个子女，由大姐一手拉扯长大成人，风风雨雨坎坎坷坷一路走来：大外甥大学毕业，二外甥三外甥也都读完中学和小学，两个外甥女各学得一门手艺。这对一位农村妇女来说可是件了不起的事情。然而岁月也让她的背弯了下去。我请教当过医生的二姐，二姐说："人上了年纪，脊椎变形弯曲，自然导致驼背。"我对此持将信将疑态度。因为我不认为年龄是造成弯腰曲背的唯一原因，而更认为那是岁月劳苦打在大姐身上的印记。这正如一粒甘甜的橘子，成熟这个内在的生理因素是主要原因，而"经霜"则是它甜蜜的客观原因，常言不是说"不经霜的橘子不甜"吧。大姐如果不是常年的劳累，背也不至于弓得那么厉害。

我的乡亲阿生八叔继生七叔，他们都是民间出色的泥水匠，整天砌墙，搬动沉重的石块石条，垒起一堵堵高墙，而常年职业性的弯腰动作，也促成了他们身体像一把弓。我们面对那一把把“弓”，不能不涌起一种肃然起敬的感情，因为那一把把弓是在永不停歇的劳动进行曲中打磨而成的。

谁不希冀亭亭玉立的身材，谁不渴望挺拔如松的站姿，可是岁月的风霜和沉重的劳动往往让人伤筋动骨肌体变形。正像科学工作者头上的苍苍白发，常年笔耕者指间的硬茧，和长期从事田间劳动和海上作业的农夫渔民那黝黑的面容一样，这些看似有悖于美的东西，居然也被人们极力奉为美来加以歌功颂德。白发硬茧黑脸，正因其融入了劳动因素，才使之富有闪光的美学价值，才足以让人产生一种崇敬美（崇高美），才使之有资格成为创造物质价值和精神价值的一种特定的符号了。驼之美，才不至于为大家所非议所唾弃，而恰恰能引发人们崇敬的目光。

看到骆驼，我又想，要不是念及骆驼在茫茫沙海中千里跋涉的坚韧忍耐与劳苦功高，人们也就不会冠之以“沙漠之舟”的荣誉称号，当然也不会获得人们更多情感上的认同。

“劳动创造美”，那是智慧的人类把美与劳动紧密联系起来的优美表达。

2007 年 7 月 8 日

俯　冲

年老了，总有点老气横秋的样子，找不到“初生牛犊不怕虎”的感觉，年少时冒险闯荡的精神荡然无存。那远去的少年意气曾令草木动容、山川失色。

我们少年的舞台无非是家乡的大山、溪流、马路……

炎炎夏天中午，同伴们到溪流游泳，在家乡北面有一处叫做 “黄土坑”的宽广深水区，从上游过滤到坑里的溪水澄澈透明。中午时风，少年们齐聚溪里尽情游泳，抓取坑边的黄泥涂抹在脸上，扮鬼脸，打水仗，捉迷藏，溅起的浪花宛如哪吒闹海，把整潭清澈的溪水搅得浑浊不堪，“黄土坑”沸腾了！害得水族们不得安宁叫苦连天。单是游水还不够，顽皮的男孩还要爬上溪边10来米堤岸上的“跳台”，拼尽全力，一个接一个“噗咚”“噗咚”地往溪流里跳，那赤裸上身的男孩们在空中跳跃时画出一道道俯冲的流线就像是空中飞来的一枚枚黑色的炮弹，接二连三落入“黄土坑”，激起一束束冲天水柱……少年们此起彼伏的跳水声依然回响在60年后的今天，回想那千奇百怪的向溪面俯冲投掷身子的景象，确实还让时过境迁的我依然触目惊心汗不敢出！

度过酷暑，迎来凉爽的秋天。傍晚，一群小同伴在山上即将完成了一日的砍柴和放牧任务，正沐着夕阳的余晖准备结伙打道回府。但我们哪里肯悠然肩挑柴担顺顺当当下山岭？我们借助山岭陡坡来个俯冲下山，比试谁的速度更快，大家意气相投，信心百倍，于是约定把从大龟山到小龟山这段将近60米的斜坡设为赛道。每人下到大龟山抵达小龟山脚下，停下柴担，然后再一起启程过溪回家。比赛开始，三五成群，一个一个下，看谁的动作最优美，瞧谁的表情最从容，比谁的速度最快，当然也有跌倒在山岭上而致肩上的柴担散落满地的，一旦遇上有人跌倒，就会暂停比赛，大家七手八脚帮扶跌倒同伴起身并迅速收拾好柴担，暂时退出比赛当当观众。但多数时候同伴们都能轻捷如展翅之燕，俯冲下山岭，一个也不落下。

每一次俯冲都会引来同伴们的喝彩声。大自然舞台乐于接纳身怀绝技的少年们果敢的激情表演，在红彤彤的夕阳柔和光照下，我们倾情献演着一幕幕自娱自乐的好戏。那是勇敢思想的启蒙出发，那是自寻刺激自寻乐趣的演练，每一次操练的成功也会激起少年心中欢腾的浪花，伴随着他们的笑声和泪水，把跃跃欲试的冲动化成山岭间连绵不绝的俯冲行动，也总让身历其境的自我感受到无与伦比的骄傲自豪欢快荣光！

牧童们下山虽无柴担伴行，而他们却别出心裁趾高气扬挥舞手中的鞭子驱赶着自家的牛羊，喝令它们奋蹄俯冲下山岭，看着一头头饱餐山野美味后鼓胀着便便大腹的牛羊，很不情愿奔跑下山岭，它们甚而赌气撒野，有的甩动尾巴狂奔而去，有的你推我挤，占道抢道，仰天怒吼，溅起黄土岭上一片尘埃。牛群羊群拥堵夺路，乱了队伍，这是令急着要回家的牧童们始料未及的头疼之事。

山岭的人畜俯冲还不过瘾，寒冷的冬天来临，刚学会骑车的同伴们又把俯冲的舞台延伸到冬天的马路上。当年融北公路刚竣工不久，自北西亭至罗汉街5里路纯粹是下坡路，加上天公作美天天刮北风，我们顺风自北向南骑车而去，两手不抓自行车把手，全靠脚踩蹬板和腰身扭动来有节奏地调节平衡身体，不费吹灰之力称心如意御风滑行，如鸿鹄展翅自由自在穿行在人烟稀少的马路上。耳边掠过呼呼的朔风为我壮行，浑身洋溢着急速俯冲的快感，不亦乐乎！

回想在家乡土地上上演的惊心动魄的俯冲，成就了少年意气用事的一出出“恶作剧”，书写下意气昂扬的少年志趣，60年后追忆回味当初近乎失控的俯冲场景，自然基于“老年好安”的心理，总会鄙夷当初“少年好动”的“搞怪”。但反思往昔由少年的趣味和性情催生出的离奇行动，也并非一无是处，多多少少诠释了“自古英雄出少年”的这句耳熟能详的老话。当年为意气相投而萌生的俯冲，也锻炼和培养出不少家乡的铁汉硬汉，其中有公而忘私为国负伤荣立功勋的功臣、有下海经商勇闯天涯事业有成的企业家、有立志扎根农村带领村民致富的基层干部，有潜心学业勇攀高峰的高级人才，更有各行各业兢兢业业技艺出色的能工巧匠……当年先行先试先声夺人的“俯冲”，对他们日后创业和战胜困难而言，倒是一堂自我能力的历练和检测的必修课，大大提升了他们应对日后危急情况的胆略和能力。

当年农村缺少锻炼场所，而少年们抑制不住运动激情的冲动，别开生面就地开拓出满足自我需求的自娱自乐的锻炼机会，但过往的冒险对少年日后坚强意志和勇敢品格的形成，倒是起到一定作用，只是那莽撞冒险的“俯冲”不足效仿。是的，我们的人生需要铸造坚毅勇敢的优秀品格，但在没有安全措施保证下的一切“俯冲”行动都是不可行的。我主张所有锻炼都应在家长老师教练的指导和保护下进行，尤其是诸如攀岩和赛车这类危险系数极高的强身健体的体育项目。

俱往矣，充满少年意气的声势浩大气贯如虹的俯冲！

2017年3月6日

花开几时有

少年时的雨天，耐不住寂寞，总爱呼朋寻伴，串门打牌下棋，记得曾涉足家乡新炎底古民居打牌，打发连续不断雨天的无聊。我还清楚地记得在新炎底后落厝院子里砌有两个齐腰的圆形花坛，中植两株茶花，树高均达数丈。花开时节，争奇斗艳，花香袭人，给古屋增色添彩不少，也给在大厅里玩耍的孩子们带来无限乐趣。

茶树亭亭玉立，枝干有碗口那么粗，枝枝叶叶撑持起的一片天空，几乎把整个院子的阳光雨露全都据为己有。然而茶树回馈给大家的是不计其数红艳艳拳头般大小不等的茶花。几天下来，花开花谢，落英缤纷，红色的花瓣铺满屋檐、花坛、地面，堆积成厚厚的花褥，散发着脉脉的芬香。

我们一边打牌，一边偷闲欣赏红花绿树，一朵朵茶花静悄悄地开放，一点也不含糊地为主人客人献演着一年一度的花市盛会，虽然仅有二树登坛，但其热烈气势却胜似百花聚会。仰望树上，茶树直刺院子蓝天，披红挂绿的茶树俨然T台上气度不凡的模特，一派温文尔雅喜气撩人的气质模样，我们不能不心有旁骛情不自已惊诧于她的艳丽秀美……

当年大厅里牌桌前少年们的喧嚣声震耳欲聋，似乎要震落两棵茶树上的朵朵红花，召唤她们也来到牌桌前近距离观战。孩子们还在为每一次出牌的得失而大惊小叫，茶花们依然静如处子静默开放。屋檐的雨声不改初衷以其季节性的特征参与和见证了年年岁岁农闲时节在古民居上演的农家乐盛会。

时光飞跃，一切转瞬已成60年前往事。

近年，常怀揣思乡情感回到故土，寻踪二芳，古民居依旧，然而那两棵曾装点扮靓农家院落的美丽茶树早已不见踪影，唯余两个圆形的花坛素面朝天……

美丽的凋谢让我怅惘心痛，但欣赏美丽的激情欢乐怎能淡忘？多年来依然依恋并苦苦寻求心仪的各种茶花……

几月前，女儿送来一钵1米来高的茶树，我把它摆放在窗台上，每当我坐到临窗书桌前总要透过窗户玻璃深情凝视一番，相看两不厌，默默猜疑她将来开出的花朵莫不是红色的吗？因为我故园少年情结依然在发酵。但茶花无语，一直不理睬新主人焦急的心思，“芳心犹卷”，更加怯怯地紧裹着小花蕾，如同保密着“一缄书札”，生怕被我暗自拆看。直到2017年植树节，她才慢悠悠脱掉“外套”初露真容，暴露自个白色花朵的身份。我为这株高贵白色的茶花君临寒舍庆幸不已，我日日开窗久久凝视她的冰清玉洁的容颜，只见她在微风的吹拂下花枝颤动频频招手。我多想与她亲密结伴朝夕相处，共度书香绵绵的清淡日子，不管花开花谢。

看着她每天总是一点一点地不紧不慢生长的样子，我总想：“大凡美的孕育比美的发现要花费更长的时日。”我只能静下心来，一边写着颂扬她的文字，一边数着花枝上结出的一颗颗纯洁的花蕾，慢慢等待着春天的响雷催醒她们心中蕴藏着美的能量。我会慢下心来等待，并安慰自我：“暂时的寂寞无关紧要，美的能量的积累壮大后的迸发在所必然。为了美到极致，我愿为你加油鼓劲，和你一样在静默的等待中积攒力量培育情感。”

花开总有时。我正期待着心仪已久的怒放——我心中期盼已久的缤纷美丽的茶花！

2017年3月12日

对话蝶之舞

早晨，掀开窗帘，迎来晨曦。但见一对蝴蝶在我窗台花盆前翩翩起舞，它们心有灵犀，缠绵绕飞，我被它们画出的一圈圈扑朔迷离的彩色闪电迷住了，不觉突发奇想自言自语起来……

眼前的蝶之舞，如此狂欢，卿家莫不是1400年前从东晋时期一直载歌载舞远道跋涉而来？难怪舞姿如此曼妙舞技如此娴熟。眼前的蝶之舞，似曾相识，莫不是从“十八里相送”就排练到如今？无怪乎舞步如此合拍如此投缘！

我清晨静若止水的心情也经不住你们一阵阵翩翩舞步的踩踏而涟漪晃动。曾记得，50年前老家旧墙壁上曾赫然贴着梁祝二人比肩携手相亲相爱的彩色图片，画面上出现双蝶和彩虹，把传奇的爱情故事重现在家人面前。在以后的看图读图中，我们了解到是封建礼教和封建家长制扼杀了梁祝的爱情。你们没有选择“出家”来逃避现实，而是以“化蝶”殉情留予后人无尽的遐思和永恒的念想……

3年同窗的梁祝一对，因缺少了梁兄应有的智慧，眼睁睁看着盛开的美丽的爱情之花惨遭摧残扼杀而凋谢。梁兄啊，就算你饱读经书又有何用？你听不懂祝英台为你献上情歌的弦外之音：“前面来到一条河，河里游着一对鹅，公鹅就在前面游，母鹅后面叫哥哥”“青青荷叶清水塘，鸳鸯成对又成双，英台若是红妆女，梁兄啊，你愿不愿意配 ‘鸳鸯’”……可最致命的是竟连英台临别时与你约定的七月七日到祝家提亲的事也被你忘得一干二净。你真是一只不折不扣的“呆鹅”啊！错失“九妹”，咎有应得。俱往矣，难成眷属天注定！何怨何悔，只能责怪自己愚昧无知误己又误人！

今晨，你俩沐着晨光，从合葬的坟头风尘仆仆飞临我的窗前，想对我倾诉些什么？你俩只扑闪着双翅，有口无言，可我又听不懂你们接连不断的连珠炮似的肢体语言。你们似乎在告知后人，你们永守忠贞、魂归一处，还是要劝诫后人凡事都应当机立断，免得追悔莫及？

一千年后，人们依然在重温着你们演绎着的凄美的爱情故事。贴在我老家旧墙上梁祝合照就是民间百姓对你们爱情的缅怀和祭奠。如今你的故事也被放在互联网上，亮相全世界！祝英台以身殉情的悲剧让我为之同情悲叹，但我在声讨抨击封建礼教的同时，也不能不谴责梁兄的木讷和愚蠢，你实在配不上祝英台这位结拜弟弟！你无所用心，有负她的一厢情谊。

窗前的双蝶依然不依不饶在花众中摇荡盘旋，似乎还想多听几句今人的金玉良言。——“俱往矣，世上诸事，稍纵即逝；唯有抓住机遇，才不会遗恨终生！”——这也许就是今日之晨我想对来访的双双飞蝶和芸芸众生所要道出的一句话，另送上一句“珍惜一日之晨的分分秒秒，从黎明的第一缕阳光开始”自勉词与诸君共勉之。

2017年5月22日

数果示孙

5月里的一个傍晚，孙子放学归来，我走进他的房间，请他来我房间数一数我窗台果棚上正在结果的百香果数量，其实我早已数过多次，总是莫衷一是难以确定。叫孙子来，也就意味着搬来救兵，一来要试试孙子的眼力和耐性，二来也要核实一下自我判断能力。此举不乏包含老年人向年轻人虚心学习的意味。

一会，孙子来到我的房间，高高大大的他往我房间窗口一站，瞄着近在咫尺的果棚，透过枝蔓缠绕的青枝绿叶自下而上不慌不忙顺藤找瓜，由花钵而防盗栏再到瓜棚，搜索的目光扫过瓜蔓起源处攀爬处栖息处，无所不至，一遍又一遍。他最后报给我的结果是13。这真让我大吃一惊，显然与我先前数过的数字出入太大。我几天来晨昏点数，总怀揣“多多益善”的愿望，但从未进入两位数。最少时为1，接连好几天，后来逐渐演变为3，为4，为6，最多时也才止于7。往后任我如何用功，依然不得长进，牢牢定格在7。我甚至也自我认可就是这个数字。耳闻孙子13，我甚至怀疑孙子是为了取悦爷爷，故意作弄忽悠我。于是我提出要给我指明这13粒百香果的藏身之处。

孙子信心满满，自上而下，一一指点，果不其然，一个不少。我只能佩服孙子的眼力；但还在怀疑13这个数字。孙子走后，我依然竭尽有限的目力搜寻，不但保住了13，又找到1粒，我如获至宝，由此13记录才保持几分钟就被刷新，被改写成14。

从数果果一事，我悟出对客观事物的认知都是永无止境的，须经反反复复求证才能定论，因为认知要有一个过程，其中内因外因对认知都会产生影响，青枝绿叶和未成熟的百香果都是青翠碧绿的，在一堆绿叶层层覆盖的绿色中去辨识出哪是叶哪是果，哪是被绿叶包围着的果，哪是一叶障果哪是数叶障果，谈何容易。果果不言，有意作弄人，躲避搜查。寻果全凭一双慧眼，远看近看，正看侧看，左看右看，上看下看，颇费工夫。要做到准确无误，颇有难度。

我由眼前的数果果一事又想及60年前在故乡满天星斗的夏天夜晚，在父亲的指引下居然伙同弟弟不自量力数起夜空中星星。虽然我们的答案各不相同但一样幼稚，浩瀚星空哪能靠着我们童稚的小手指和小脑袋一一了然？但父亲还是满腔热情予以肯定。我想父亲并不在乎我们兄弟俩答案的错与对，而在乎的是他要从小培养我们求知的态度和对科学的热爱。

今天我也要把先父对我的鼓励传递给孙子，但我又想传达的更重要应是“实事求是”的精神。我走进孙子的房间，我把我刚才在孙子指点下的再经我多遍核实的那个暂时成立的“14”答案告诉孙子：“爷爷又数几次，还多出1个，应该是14粒。”

也许我不该在他今天学校英语演讲比赛获得一等奖的兴头上，给他一盆意外的冷水，但我必须告诉他。今天我重数百香果的结果，虽然还有不排除明天14又会被改写的可能。因为我告诉他的是科学的精神：任何自然科学的成就和先进正确的思想都要在不断的实践中得以检验。科学的态度和科学的精神对于一位学生不可或缺。爷爷眼花，尚且力图不停探索，孙子机敏，你更应谨严，要扎扎实实走好学习的每一步。我想要表达的仅此而已，希望孙辈理解意会。

一个月后的早晨，雨过天晴阳光明媚，果棚上的百香果出落得格外漂亮。纷纷抛头露面，垂挂在果棚下，点数果实的数量更加容易。我又一次邀请孙子来到窗前棚下，核实今年夏天两株相依相伴的百香果奉献给我家结果的总数，一致确定为为15。我们为一个月后的新发现而欣喜不已，因为我们对事物的认知又前进了一步。

2017年5月26日

农家草编手艺漫忆

少时在家，全神贯注看着母亲制作草扇，一把又一把，很佩服母亲的手艺。她将晒干麦秆末端将近一尺地方折下留用，再去除麦穗那部分，便得到一根根光滑纤细匀称的麦秆，然后再把它放在粥汤里浸泡漂白晾干，制作草扇的材料算是准备好了。母亲开始将洁白的麦秆手编成一条条带子，带子宽度不等，可宽可窄；样式不同，大多编织成扁平形状，带边整齐，带条美观。但为了装饰起见，也有将带子两边编出锯齿形，母亲称其为“虎齿”。接下来就是把织好的长长麦秆带子缠绕成扇面，由里而外，先用针线缝合“虎齿”，再接缝进普通型的麦秆编织带子，一圈又一圈。同样是用针线穿透带子边缘，连接成类似蒲扇一般大小的扇面为止。最后一道工序是加上一条竹片做扇柄，用刀在竹片上端厚度的中位线处平削开一段距离，张开竹片开口夹住扇面，从扇面边缘一处进入，直夹到圆心，并用针线把竹片固定好。一把完整的麦秆扇子算是做好了。

草编工艺品在农村家庭妇女勤劳的手上完成一件又一件，历经一代又一代。目睹手编麦秆扇子，总有那么一种 类似“不知织女萤窗下，几度抛梭织得成”（蒨桃《呈寇公二首》）宋诗里同情织女辛苦的感慨。但家家户户勤俭持家的农村劳动妇女却不怕麻烦不怕辛苦，编出足够家人使用的扇子。

我格外看重母亲制作的麦秆扇子，母亲也理解我热爱她手工编织的扇子的心愿。我在城里教书期间，年老的母亲依然赠我两把亲手编织缝制得结结实实的麦秆扇子，而且还把扇面缝成心形。让我充分感受到母爱的温馨。同事见到我手中的麦秆编织成的看似古里古怪土里土气的扇子无不大惊小怪众说纷纭。

农家草编手艺，当年在农村随处可见，除了手编麦秆扇子，还有手编麦秆提篮，制作程序比起制作草扇更为复杂：选用一个抽屉做模具，在抽屉外面上端用一条大号铁线或者宽厚的篾条，按自己所设计的提篮深度在抽屉上定位出等高位置，借助模具围出一圈长方形的提篮开口框架，而后用麦秆编织的带子沿着开口框架垂直布好经线，再在其中横向穿拉带子编织纬线，经纬交相穿梭不留间隙，提篮 5 个面上带子都穿好（篮口一面空着），并将其拉紧调整到位后，才从篮口处抽出被带子围住的抽屉模具，在编织提篮时抽屉模具一直跟在编织者的怀抱中，有点烦心。到此时，草篮和笨重的模具才得以分离，一个长方体的麦秆提篮便独立生成。再在提篮口两边分别做好对称的提手（用麻绳或铁线先做提手，再用麦秆编织带缠到提手上），一个崭新的完整的麦秆提篮便制作完成了。手艺好的，还编制出各种赏心悦目的图案。编织带子一般采用双色：常见有麦秆原色（白色）和染成绿色的麦秆相搭；有人为追求美观，编织时还特地外加一色——紫红色。

相比较，在草编手艺里，编织麦秆篓子相对简单：依然要用麦秆织带编制，用针线缝合，由篓底一直做圆圈运动直绕到篓口，再在篓口处加上篓带（可用多层麦秆编织带叠加缝制而成，以增加篓带强度），家长们制作的麦秆篓子有大有小，小的更适合儿童小手提拿。麦收季节，他们一边吹响自己制作的麦秆笛子，一边拎着小篓子装上花生和豆豆边玩边吃四处游荡，快活得像小神仙，好不潇洒。

麦秆扇子、麦秆提篮、麦秆篓子等手编器具都是出自寒门的“土特产”，一般不在集市上销售，只做家用或送人，市面上难见其新生面孔。特别是麦秆提篮这款民间工艺品却成了当年农村走亲访友装带礼品和上街购物不易变形的时髦器具。

我的大姐每年端午节总是打发外甥和外甥女来 “送节”，总用两个麦秆提篮分别装着寿面鸡蛋猪肉和他们岭外特产的番石榴礼物来我们家给父母贺节。摆放在桌上的礼品给我们童年时代留下极其深刻的印象，尤其是图案鲜明的麦秆提篮更能吸引我和弟弟妹妹的眼球，麦秆提篮在我们孩子的眼中是何其高贵！其价也大大超越蛋面肉等高档食品和芳香扑鼻的番石榴。父母只收下一点进奉食品，大多还是返回给大姐，连同我家答谢赠送的礼品也是装在麦秆提篮里一并送回大姐家，麦秆提篮在传递着两家的礼尚往来。有的小学女生也用心仪精致的小麦秆提篮做书包，拎着它高高兴兴上学去，麦秆提篮不知不觉中竟成了文具家族里一名稀客，伴随少年儿童好好学习天天向上。

当年属于家庭生活中的草编用具还有很多：诸如农村开门迎客的草编门踏、入室穿用的草编拖鞋、灶下烧火和溪里洗衣时铺在石上的草编坐垫、严冬腊月央人捏制的铺在草席下精致的稻草床垫……

至于服务生产的草编手工艺品更是难以计数：常见的有自家编织的供家人上山砍柴、拉车挑担、远程务工时脚下穿着的草鞋、瓦窑场地晾晒砖坯和蘑菇房里垂挂的遮阳通风时使用的草编门帘和窗帘、夏日锄禾时头顶佩戴的防晒草帽、雨天插秧和雨中放牧垂钓时披挂的棕衣、用棕毛（棕榈树叶鞘的纤维）或麻皮编织的日常汲水必备的长长井绳、捡拾松枝和捆绑柴草必备的手搓稻草绳、用茭白叶子和茅草稻草编织的遮蔽露天柴堆和覆盖牲畜棚舍的防雨顶棚、供挑夫挑担使用的“担索”和耕牛犁田耙田时牵引的粗麻绳（是借助简陋的木头手摇机经多人合作绞制而成的），还有立于田野果林间手持飘带、用以吓退贪吃庄稼和果子的鸟类而编扎出的狐假虎威的稻草人……

农家草编手艺，也广在当年少年儿童中传播蔓延。我们曾用麦秆首尾相套衔接成长杠，编制出回旋直上的麦秆宝塔玩具，锁住蚱蜢蟋蟀。我们曾拔下山上青藤当场编织出一个个牛嘴笼羊嘴笼，笼住下山归圈的牛羊的嘴巴，让它们在路过平洋庄稼地时贪欲破灭规矩走路。我们曾从残垣断壁上拔下一根根摇头晃脑的狗尾草，编织成趾高气扬威风凛凛的毛草狗狗。我们用长在山上岩石边上的野生粽叶编织成精巧的三角棕袋拎回家中，恳请母亲大人在其中填充五谷的芬香、蒸熟后带到山上以饱我们砍柴过午时的辘辘饥肠……

福清农村当年广植水稻小麦，山间野外溪边河道也会生长可供编织的草叶，农民充分利用稻草麦秆草叶为我所用。连小孩也步成人之后尘争相效仿，学习草编手艺。他们聪颖过人，对草编手艺有着天生的好奇和浓厚的兴趣，过目不忘甚至别出心裁无师自通，个个练成编织能手。大家不花本钱就地取材轻轻松松美化生活；农友们借助手艺自制生产生活工具，成本大大降低，也让寡淡的生活有了创意和乐趣。更让我们这一辈有过农村生活体验和参与学习草编手艺的人们，耳濡目染传统手艺的长盛时期和领会亲自动手守艺传艺的意义。

我曾想，如今科技大大进步，手编的产品逐渐为机器生产所取代，就连我们夏天床上搁置的芦苇枕套和芦苇凉席也都是机器编制的，产品尽善尽美，大有挤压手编工艺之势头。是不是缺乏竞争实力的草编手艺也该到了“退休养老”的时候，而应把竞争的舞台让位给机器生产呢？或许这已不是早晚之事。

我又想，当年我辈曾使用过的单人手工编织草鞋的木头工具和多人合作的绞制绳索的木制组件，这两样东西为当年村村所必备，使用率极高。如今早已销声匿迹难觅其踪了，也许是因了现在人们劳动不再穿草鞋而改穿运动鞋解放鞋而致手工编织草鞋工具缺少使用价值而被人冷落弃之如敝屣。也许因了现在人们怕麻烦、图便利、只爱购买现成的机织的棕绳和麻绳、而不愿动手合作“打索”的缘故，而致绞制绳索的木制组件被人不屑一顾锁入深宫不见天日。自然而然，上述两种靠手工操作的器械模样和功用也就鲜为现代年轻人所知晓，更谈不上如何动手操作和正确使用它们了。

草编手艺是利用最原始的材料——草（天然蒲草、毛草、稻草、麦秆、玉米皮等）编织而成，是传承千年的中国传统文化手艺。现代草编工艺品琳琅满目，而且在不断创新发展，甚至涌现出草编蚱蜢、草编戒指等前所未闻的新产品，令消费者大开眼界。

当我抚今追昔，难免顿生质疑。

我又想，难道说“有了计算机就可以不需要甚至可以忘掉老祖宗的算盘”吗？同理，在我漫忆当年农家手艺之时，情不自禁便油然而生此类反思和感慨！手艺难，守艺更难。留住老手艺，民间草编手艺当在其中吧。

我又想到，不是所有的东西越现代化就越宝贵：在布料层出不穷的今天，有人却依然崇尚古色古香的棉布；缝制西装，人们更向往手工制作。老工艺所包含的人文内涵和人文关怀往往也会让人辄心向往之，这是机器化生产难以企及的。但也不是所有的东西越古老就越好。想到这里，我不觉露出一丝安慰。一位伟人不是告诫我们“发展才是硬道理”吗？一位文豪不是发表“拿来主义”的主张吗？想到这里，内心便觉释然。何去何从，该去该留，国人自会选择，历史自有定论。大可不必杞人忧天！草编手艺能否顺利生存，我不敢妄下结论，但我以为，只能取决于它自身的生存能力和消费者对产品的需求情况以及手艺人传承人的守艺传艺的用心程度。

2017 年 6 月 6 日

有感于印字苹果

有一段时间，我很爱逛水果市场，总想见识见识来自祖国天南地北的水果。许多素昧平生的水果也随着改革开放的浪潮涌入福清市场，进入我们的视野，让市民大饱眼福和口福。

但我却惊奇地发现水果摊上陈列着印字苹果，它们朝着我们笑颜常开。那印在苹果红红脸上的“恭喜发财”“吉祥如意”“寿比南山”等十多组吉祥词语，一下子让我倍感温馨。一时间，苹果的颜值也在市民眼中悄然提升，可目可鼻可口也让平日里很少吃水果买水果的我迷恋起水果摊上的印字苹果，不觉伸手挑上几粒。

也许是少见多怪的原因吧，我曾讥笑过乡巴佬首次见到月饼时所表现出的惊讶“排麻只是工（花时），藏糖神仙法”的幼稚无知。自然，月饼表面的芝麻当然不是一颗一颗黏排上去的，而月饼里的糖馅也不是等饼成后再把它放置进去的。而我必须承认取笑别人容易，今天我面对苹果印字，也说不上其所以然，我的智商并不比所谓的乡巴佬他们高过多少。

但我还是揭开了印字苹果的秘密：“在生产苹果的过程中，通过不断创新，利用品种的优势和科学的管理，同时通过光合作用，让苹果身上长出指定的字。这些字是在苹果没有成熟时，把字贴到苹果上，这样，有字的地方照不到阳光，别的地方能照到阳光的，颜色就会变红变深，这样字就会显现出来。”

因为印字苹果能多卖钱，1 个几块钱。价格比其他苹果高，却很受果农、商家和顾客欢迎。几句吉祥语就能获得如此好的效益，这才是“神仙法”呢。

印字苹果提高了苹果的艺术文化品位，增加了苹果的附加值。在苹果上印字，把苹果生产推向精品化、艺术化、人文化，既提高苹果的自身价值，又增添了苹果的欣赏性。

一般的情况下是弄张蜡纸，在蜡纸上剪出你想要的字，然后在苹果还没有红的时候贴在苹果上，最后因为有字的部分和周围的部分光照时间不一样，就会呈现出你剪出的那个字。

贴字的苹果一般先进行套袋，摘袋后即可贴字。当然给苹果印字还有许多讲究，诸如选择印字果要求硕大美观，要选择树冠外围的果实，并摘除遮光叶片，以便印字果充分接受阳光，提高印字效果；宜选用不变形，不怕日晒雨淋，黏合能力强的贴纸。只要技术到位，印上去的字才会更吸引客户的眼球，从而卖出好价钱。

经过我一番课下用功补习，印字苹果的原理算是弄明白了，但要我取到“真经”，还需亲临果园继续学习，才有可能培育出心仪的印字苹果。

青年时期，我曾在家乡果林场劳动过，学到一些果树栽培技术，诸如剪枝嫁接等技术；我也曾在家乡生产队田园劳作过，了解四季农作物的种植流程和要领，但时过境迁，30 年后，新品种新技术不断涌现，让我大大落伍，学习很有必要。每当我回村总要打听农事新动向，诸如花生早期施用除草剂替代锄草和晚期喷洒压秆药保证结果等新技术。我从中学教师岗位退休已 10 年，对于高中教学的改革现状知之甚少，倘再度重返讲堂，教学效果能否如同 10 年前一样得到同行和学生的认同，我不敢肯定。但有一点是可以肯定的：学习是永葆技术业务不断进步的动力。

印字苹果将了我一军，如果不学习，将不得而知。同理，果农要想借助印字苹果担任柳毅传书角色，把“福禄寿囍”传送到全国各地和全世界，一样少不了学习创新。唯有学习，才能让科技的美丽拨动消费者的心弦，让水果飘香的祝福漂洋过海穿越时空……

2017 年 6 月 20 日

何谓佳肴

何谓佳肴，众说纷纭，食客列举的答案更是五花八门，令人眼花缭乱。在多样性的答案背后也折射出不同年龄不同饮食习惯的群体各自不同的诉求取向。我立马想起二句民间俗语：“不啃脚的鞋是好鞋”“抓住老鼠的猫是好猫”。并想用民间“评鞋论猫”时提炼出来的简单而明了的“适合”“适用”这一观点来诠释“何谓佳肴”。

年幼时，视甜食为佳肴；年老了，则追求清淡饮食，力避过于浓烈刺激的食品。纵览食人间烟火的芸芸众生，吃法大不相同，饮食嗜好更是大相径庭。绿林好汉热衷于大碗吃酒肉；修行僧人则安于餐餐素食；喜爱吃辣的人视“无辣不成席”，越辣越痛快，越辣越来劲；而不吃辣的人则谈辣色变，见辣冒汗流泪。在这些众口难调的食众里，要推举出公认的佳肴谈何容易。但有一点是可以确定的：看似千差万别的食客，依然会毫不迟疑一致推崇适合他们自己口味的精美菜肴为佳肴。

古代皇宫里价值连城的御食，寻常百姓餐桌上的简朴的家常便饭，简约便捷的中式快餐，繁文缛节的西式洋餐，无不折射出朝野之间和中西方饮食文化之间的巨大差异，在回答何谓佳肴时，又怎能以“一菜独佳”来涵盖万千饮誉四方的名菜佳肴呢？

当代多数年轻人尤喜吃有嚼劲的食物，认为耐嚼的食物口感好，才会穷尽其中美味；而老年人受限于牙齿功能，则会追求咬得动、易进食的食品，双方对食品煮熟度的要求不一。还有人们对食物品质的要求也不一样，婴幼儿、运动员、航天员各有所求。宗教信仰者也会对日常进食的食品菜点画出不可逾越的红线，以符合教义教规，避免触犯戒律。就拿普通老百姓来说，虽无限制，然而他们追求的可口菜肴比比皆是五味杂陈各不相同：有人追求的佳肴是“色香味俱佳”；有人将“味”置于首位，在他眼中，清淡寡味的食品则不入“佳肴榜”；有人或许更看重食品的品相。有人喜欢“独唱”式的原汁原味的呈现，清清纯纯，实实在在；有人则喜欢“大合唱”式的大杂烩，食材交相作用，味道相互渗透。究竟谁更靠谱“佳肴”一款，实在难以裁定，因为“公说公有理婆说婆有理”。

古代“桃园结义”3兄弟刘关张同爨共食，饮食中求同存异是必须的，但究其个人嗜好而言依然存有差异。相传张飞酷爱吃葱饼，一次领命出差在外，他午餐的2道菜均为他最爱吃的大葱大饼，回军营后，他还将其当天中午别出心裁的进食模式——“饼夹葱”（在大饼里填夹大葱）“葱夹饼”（把大葱缠绕在大饼面上）拿来考考诸葛亮，料事如神的丞相一口猜中他的小伎俩。这个故事也从一个侧面证实了蜀汉名将张飞喜爱“葱饼混搭”的饮食、且津津乐道奉为佳肴的事实。而刘关2位饮食习惯与张飞迥然有别，他们心目中认定的“佳肴”讳莫如深，想必难以被常人猜中。

何谓佳肴？“一千个读者就有一千个哈姆雷特”。一旦文学审美融入个人经验和情趣，多样性在所难免。智者见智仁者见仁。由文学鉴赏活动催生出来的现象规律给我启示，那么我到底又该如何回答“何谓佳肴”这一棘手难题？思来想去，我想还是用“适合”“适用”这样永不过时的闪闪发亮的富于中庸色彩的词语来回答“何谓佳肴”较为妥当。如此解读佳肴，那么列位食客都将拥有了他们心仪的“哈姆雷特”（佳肴）岂不更好？每一个人的知识构成、社会阅历、性格品质不同，都有可能导致他们对某一事物接受方向和接受程度的不同。挑选佳肴，就如阅读《哈姆雷特》一样，每个人对哈姆雷特都有自己各自的的观点和看法。

何谓佳肴？并非“板上钉钉”，很有可能随遇而变。因为随着食客年龄境遇阅历的变更，对“佳肴”的认识也会发生变化。落难中饥肠辘辘奔波在逃亡路上的君主把山村老妪送上的芋粥饭奉为佳肴连连道谢感恩之至，而乐享太平时的皇帝老子却置日日玉食而无动于衷，也并不以之为佳肴。见之愈广，食之愈多，愈加难辨其中味！真正的佳肴之味也被麻木的味蕾给忽略了淡化了，以至无意于流连唾手可得的盛馔珍馐，甚而把它看成不如一碗农家饭。悲乎！审美的疲劳竟致如此糊涂地步。在正常情况下，大众固执己见的“糟糠不弃” 或“喜新厌旧”等情感情绪因素的渗入也会给评判“何谓佳肴”平添干扰项，使之更具挑战性。评判“何谓佳肴”的标准也会在随着主观和客观条件的变化而游移不定。

何谓佳肴？因人而异。对“何谓佳肴”作出的回答难求一律，没有标准答案。且不说众口难调令人头疼；即便同一个人，也会因了饮食习惯诸方面变更的缘故，去修正既有的成见；随着生活水平和个人阅历的变动及对饮食文化更深层次的理解，每个人心目中的“佳肴”也会处在“否定之否定”的变化状态中。还是以“适合”“适用”于每个人自身在不同的特定时期的饮食爱好为前提条件来判定“佳肴”为好。正如民间百姓中流行的一句痛快话语“将钱难买己中意”所说的那么潇洒如意，岂不更棒！

何谓佳肴？无论贵如熊掌鱼翅的山珍海味，还是“各有所爱”的“萝卜白菜”，无论久负盛名的宫廷盛宴满汉全席，还是名不见经传的街坊闾里特色小食，爱到极致，均谓佳肴。当然也不排除菜点食品本身潜藏的的情感色彩人文因素等诱因对食客味觉造成的欲罢不能的外在影响。这样回答佳肴，也许还能更容易为食众所接受吧。

舌尖上的文化源远流长博大精深，各民族的饮食风俗习惯多种多样。泱泱中华，美味佳肴特色食品汗牛充栋难以计数，且源源不断摆上餐桌，许许多多的名馔佳肴不单我们没有品尝过，甚至就连名字也没听过。因此，在见所未见、闻所未闻、知之甚少的情况下，对佳肴的理解和判定又怎能草草率率局限锁定在某些已知或未知的菜肴上呢？乱点鸳鸯谱肯定不行，但“何谓佳肴”总该有个说法吧！

我还是以为，每个人心目中的佳肴完全允许情有独钟自主选择且可以多多益善！世上美食异彩纷呈千滋百味，最符合自己的饮食口味的可口菜肴便可称得上是知己佳肴。佳肴在哪里？可能不在星级酒店著名厨师千锤百炼出炉的菜谱里，也许它就在身边最了解你饮食癖好的爱人日常为你烹制的可口菜肴里！

何谓佳肴？归根结底，依我之见，佳肴者，适己之口味也。

2017 年 7 月 29 日

一块馒头的联想

那天清早，我如同往常一样到超市去买无糖馒头，当天陈列在食品橱里的一排无糖馒头，块块歪歪扭扭不成方型，且馒头表皮平分切开的一道凹痕也明显切歪了。我心生怨气询问服务员，服务员回答我：“今天馒头是刚刚学艺的徒弟做的，比不得老师傅的手艺。”我闻言二话没说还是欣然买下一块馒头，以示我对刚刚学艺的徒弟初次劳动成果的尊重和鼓励。

早餐前，我久久端详着这块看似古里古怪不成规矩的温热的馒头，它却让我联想起很多亲闻亲历的事情：我首先想起科学巨匠爱因斯坦的手工作业——第 3 只小板凳。

人们说不定还认为科学巨匠爱因斯坦也像许多伟人一样在少年时代就表现出杰出的才能、超人的智慧，其实不然。他交给他启蒙老师的“第 3 只小板凳”竟受到启蒙老师的不满和冷言，但是爱因斯坦还是一本正经回复老师：“这是我制作的第 3 只小板凳……”说明他还是很认真很努力制作过多次。

无情的“板凳”并未阻止爱因斯坦日后阔步前行的脚步。众所周知，没能制作好小板凳的小爱因斯坦日后却成了举世瞩目的科学巨匠。

一切皆有可能，我想刚学艺的小徒弟日后也可能成为知名面点师。我们应该对他多一点包容，毕竟他还处在学徒期，技艺上升的空间还很大。

由爱因斯坦启蒙老师的态度，我又想到为师严格要求的必要性；但我更觉得宽容和鼓励对一个学生或学徒至关重要。为师不经意间的失言都会让学生或学徒的自尊心受损。我曾在中学任教近30年，深感发现人才、培养人才和爱护人才责任重大，教师的一言一语在学生心目中有着非同寻常的地位和影响。对于才美迟迟不外现的学生更要耐心调教，以尽到为人师表诲人不倦的义务。

想到这里，我心里更踏实了："谁没有第一次，我不也是从第一次站上讲台走到今天？而我的第一堂课还是面对高三学生呢。试想，当初他们要是不接受我的第一堂讲课，那我心里会怎样？"扪心自问，将心比心。要是徒弟摆在橱里的馒头一块都卖不出去，他的心里好受吗？他对自己的工艺的提高还有信心吗？

面对一块馒头，我的思绪不绝如缕，我想起农村老父亲不放心让儿子第一次犁田，我想起医院里病人不信任实习医生行医……各行各业都有各自的技术含量，社会上也有对初学者设下的无形壁垒。俗话说："师傅领进门，修行在自身。"如果人人都不接受徒弟修行中的第一次行为，那行行能出状元吗？

由小及大，由己及人，我心悦诚服欣然接受素昧平生的小徒弟这件粗陋的却是饱含温度的无言有生的作品——一块馒头，从看到它的第一眼就是如此。

2017年8月9日

后 记

俗话道："人生七十古来稀。"此言对一个依然精神矍铄的老人而言，也许不算是什么稀奇的事儿，而对于一位长期饱受疾病折磨而又热衷于写作的我，对古稀之年的到来，当视为人生的莫大的幸福，深感难得稀奇和不胜喜悦。应该感谢医生、家人和亲友，为我的健康所作出的奉献，才有了我今天第 4 本散文集《远陌渡头》的如期出版。

本书遴选 111 篇文章均作于 2017 年年底前，后期写作的绝大部分文章均已在报刊杂志和各网站上公开发表过，再次结集时，对个别地方稍作修正，基本上保持初稿原貌。选文分放在"景观流连""物犹如此""往事追忆""生活雨丝"4 辑里。有对名山大川故园山水的景仰和怀念，有对身边物件的满怀深情的描述和礼赞，有对悠悠往事的绵绵追忆和思考，有对落入心田纷纷扬扬雨丝的直率而真情的表白……

回眸创作路上历程，让我感受文学创作带给我非同寻常的人生快乐，我曾激动描述那"留住瞬间美丽"的情状：

多少次夜深人静灵感来临，卷起千层浪，猛烈叩击我的记忆之门。敲门声一阵紧过一阵，不似"僧敲月下门"的温文尔雅，而如钱塘江撞头潮来势汹汹奔腾莽撞。叫门声惊醒了睡梦中的我，多情的灵感的浪花随即扑面而来，给我打个招呼，紧接着又拍击着我的心头崖壁，我怎能无动于衷？我又怎能无视灵感的造访而闭门谢客蒙头大睡呢？我在迷迷糊糊中迅疾披衣起床开灯迎客，生怕与灵感这位贵客失之交臂。我沿着她引领的路径继续前行，畅畅快快还原延续梦中的景象，并毫不迟疑把我梦境里最初始最真切的感受和梦中邂逅的最深刻最感人的一幕诉诸笔端、藏入电脑……

东方发白，字幕已成。密密麻麻的字幕工工整整，记录着梦中的奇景，复述着梦中的奇遇，道出主人公内心的的喜怒哀乐酸甜苦辣：字幕犹如蓝天里悠悠飘过的朵朵美丽云彩，招人驻足招人喜爱；字幕犹如一群仗义除害的绿林好汉，举着伸张正义的义旗，行进在除恶路上，气冲霄汉气贯长虹；字幕犹如一江春水向东流，泛起几多哀伤几多忧愁，令人伤感令人悲悯；字幕犹如春天原野里盛开的百花，盎然生机笑迎从寒冬里走来约会的对对恋人，一派欢欣一派欢腾……字幕上的美景一一呈现，字幕上的形态逼真，无不挥洒着人间真情，诉说着悲欢离合。字幕还乐于接受我一遍遍的检阅，听从我一声声的号令，闻声而动，令行禁止。几经调教，终于排列组合、再度列队定形，神采奕奕于我的眼前。

啊，我亲手制作修订的字幕，我情感铸就的有声文字，我的新作在夜深人静的灯下悄然成文呼之即出，与东方的朝阳一起升起。一个曾经的创作者因了又一篇作品的降生，心情格外爽然惬意。美妙的心情犹如初升的朝阳明媚耀眼，又如早晨草叶上的露珠晶莹闪亮。早起的小鸟闻讯悄悄飞抵我的窗前，乘我不备，借助晨曦，探头引颈偷窥分享了我写给一日之晨的恋歌。

写作固然艰辛，但于我更多则是充满愉悦。以至于把它作为我退休后晚年生活的重要组成部分。写作也让我体会到“活到老，学到老”的真知灼见，我在写作中不断学习、不断探索、不断进步！

书中缺陷，还望读者不吝指教。

本书如期出版，承蒙福建省福清华侨中学高中九三届联谊会及学生林道俊、陈文彬、陈胜德等的热情相助，谨在此向以上单位和个人一并致以诚挚的谢意！

陈金辉

2018 年元旦于福州